Sylvie Braesi & A.W. Benedict

Magdeburger Mords- und

Spukgeschichten

Webseite: sylviebraesi.de
Facebook: Sylvie Braesi
Instagram: sylvie.braesi.autorin
Webseite: awbenedict.de
Facebook: A.W. Benedict
Instagram: @awbenedict_autorin
Shop: awbenedict.de

Umschlaggestaltung: www.wolf-photoart.de
Illustrationen: A.W. Benedict
Korrektorat: Nadine Armgart

ISBN: 9783754334300
Herstellung und Verlag: Books on Demand,
Norderstedt

Bibliografische Information der Deutschen Nationalbibliothek:
Die Deutsche Nationalbibliothek verzeichnet diese Publikation in der Deutschen
Nationalbibliografie; detaillierte bibliografische Daten sind im Internet abrufbar.

Das Leben ist unendlich viel seltsamer als irgend etwas, das der menschliche Geist erfinden könnte. Wir würden nicht wagen, die Dinge auszudenken, die in Wirklichkeit bloße Selbstverständlichkeiten unseres Lebens sind.

Sir Arthur Conan Doyle (1859-1930)

Da sind wir wieder

Es hat vielleicht etwas länger gedauert, als wir es geplant hatten, aber die Recherchen erwiesen sich als sehr umfangreich. Schließlich wollten wir uns in unserem 2. Buch nicht nur auf Kriminalfälle in und um Magdeburg konzentrieren. Dieses Mal wird es auch noch gruselig.

Bei dem, was in dieser Sparte im beschaulichen Magdeburg so los ist, würde sogar der allseits beliebte Marshmallow-Mann noch blasser werden, wenn er könnte. Es spukt und geistert durch alte Häuser und über die Friedhöfe.

Das ist noch nicht gruselig genug? Dann warten Sie ab, bis Ihnen die schwarze Äbtissin über den Weg läuft. Die will nicht nur spielen. Ganz zu schweigen von den vielen Untoten, die sich am 31. Oktober wieder aus ihren Gräbern erheben werden. Von denen könnte Ihnen der eine oder andere in Zukunft echter vorkommen, als Ihnen lieb ist.

Unser Naturkundemuseum hatte möglicherweise auch nicht nur wegen Corona geschlossen. Was mich zum nächsten Hinweis bringt. Auch wenn wir alle inzwischen die Nase gestrichen voll von den Teststäbchen haben, so ganz sind auch wir an Corona nicht vorbeigekommen.

Lassen Sie sich aber nicht ängstigen von unseren Geschichten. Natürlich haben wir auch wieder hilfreiche Tipps beigefügt. Mit deren Hilfe werden Sie jeden Vampir erfolgreich in die Flucht schlagen, kommen gut durch die Alien-Invasion oder die Zombie-Apokalypse.

Für die etwas zarter Besaiteten unter Ihnen enthält unser Buch noch ein Rezept (die kommen immer gut) und eine Bastelanleitung. Und Otto I., unser Rabe, hat sich auch wieder in die verschiedensten Schalen geschmissen.

Jetzt überprüfen Sie noch mal, ob Türen und Fenster geschlossen und alle Kinder im Bett sind. Dann suchen Sie sich einen sicheren Platz in der Nähe Ihres Partners/ Ihrer Partnerin und sprechen Sie die Worte: *Salvio Hexia.* Jetzt sind Sie durch einen mächtigen Zauber geschützt und schon steht dem Lesegenuss nichts mehr im Wege.

Ihr
Magdeburger Mörder-Club

Teil 1

Magdeburger Mords-
geschichten

Das Duell der Ermittler
Sylvie Braesi

„Ich glaube, er war es", hörte Winkler seine Partnerin sagen. „Er hat ihn umgebracht."

Er war Karsten Scherf und dem war gerade vorgeworfen worden, der Mörder von Bernd Scherf zu sein, was Winkler aber bezweifelte.

„Er ist sein Zwillingsbruder", gab er entschlossen zurück und goss sich noch einen Kaffee ein. „Karsten war es ganz sicher nicht."

„Aber er hat kein Alibi", bekam er als Antwort.

Auch dem konnte er nicht zustimmen.

„Doch, er hat eins. Er war zuhause und hat ferngesehen."

Von seiner Partnerin bekam er dafür nur ein abfälliges Schnauben und das Argument: „Das ist doch kein Alibi. Er wohnt allein. Niemand kann bestätigen, dass er wirklich zur Tatzeit zuhause war."

Damit hatte sie zwar Recht, aber das reichte nicht, um Winkler umzustimmen. Er wusste aus Erfahrung, dass gerade so einfach erscheinende Alibis meistens stimmten und die komplizierten erfunden waren. Darum machten ihn eher die großartigen und logischen Geschichten misstrauisch.

„Nein", antwortete er leise. „Es war Samstag Abend und wo sind die meisten Leute Samstag Abend? Zuhause vor dem Fernsehen und sehen sich eine Show oder einen Tatort an. Oder etwa nicht?" Er sah seine Partnerin demonstrativ an.

Fast sah es so aus, als würde sie einknicken. Aber Winkler kannte sie zu gut, um daran zu glauben. Sie hatte bestimmt noch ein As im Ärmel. Und schon kam es.

„Ich weiß nicht. Er hat zwar kein wasserdichtes Alibi, aber dafür ein ziemlich gutes Motiv. Der Bruder hat ihm immerhin die Freundin ausgespannt."

Verdammt!

Das war leider ein dicker Pluspunkt für ihre Theorie. Und solange er keinen anderen Kandidaten mit einem besseren Motiv fand, konnte er ihrer Theorie nichts entgegensetzen. Im Moment bewegte ihn aber eine ganz andere Frage.

Wieso, zum Geier, habe ich mich nur auf dieses Duell eingelassen?

Wer von uns ist der bessere Ermittler, hatte sie gefragt und er war so dämlich gewesen, zu sagen: „Das bin ich."

Jetzt kam er aus der Nummer nicht mehr raus. Er hätte doch einfach antworten können: *Natürlich du.*

Hatte er aber nicht.

Zurückrudern ging nicht mehr. Sie hatte seine Bemerkung als Kampfansage gewertet und angenommen. Winkler verfluchte sich selber. Als ob Ermittlungsarbeit ein Wettstreit war.

Winkler spürte ihren herausfordernden Blick. Sie wartete auf Antwort. Was aber sollte er sagen?

„Eifersucht ist ein starkes Motiv, wenn es denn zutrifft. Das Verhältnis der Brüder zueinander ist aber, soweit wir wissen, völlig normal."

„Ja, auf den ersten Blick vielleicht. Aber unter der Oberfläche kann es gewaltig brodeln."

„Ich bitte dich. Die Geschichte ist doch schon Jahre her. Bernd und Michaela, das war eine Sandkastenliebe, die nach dem Abitur zu Ende war. Bernd ging nach Heidelberg zum Studium und Michaela und Karsten blieben hier. Klar, dass sie sich dann den anderen Bruder geschnappte hat."

„Was ist denn da so klar dran? Immerhin hatten sich Bernd und Michaela noch verlobt, bevor er mit dem Studium anfing. Er hat bestimmt gedacht, sie würde auf ihn warten. Und dann plötzlich die Entlobung per SMS und ein paar Monate später die Hochzeit mit Karsten. Sowas geht doch nicht spurlos an einem vorbei."

Winkler kam nicht umhin, die Argumentation seiner Partnerin schlüssig zu finden. Trotzdem störte ihn noch etwas daran.

„Wieso rastet er dann nicht sofort aus? Er lässt die beiden heiraten, überlässt ihnen sogar das gemeinsame Elternhaus, trampt durch die Welt und wartet 7 Jahre, um sich zu rächen?"

„Er hat Michaela noch geliebt und dachte, dass sie mit seinem bodenständigen Bruder glücklicher sein würde als mit ihm. Das war ja auch so, bis vor einem Jahr. Da begann es, in der Ehe zu kriseln."

Winkler konnte sich denken, was jetzt kam und verdrehte innerlich die Augen.

„Fang jetzt bloß nicht mit dem verflixten siebten Jahr an. Das ist alles Quatsch."

„Findest du? Laut Statistik werden die meisten Ehen im 7. Jahr geschieden. So ganz aus der Luft gegriffen ist es also nicht."

11

Sie hatte die Worte mit solcher Ernsthaftigkeit gesprochen, dass Winkler nicht ganz sicher war, ob sie immer noch Bernd Scherfs Ehe meinte. Nachfragen würde er jedenfalls nicht. Also zurück zum Fall.

„Wenn du das Motiv für den Mord in der Ehe siehst, dann kommt Michaela Scherf aber genauso als Täterin in Frage", gab Winkler zu bedenken und erntete einen entrüsteten Blick.

„Nur, weil sie gesagt hat, dass es in letzter Zeit nicht mehr so harmonisch ablief, wie zu Beginn der Ehe? Na hör mal! In jeder Ehe kommt es ab und an zu Streitigkeiten, wenn die *Schmetterlingsphase* vorbei ist. Das ist noch kein Grund, den Ehepartner umzubringen. Jedenfalls in den meisten Fällen nicht."

Da war er wieder, dieser merkwürdige Unterton, fand Winkler und beeilte sich, seine Theorie zu untermauern.

„Michaelas Alibi ist aber auch nicht besser als das von Karsten. Sie sagt, sie war shoppen, hat aber keine Quittungen. Dann war sie im Kino. A l l e i n, hat aber auch keine Eintrittskarte mehr. Also wenn das nicht dürftig ist, dann weiß ich nicht."

Natürlich konterte seine Partnerin sofort.

„Sie hat bar bezahlt und die Kassenbons weggeworfen, weil mit der Ware alles in Ordnung war. Und wer, bitte schön, hebt seine Kinokarten auf? Du etwa?"

„Nein, ich glaube trotzdem, es war Michaela. Oder beide. Sie hat gemerkt, dass die Ehe ein Fehler war und sich wieder mit Karsten eingelassen. Vielleicht wollten sie den Fehler rückgängig machen, vielleicht hat Bernd auch was gemerkt. Auf jeden Fall ist der Ehemann im Weg und die beiden beschließen, dass er weg muss.

Schon kurze Zeit später kann Karsten die trauernde Witwe trösten."

Für den Moment war Ruhe. Winkler schaute seine Partnerin an. An ihrem Gesichtsausdruck konnte er nicht erkennen, wie sie über diese neue Theorie dachte. Aber er war sich sicher, dass er es schon bald erfahren würde. Er behielt Recht.

„Wäre es da nicht besser, wenn sie sich gegenseitig beschuldigen würden? Stattdessen liegen sie sich weinend in den Armen. Das ist doch viel zu auffällig."

„Das mit dem *gegenseitig beschuldigen* funktioniert nur im Film und meist auch nicht lange."

Winkler sah den verschmitzten Blick seiner Partnerin und ruderte schnell zurück.

„So kommen wir nicht weiter", sagte er resignierend.

„In dem Punkt gebe ich dir Recht. Ich denke trotzdem, dass Karsten der Mörder ist."

Der Kaffee war kalt geworden und die Pause war um.

„Wir sollten wieder reingehen", sagte Winkler leise. „Hier draußen werden wir es nie rauskriegen."

Das stimmte natürlich und mit einem Nicken nahm sie ihm den Kaffeebecher aus der Hand, goss den kalten Inhalt weg und stellte beide Tassen in die Spüle.

„Also gut, dann machen wir drin weiter. Ich würde ihm aber zu gerne mal eine Frage stellen."

Winkler horchte auf. Da war er doch mal gespannt drauf.

„Und welche?"

„Wenn er doch angeblich drüber weg war, wieso hat er in all den Jahren nie geheiratet?"

Wieder ein Punkt für seine Partnerin, fand Winkler.

13

Während sie zurück ins Zimmer gingen, grübelte Winkler über den Fall nach.

Der schien anfangs doch gar nicht so kompliziert zu sein. Wahrscheinlich hatte er sich deshalb auf das Duell eingelassen, weil er glaubte, es schnell für sich entscheiden zu können.

Also was wussten sie?

Bernd Scherf war an einem späten Samstagabend von seiner heimkommenden Frau tot zuhause aufgefunden worden. Er lag mit seinem ziemlich zermatschten Kopf auf dem Boden der Küche in einer großen Blutlache. Die Tatwaffe war unauffindbar. Die Autopsie ergab ein schweres Schädel-Hirn-Trauma durch mehrfache Schläge gegen den Kopf mit einem stumpfen Gegenstand.

Sofort waren der Bruder und die Ehefrau des Toten ins Visier der Ermittlung gerückt. Natürlich waren auch Freunde und Kollegen befragt worden, doch alle schilderten Bernd als nett, freundlich und beliebt. Aber das hieß noch gar nichts, fand Winkler. Wer sagte schon gern Schlechtes über Tote.

Die Ehefrau war schon befragt worden und nun saß der Bruder im Vernehmungszimmer. Obwohl er es mit gleich zwei Ermittlern zu tun hatte, fragte er nicht nach einem Anwalt. Das konnte daran liegen, dass er ein ruhiges Gewissen hatte oder … er war ein guter Schauspieler.

Das würde sich noch zeigen müssen.

Winkler und seine Partnerin setzten sich nebeneinander, dem Verdächtigen gegenüber. Sie behielten Mimik und Gestik genau im Blick.

War er schuldig oder nicht? Würde er sich verraten?

Ihre Geduld wurde auf eine harte Probe gestellt. Es dauerte noch eine ganze Stunde, bis der Fall geklärt und das Duell entschieden war.

Sie hatten beide falsch gelegen, denn der Mörder war einer von Bernds Freunden. Sie kannten sich vom Fußball. Bernd war Schiedsrichter und sein Freund einer der Spieler in der Heimmannschaft. Beim letzten Spiel hatte Bernd einige Gelbe Karten verteilt, unter anderem auch an seinen Freund, deren Rechtmäßigkeit in Zweifel gezogen worden waren. An besagtem Samstag war sein Freund gekommen und hatte mit ihm darüber reden wollen. Es war ihm nicht gelungen, Bernd umzustimmen, und es war zum Streit mit tödlichem Ende gekommen.

Das alles konnte aber erst geklärt werden, als die Mordwaffe, ein blutiger Fußballpokal, gefunden wurde. Danach war es einfach gewesen.

Winkler lehnte sich entspannt zurück. Er hatte nicht verloren, nur das war ihm wichtig. Sie hatten sich schließlich auf ein Unentschieden geeinigt.

Leider wusste er nur zu gut, dass sie es nicht dabei belassen würde. Dieses Duell würde weitergehen, solange bis Lydia gewonnen hatte.

Und schon hörte er sie rufen: „Nächsten Sonntag kommt der Tatort Münster. Das wird bestimmt schwieriger. Ich freu´ mich schon, Schatz.“

Fuck you Corona – Teil 1
Sylvie Braesi

Still und leer lag die Straße vor ihnen. Hinzu kam, dass kaum eine Menschenseele unterwegs war. Die Sonne schien und die ersten Frühblüher hatten keck ihren Winterschlaf beendet.

„Das könnte ein richtig schöner Sonntag sein", startete POM Rademacher den x-ten Versuch, seine Partnerin POM Grabovski aufzuheitern. Ohne Erfolg.

„Ist es aber nicht", knurrte sie zurück.

Leider hatte sie Recht. Es war Montag, der 31. März und es war Lockdown. Rademacher war aber keiner von denen, die so schnell aufgaben. Er begann ungeachtet von Grabovskis schlechter Laune die Vorteile des Lockdowns aufzuzählen.

„Mensch Ellen, guck mal. Es könnte viel schlimmer sein. Montagmorgen und die typischen verstopften Straßen in der City. Zahlreiche Meldungen von Einbrüchen, die am Wochenende verübt und heute erst bemerkt wurden. Oder die Entlassungen aus den Ausnüchterungszellen. Das alles ist uns heute erspart geblieben. Stattdessen sind die Straßen leergefegt und wir haben einen schönen Einsatz am Hundertwasserhaus, wo wir die Einhaltung der Abstands- und Verhaltensregeln überwachen sollen. Gleich macht der Italiener auf und wir kriegen unseren Coffee-to-go direkt zum Streifenwagen gebracht. Also, mir gefällt`s."

Grabovski brauchte einen Moment, um Rademachers Ansprache zu verdauen. Ihr Partner schien das alles immer noch für ein Spiel zu halten, unglaublich. Und was das Schlimmste war, eigentlich war sie im Team sonst das Sonnenscheinchen und er der Miesepeter. Doch zurzeit hatten sie die Rollen getauscht.

Grabovski wollte nicht schon wieder eine Diskussion vom Zaun brechen. Davon hatte es in der letzten Woche schon genug gegeben. Beide waren schließlich zu dem Entschluss gekommen, über Corona und alles, was damit zusammenhing, nicht mehr zu reden. Sie waren einer Meinung, nicht einer Meinung zu sein und das musste für die Arbeit reichen.

Als Grabovski Angelo mit den beiden Kaffeebechern herauskommen sah, wuchs ihr Unwohlsein weiter. Sie wusste nämlich, was nun kommen würde und es missfiel ihr.

Rademacher und Angelo führten, wie schon an einigen Tagen zuvor, eine italienische Seifenoper auf. Das hieß, sie stritten lautstark und mit übertriebenen Gesten um die Bezahlung des Kaffees. Keinen interessierte, dass sie dabei stets dem gleichen Drehbuch folgten und auch das Ende von vornherein feststand. Sie machten sich einfach einen Spaß daraus.

R: „Was kriegst du?"

A: „Nixa! Issa umsonst!"

R: „Nein, das können wir nicht annehmen, also wie viel?"

A: „Ische sagen doch, issa umsonst, für disch und deine übsche Partnerin."

R: „Angelo? Das geht nicht."

A: „Klaro gehe das, mein Freund!"

17

R: „Wir sind von der Polizei und dürfen nichts annehmen. Das wäre Bestechung."

A: „Nixa Bestechung! Angelo nix Mafia, Angelo Freund und Polizei passen auf Freund auf. Basta!"

An der Stelle reichte Angelo seinem Freund stets die Kaffeebecher, drehte sich um und verließ die Bühne nach links. Rademacher schickte noch ein sehr italienisch klingendes „Angelo, prego!", hinterher. Worauf der Angesprochene jedes Mal sehr theatralisch die Arme nach oben riss.

Heute gab es eine kleine Änderung im Drehbuch. Angelo wandte sich noch mal um und warf Grabovski ein inniges „Bella Donna!" und einen Luftkuss zu.

Es war so peinlich.

Grinsend schob Rademacher den Kaffee rüber. Ein wirklich verführerischer Duft entstieg dem Becher und natürlich griff sie zu. Etwas so Gutes durfte man doch nicht vergeuden. Außerdem hatte sie heute Morgen keinen Kaffee mehr trinken können.

Der morgendliche Stress im Hause Grabovski war seit dem Beginn des Lockdowns eine feste Größe geworden. Ellen und ihr Mann arbeiteten in systemrelevanten Berufen: er bei der Städtischen Abfallentsorgung und sie bei der Polizei.

Der Jüngste, Fabian, war in der 3. Klasse und durfte in die Notbetreuung. Die Älteste, Nele, ging in die 8. Klasse, das hieß Homeschooling.

Jeden Morgen gab es dasselbe Gezeter. Fabian wollte nicht in den Hort und Nele wollte nicht aufstehen. Notbetreuung sei Scheiße und Homeschooling noch viel *Scheißer.* Es war ein täglicher Wettstreit, wer von beiden schlimmer dran war und das meiste davon bekam Grabovski ab, denn ihr Mann fing schon um 5 Uhr zu arbeiten an.

Es endete in der Regel damit, dass Grabovski ein Machtwort sprach, Fabian heulte, Nele die Tür zu ihrem Zimmer zuknallte und für den Kaffee keine Zeit mehr blieb.

So war es auch heute Morgen gewesen und deshalb duftete der frische Kaffee von Angelo besonders verlockend. Grabovski nahm einen Schluck und hätte sich beinahe den Mund verbrannt. Rademacher schien dagegen einen weniger empfindlichen Gaumen zu haben. Grabovski stellte ihren Becher lieber noch einmal in den Getränkehalter und im selben Augenblick plärrte die Funksprechanlage los.

Die beiden Beamten sahen sich fassungslos an. Hatten sie richtig gehört? Banküberfall? Schon wieder? Das war dann heute der dritte Notruf mit diesem Hintergrund. Unfassbar!

Die ersten beiden Male hatte der Alarm sie beide nicht betroffen, dieses Mal war das anders. Sie waren am dichtesten dran und damit auch am dransten.

Es dauerte keine 10 Sekunden und der Streifenwagen legte einen Alarmstart hin, wie er im Buche stand. Davon wurde eigentlich abgeraten, vor allem wenn der Wagen auf dem Gehweg geparkt war. Aber heute waren ja keine Leute unterwegs und es bestand nur ein sehr geringes Risiko auf Verluste.

Grabovski fuhr und Rademacher fragte vorsichtshalber noch mal nach. Die Bestätigung kam postwendend und die Information, dass weitere Einsatzkräfte unterwegs waren. Grabovski und Rademacher sollten zunächst mal sichern und abwarten.

„Dürfen wir wenigstens hinterherwinken, wenn die Bankräuber abfahren?", fragte Rademacher verärgert. Für die Bemerkung erntete er von seiner Partnerin einen finsteren Blick und die Bemerkung: „Wir sind nur zu zweit und wissen nicht, mit wie vielen Bankräubern wir es zu tun haben. Also, ich habe nicht vor, Sheriff zu spielen."

„Ich doch auch nicht", beruhigte Rademacher sie.

Da der Verkehr auf den Straßen fast zum Erliegen gekommen war, konnten sie auf Blaulicht und Sirenen verzichten und kamen trotzdem schnell vorwärts. Und ihr Nahen blieb dadurch auch unbemerkt.

Grabovski brachte den Wagen in einiger Entfernung zum Stehen und meldete ihre Ankunft der Zentrale. Dann stiegen beide aus. Die Hand auf dem Holster und viel Adrenalin im Blut näherten sie sich der Bank bis auf 50 Meter. Das war nicht nah genug, um etwas sehen zu können.

Wo nur die Verstärkung blieb?

Plötzlich öffnete sich die Automatiktür der Bank und zwei Hände mit einem Kopf dazwischen schoben sich langsam nach draußen. Kopf und Hände gehörten offensichtlich zu einem Mann, der seine restlichen Körperteile vorsichtshalber im Inneren beließ. Seine Vorsicht war nicht ganz unberechtigt.

Die beiden Polizisten zogen ihre Waffen, richteten sie auf den Kopf und brüllten nicht ganz unisono: „Polizei! Kommen Sie mit erhobenen Händen heraus!"

Das klang nicht sehr freundlich und verwirrend war es auch, denn seine Hände waren ja schon oben. Der Mann erstarrte augenblicklich und rief den Beamten etwas zu, das im Gebrüll weiterer polizeilicher Anweisungen unterging.

Weitere Sekunden vergingen mit gegenseitigen Zurufen und ohne nennenswerte physische Veränderungen.

Grabovski fasste schließlich einen Entschluss. Als erstes brüllte sie, so wie sie es schon am Morgen zuhause getan hatte, so laut, dass auch zwei kreischende Kinder keine Chance gehabt hätten: „Ruhe, verdammt noch mal!"

Der Kopf und sein Rest erstarrten zur Salzsäule und sogar Rademacher zog anerkennend die Augenbrauen nach oben.

Ihre nächste Ansage galt dem Kopf, klang aber schon wesentlich ruhiger. „Kommen sie langsam nach draußen. Behalten sie die Hände oben."

Der Kopf gehorchte, wenn auch ungern, das war nicht zu übersehen.

„Wer sind Sie?"

„Ich bin Peter Klusmann. Ich bin der Bankfilialleiter", kam es etwas kläglich zurück. Grabovski, die eigentlich kein Sheriff sein wollte, ging mit ausgerichteter Waffe auf Klusmann zu. Nachdem sie am Jackett einen Firmenausweis mit Bild und Namen entdeckt und gelesen hatte, durfte er endlich die Hände runternehmen.

„Uns wurde ein Banküberfall gemeldet."

Klusmann zog entschuldigend die Schultern nach oben.

„Also, das tut mir wirklich leid. Wir haben gerade gemeldet, dass es nur ein Missverständnis war. Hat man Ihnen das nicht mitgeteilt?"

Nein, hatte man noch nicht. Aber das erklärte zumindest, wieso keine Verstärkung gekommen war.

„Wir haben alles unter Kontrolle. Es war nur ein dummer Jungenstreich. Unser Securitymann hat den Übeltäter schon überwältigt. Sie können ihn gern mitnehmen." Klusmann lief wieder in die Bank zurück und die beiden Beamten schickten sich an, ihm zu folgen.

In diesem Moment begann aber Grabovskis Funkgerät zu schnarren. Sie überließ es ihrem Kollegen, den vermeintlichen Bankräuber in Gewahrsam zu nehmen und meldete sich.

Was sie zu hören bekam, war einfach unglaublich. Nicht nur ihrer, nein auch die zwei vorangegangenen Banküberfälle hatten sich als falscher Alarm herausgestellt. Das Ganze sah inzwischen so aus, als ob eine Gruppe Jugendlicher sich mit diesen getürkten Überfällen einen besonders blöden Scherz ausgedacht hatte. Der Ablauf war immer der Gleiche gewesen.

Jeder für sich war im Abstand von einer halben Stunde maskiert in eine Bank marschiert, hatte einen Zettel über den Bankschalter geschoben, auf dem die berühmten vier Worte standen: *Das ist ein Banküberfall!* Untermauert wurde die Botschaft mit den Worten: „Wenn Sie Alarm geben, schieße ich." Die verdutzten Kassiererinnen hatten da den stillen Alarm schon längst ausgelöst und harrten starr vor Schreck dem, was nun kommen würde.

Dass die jugendlichen Räuber eine Waffe bei sich trugen, war nicht zu sehen. Wohl aber etwas, das wie eine Waffe in der Jackentasche aussah. Wer wollte da schon ein Risiko eingehen?

Als Nächstes kam eine Plastiktüte über den Schalter gewandert und ein weiterer Zettel. Die Kassiererinnen vermuteten, dass darauf eine Summe stehen würde, was sich schnell als ein Irrtum herausstellte.

Darauf stand nämlich: *Das war ein Scherz!* Dahinter prangte ein riesiger Smiley. Während die Frauen noch versuchten, den Sinn, oder besser gesagt den Unsinn, hinter allem zu erfassen, war der Bankräuber schon wieder auf der Flucht, ohne Beute aber mit einem lauten Lachen.

Die besondere Würze aber lag in der Maskierung, für die die Räuber sich entschieden hatten.

Sie trugen sogenannte Munasken, also Mund- und Nasenbedeckungen. Die waren zwar noch nicht Pflicht, tauchten aber immer öfter auf den Straßen auf. Ihre Munasken zeigten den grotesk lachenden Mund des Jokers.

Den ersten beiden Jokern war die Flucht gelungen, der dritte im Bunde hatte das Pech auf der Flucht gegen den ausgestreckten Arm des Wachmanns zu laufen.

Gerade kam Rademacher mit dem Pechvogel heraus, grinste unverhohlen seine Partnerin an und meinte schelmisch: „Du kannst mich ab heute Batman nennen. Willst du mein Robin werden?"

Grabovski konnte sich ein Lächeln nicht verkneifen, konterte aber mit: „Sei lieber vorsichtig mit dem, was du sagst, Batman. Vielleicht werde ich ja zur Catwoman." Mit zu Krallen gekrümmten Fingern schickte sie noch ein kehliges „Rrrhh" in seine Richtung.

Dem Jungen legte sie eine Hand auf die Schulter und sagte: „Pech gehabt, Joker. Wir halten unsere *Gotham City* sauber."

Der Bengel, der höchstens 14 – 15 Jahre alt war, fing doch tatsächlich an, zu handeln.

„Mann Leute, das war doch nur ein Joke, comprende? Ein Scherz, also ein Joke, wie in Joker."

Grabovski zeigte sich völlig unbeeindruckt von der Doppeldeutigkeit.

„Das kannst du alles deinen Eltern erzählen oder deinem Anwalt. Vielleicht hebst du dir das aber für die Verhandlung auf, wenn du und deine Komplizen dem Richter und den Kassiererinnen gegenüberstehen. Bin gespannt, ob die darüber lachen können."

„Richter? Bin ich verhaftet? Verstehen Sie denn keinen Spaß?"

Der Bengel guckte zunehmend bedeppert über seine Maske hinweg und fing langsam an zu begreifen, dass man nicht vorhatte, ihn laufen zu lassen.

„Was denkst du denn von uns?", meinte Rademacher mit viel Sarkasmus in der Stimme. „Du kommst jetzt in den Genuss einer Spazierfahrt mit dem Streifenwagen und einer Führung durch die heiligen Hallen unserer Dienststelle, einschließlich einer netten Gesprächsrunde mit Kaffee und einem Erinnerungsfoto. Wir verstehen nämlich durchaus Spaß."

Sie verfrachteten den Unglücksraben ins Fahrzeug und meldeten ihre baldige Ankunft im Revier. Aber nicht, warf Grabovski ein, ohne vorher noch mal bei Angelo anzuhalten und frischen Kaffee zu kaufen. Die Betonung lag auf *frisch* und *kaufen*.

Der Bengel saß geknickt im Fond des Polizeiwagens. Alles, was er noch von sich gab, war, dass sie sich die Aktion nur aus Langeweile ausgedacht hatten.

„War doch nur wegen das Fucking Homeschooling und wegen Scheiß-Fucking-Corona."

„Es heißt, wegen dem, du Opfer", schnauzte Grabovski genervt zurück. „Einer wie du ist der beste Beweis, wie wichtig es ist, die Schulen so schnell wie möglich wieder aufzumachen." Sie dachte an ihre Tochter zuhause, die hoffentlich nicht auf solch Blödsinn kam. Wieder an ihrem ursprünglichen Einsatzort angekommen, begab sich Grabovski sofort in die Eisdiele. Rademacher folgte ihr nicht, er hatte eine andere Idee. Mit großen Schritten lief er auf die andere Straßenseite. Dort befand sich auch eine Bankfiliale und er wollte die dortigen Mitarbeiter vor den anderen falschen Jokern warnen, die noch nicht gefasst worden waren. Nur für den Fall, dass die noch nicht genug Spaß verursacht haben sollten.

Joker 3 brütete wütend vor sich hin. Man sah, wie es in ihm arbeitete. Noch redete er nicht, doch schon bald würde sich der Unglücksrabe in einen Singvogel verwandeln, da waren die beiden Polizisten sich ganz sicher.

Mit einem neuen Caffé Latte in der Hand, kam Grabovski zurück zum Funkwagen. Zufrieden lehnte sie sich gegen die Tür und hielt nach ihrem Kollegen Ausschau. Der konnte sich ruhig Zeit lassen. Diesen Kaffee wollte sie austrinken, bevor es zurück zum Revier ging. Doch Rademacher ließ nicht lange auf sich warten. Als er aus der Bank kam, fiel Grabovski fast der Kaffee aus der Hand.

Rademacher war nicht allein. Neben ihm stolperte ein Mann in Handschellen vorwärts. Das konnte keiner von den Flüchtigen sein, dafür war er zu alt.

Triumphierend hielt der Kollege eine Tüte hoch und grinste übers ganze Gesicht.

„Guck mal, was ich gefunden habe. Eine Tüte Geld

mit einem echten Bankräuber dran."

Während die Polizei durch die falschen Notrufe und die Suche nach den flüchtigen Jugendlichen in der ganzen Stadt unterwegs war, hatte dieser Mann die Gunst der Stunde genutzt. Als er beobachtet hatte, dass der Streifenwagen mit Karacho den Platz gegenüber der Bank verließ, sah er die Chance für sich gekommen.

Hätte er gleich zugeschlagen, wer weiß …

Doch er zögerte zu lange und so konnte ihm Rademacher noch am Schalter Handschellen anlegen. Er verfrachtete den echten zum falschen Bankräuber. Der Echte musterte den Jungen mit finsterem Blick. Der Falsche wurde blass und rückte so weit von ihm ab, wie es ging.

Was für eine Fuhre, dachte Rademacher und schüttelte lachend den Kopf. Als er das ängstliche Gesicht des Jokers bemerkte, konnte er nicht anders.

Er sagte: „Macht euch ruhig bekannt miteinander, Jungs. Ihr kommt ja quasi aus derselben Branche." Und dem Joker flüsterte er zu: „Frag doch mal, ob du ein Praktikum bei deinem Kollegen machen kannst."

„Aber erst, wenn ihr beide wieder draußen seid", fügte Grabovski schnell hinzu.

Ba-Ba-Banküberfall

Zugegeben, die Vorstellung davon, mit Maske in eine Bank gehen zu können, ohne gleich vom Sicherheitsdienst zu Boden gerissen zu werden, war ungeheuer belustigend. Ich kriegte stellenweise das Grinsen nicht mehr aus dem Gesicht, was aber nicht weiter schlimm war, denn keiner konnte es unter meiner Maske sehen.

Merkwürdigerweise blieb die von mir erwartete Meldung von der wachsenden Zahl der Banküberfälle aus. Vielleicht lag es ja daran, dass Masken zu Beginn der Pandemie genauso rar waren, wie Klopapier und Hefe. Bis heute frage ich mich, wie die Verknappung dieser lebenswichtigen WtB's* entstanden sind.

Meine Theorie dazu: In NRW, Meck-Pom oder Hessen hat ein Betreiber öffentlicher Pachttoiletten herausgefunden, dass seine Angetraute ein Verhältnis mit dem Betreiber des nächsten Großhandels hat. Den Kerl wollte er nicht mehr unterstützen und kaufte im örtlichen Supermarkt das ganze Klopapier auf.

Er machte ein Selfi von sich und seinen fünf vollen Einkaufswagen. Das Foto, mit dem Untertitel: *Nä, nä, nä, nä* und einem Mittelfinger-Smiley, wollte er dem verruchten Galan schicken. Leider wurde er von der Kassiererin aus dem Konzept gebracht, die wissen wollte, ob er denn wirklich so viel Klopapier brauchen würde. Er drückte die falschen Tasten und Schwups postete er es auf Facebook und Instagram. Als er den Irrtum bemerkte, war es zu spät und die Posts schon massenhaft geteilt. Schnell sprach sich rum, dass man bald schon kein Klopapier mehr würde kaufen können. Den Rest kennen wir.

Noch Wochen später, als das begehrte Gut wieder in den Regalen lag, traute man sich nur im Dunkeln mit so einer Packung über die Straße. Die Gefahr für einen Hamsterkäufer gehalten zu werden, war einfach zu groß.

Hamster gab es übrigens die ganze Zeit über genug.

Wieso Hefe und Mehl knapp wurden, liegt auf der Hand. Es wurde Brot gebacken und das tauschte man gegen Klopapier ein.

Aber zurück zu den Banküberfällen.

Ich habe das mit der Maske und der Bank natürlich getestet. Lief gut. Bin rein und wieder rausgekommen, ohne auch nur schief angesehen zu werden. Allerdings hatte ich keine Joker-Maske auf, sondern eine mit dem Aufdruck *Verdegdor Ärmiddler.* In Sachsen wäre das bestimmt gut angekommen, hier hat's keiner verstanden.

Wir raten trotzdem von Überfällen auf alle Arten von Banken ab, inklusive auf Parkbänke.

*Anmerkung der Autorin: Waren des täglichen Bedarfs. Wer das nicht kennt, muss damit rechnen, dass er mal keine Rente mehr kriegt, weil er zu jung ist.

Das Ding aus dem Eis

Sylvie Braesi

Der Winter war spät gekommen, oder früh. Je nachdem, wie man es sehen wollte. Es war Februar und seit Tagen hatten der gefühlt zehnte Lockdown sowie Schnee und Frost die Stadt fest im Griff.

In kurzer Zeit waren fast 30 cm Schnee gefallen. Damit hatte natürlich wieder mal keiner gerechnet. Der *Flockdown* sorgte dafür, dass der gesamte Verkehr sogar für zwei/drei Tage zum Erliegen kam. Straßen, Gehwege, Schienen und Autos ruhten verborgen unter einer dicken Schneeschicht. Nichts ging mehr.

Die Gewinner des Wintereinbruchs waren die Kinder, denn es waren gerade Ferien. Sämtliche Hügel, die sich auch nur ansatzweise zum Rodeln eigneten, wurden dicht belagert. Wer weder Schlitten, noch Rodelschale oder wenigstens einen Schnee-Rutscher hatte, behalf sich mit Matten oder rutschte auf dem Hintern. Das tat der Freude und dem Spaß keinen Abbruch. Diese seltene Gelegenheit konnte man sich doch nicht entgehen lassen.

Entsprechend voll war es in den Parks der Stadt, doch niemand störte sich daran. Besser so, als wenn alle in den Harz fuhren und für noch mehr Hotspots sorgten. Und es gab auch in Magdeburg durchaus Sehens- und Erlebenswertes.

So hatten ein paar ganz Verwegene auf den Elbwiesen einen improvisierten Eisskulpturen-Wettbewerb gestartet. Der erste Tag war der Vorbereitung vorbehalten. Schilder, Plakate und ein Pavillon für die Organisatoren wurden aufgestellt und den ganzen Tag kamen LKWs mit Eisblöcken und Schnee angefahren. Woher die Eisblöcke kamen, wusste keiner, aber Schnee gab es ja gerade überall und umsonst. Jeder, der Bock hatte, konnte mitmachen. Es war kein Wettbewerb mit strengen Auflagen oder Regeln. Man meldete sich bei den Organisatoren und fertig war der Lack.

Am zweiten Tag ging's los. Jeder Teilnehmer bekam einen Platz zugewiesen. Eis und Schnee waren genug da und Wasser schöpfte man aus der Elbe. Nur das, was an Geräten oder Werkzeugen benötigt wurde, musste selber mitgebracht werden. Die Zuschauer durften Fotos der fertigen Gebilde machen und unter dem Hashtag #eiskalterwischt posten, liken und bewerten.

Um 9 Uhr starteten die Eiskünstler bei knitterkalten -14°C. Der Kampf um die besten Eisblöcke fand noch weitestgehend ohne Publikum statt. Deshalb ging es zumeist friedlich ab. Nur ab und an passierte ein Jogger die Sternbrücke und beäugte im Vorbeilaufen das Geschehen auf der Elbwiese.

Um 10 Uhr startete einer der Organisatoren, einen ersten Rundgang. Er gehörte der Studentenvereinigung der Uni an, die diese eisige Challenge ins Leben gerufen hatte.

Ursprünglich sollte das Ganze nur ein Joke sein, aber dann kamen die ersten Anfragen von Sponsoren und Interessenten. Also gut, hieß es, wir machen was Kleines, Witziges mit ein paar Fotos im Netz und Videos auf YouTube. Kurz danach war die Lawine im wahrsten Sinne des Wortes nicht mehr aufzuhalten gewesen.

Und nun stand er hier und die anderen ließen auf sich warten. Nur May Ling, eine chinesische Kommilitonin war bisher als Unterstützung erschienen. Die sprach aber fast kein Deutsch, so dass alle mit ihren Fragen und Problemen doch zu ihm kamen. Kurzerhand hatte er sich ein improvisiertes Schild mit der Aufschrift *Ice Man Nr. 1* umgehängt, um seiner Wichtigkeit wenigstens Nachdruck zu verleihen.

Der hochgewachsene junge Mann mit der auffälligen Russenschapka und einem knallroten Anorak stapfte durch den Schnee und verteilte heißen Kaffee mit ein paar aufmunternden Worten an die Teilnehmer.

Das Feld der Eishauer erstreckte sich weit über die Wiese bis auf halbe Strecke zur Hubbrücke. Mit einer Ausnahme. Genau unter der Brücke, in ziemlicher Entfernung zu den anderen, hatte sich ein einzelner Teilnehmer seinen Platz gesucht. Wahrscheinlich hielt er sich für die Reinkarnation von Christo: Hielt sein entstehendes Kunstwerk hinter einer Plane verborgen. Hatte der Schiss, dass ihm einer was abguckte?

Etienne, so hieß der Ice Man und er verfluchte seine Mutter noch heute für seinen Namen, schüttelte den Kopf. Er konnte sich gar nicht erinnern, jemandem diesen Platz zugewiesen zu haben. Das musste der Künstler selber so entschieden haben. Blöde Idee, sich so weit abseits der anderen aufzubauen. Da hinten würde er nicht den Kellner spielen. Wenn der einen Kaffee wollte, dann musste er ihn sich holen. Das war hier kein Club Med, das war die Elbwiese.

Gegen Mittag nahmen die ersten Skulpturen Formen an und ließen das mehr oder weniger vorhandene Talent ihrer Schöpfer erahnen. Es gab eine Riesenqualle, die auf ihren Tentakeln stand. Möglicherweise sollte das Gebilde auch ein übergroßer Pilz sein. Da war die Fantasie gefragt.

Eindeutiger waren da schon die Magdeburger Halbkugeln, ein Schwan und eine Ritterburg. Ein paar Kinder beteiligten sich außer der Konkurrenz mit einem Schneemann und drei Jugendliche bauten ein Iglu.

Großes Interesse fand eine große weiße Schneekugel, die der Schöpfer mit Eiszapfen gespickt hatte. Das Gebilde selber konnte nicht als besonders kunstvoll oder anspruchsvoll bezeichnet werden. Was die Zuschauer aber amüsierte, war das Schild, auf welchem der Name des Kunstwerks stand: *Corona on the Rocks*.

Die restlichen Skulpturen brauchten noch einige Zeit, bis man Genaueres erkennen konnte.

Und da war noch die Skulptur hinter der Plane. Weder sie noch ihren Schöpfer hatte bisher jemand zu Gesicht bekommen. Weder Kaffee noch der Duft der Rostbratwürste hatten ihn hervorlocken können.

Etienne wurde immer neugieriger. Er hatte die Liste der angemeldeten Teilnehmer mit den tatsächlich anwesenden verglichen und siehe da: Auf der Wiese waren 13 Künstler am Werken, auf der Liste standen 12. Er war nicht abergläubig und es war auch nicht Freitag. Aber nun interessierte ihn doch, wer sich hinter Nummer 13 verbarg. Wohl oder übel musste er quer über die Wiese durch den Schnee stapfen.

May Ling sah ihm nach und rief: „Wo du gehen, Etienne?"

„Mir reicht´s, ich geh´ schaukeln", lautete die nicht ganz ernst gemeinte Antwort.

May Ling kam mit Etiennes Humor genauso wenig klar, wie mit der deutschen Sprache und glaubte wirklich, dass Etienne zur Schaukel unter der Hubbrücke wollte.

„Ich auch willen Schaukel!"

Scheiße, dachte Etienne. Aber was hatte er denn erwartet.

Bevor er May Ling davon abhalten konnte, ihm zu folgen, war sie schon an seiner Seite. Bei seiner Größe und Schrittlänge hatte sie allerdings einige Mühe, mit ihm mitzuhalten.

Vorbei an den eifrig werkelnden Eiskünstlern näherten sie sich der Hubbrücke. Die Schaukel baumelte verlassen im kalten Wind und May Ling lief doch tatsächlich direkt darauf zu. Die dicke Eisschicht auf dem Brett schien sie nicht zu stören oder sie hatte noch nichts davon bemerkt.

„Etienne, schubsen mich!"

Etienne dachte gar nicht daran. Er wollte endlich wissen, was hinter der Plane stand.

Zunächst sah er nur einen rechteckigen Eisblock, ziemlich groß und eben, der mit einer weiteren Plane bedeckt worden war. Es sah fast so aus, als ob der Künstler noch gar nicht angefangen hatte. Dann würde er sich aber beeilen müssen, wenn er es bis zum Ende des Wettbewerbs noch schaffen wollte. Um 14:30 Uhr sollten alle fertig sein und um 15 Uhr war Bewertungsschluss. Jetzt war es schon fast 13 Uhr.

Nun fiel Etienne doch noch etwas auf. Der Künstler war zwar nirgends zu sehen. Aber das Schild mit dem Titel der Skulptur stand schon da. Etienne las.

„Eiskalt erwischt".

Das war der Name der Challenge. Wie einfallslos war das denn?

Etienne beschloss, den unbearbeiteten Eisblock nicht erst in die Bewertung aufzunehmen, zumal der Erschaffer sich ja auch nicht offiziell angemeldet hatte.

May Ling war das Alleinschaukeln auf dem eisigen Brett zu kalt und zu mühselig geworden. Sie stieg wieder ab und begann nun ihrerseits, das verhüllte Kunstwerk zu umrunden, um einen Blick darauf erhaschen zu können.

„Etienne? Was das?", fragte sie leicht verwirrt.

„Weiß ich doch nicht. Ein Eisklotz, der einen Eisklotz darstellen soll."

„Kein Eisklotz. Meinen das da, hängt raus!" Sie hatte die Plane an einer der Stirnseiten gelüftet. Etienne konnte nicht sehen, was May Ling meinte und ging zu ihr. Sie hielt die Plane an einem Zipfel hoch und deutete auf etwas. Etienne fand nicht, dass da etwas heraushing. Es sah vielmehr so aus, als ob der Künstler den Klotz doch schon bearbeitet und nach kurzer Zeit aufgegeben hatte. Vielleicht war ihm zu kalt gewesen. Und was sollte das nun darstellen? Einen überdimensionalen Eiswürfel?

Etienne hob die Plane noch etwas mehr an, damit er das Gesamtbild sehen konnte. Das, was da, wie May Ling gesagt hatte, heraushing, sah aus, wie zwei große Eis-Hände. Sie streckten sich ihm aus dem Block entgegen, so als würden sie nach ihm greifen wollen. Also, das war echt makaber.

May Ling stand hinter ihm und schnappte nach Luft.

„Das nicht korrekt. Nicht Kunst. Kann weg.", meinte sie sehr energisch. Wie bei vielen Chinesen klang ihr *r* mehr wie ein *l* und aus *korrekt* wurde *kollekt*.

Etienne beugte sich nach vorn. An der rechten Hand, dort wo das Handgelenk war, schimmerte etwas durch. Auch die kleine Chinesin betrachtete die Stelle.

„Etienne", hauchte sie. „Das sein Uhr. Da hat einer Uhr in Eis gepackt. Das doch Kunst."

„Nein, May Ling. Nicht, wenn an der Uhr noch die Hand dran ist. Dann ist es Mord." Mit diesen Worten zog er die Plane weg und May Lings Schreie gellten über die Wiese.

Kommissarin Jenny Marks merkte schnell, dass sie sich von der Sonne hatte verleiten lassen. Es war arschkalt und ihr Parka zu dünn. Die gefütterten Boots entsprachen zwar den eisigen Temperaturen, aber nicht der Schneehöhe, durch die sie sich gemeinsam mit Kriminaltechnikerin, Susanne Uhlmann im Stadtpark kämpfen musste. Zu allem Übel hatte Marks auch noch ihre Handschuhe im Auto gelassen. Das merkte sie aber erst, als sie schon fast am Fundort angekommen war. Da passte die weiße Gestalt an ihrer Seite viel besser in die Landschaft, sah aber dafür aus wie ein Michelinmännchen.

Uhlmann trug unter ihrer Ganzkörpermontur eine dicke Daunenjacke, eine Thermohose und, so vermutete Marks, bestimmt auch Thermounterwäsche. Uhlmann schob sich durch die Menge der Schaulustigen hindurch.

Am großen Schneemann blieb sie kurz stehen und rief den Kindern lachend zu: „Der Yeti sieht ja aus wie ich! Also, meine Stimme habt ihr." Mit weit geöffneten Mündern starrten die Kinder ihr hinterher. So etwas kannten sie nur aus dem Fernsehen.

„Habt ihr gehört?", flüsterte Timo den Freunden zu. „Sie hat es für einen Yeti gehalten und sie will für uns stimmen."

„Na und?", gab Florian, der Kleinste, beleidigt zurück, „wir dürfen doch sowieso nicht mitmachen."

„Floh, deshalb können wir aber trotzdem Fotos posten. Wir nennen es *Elbe-Yeti*. Wenn die Leute uns liken, müssen sie uns mitmachen lassen."

„Ich würde mir lieber die Leiche angucken", maulte Floh und erntete dafür einen Rüffel von Timo.

„Pah, die haben nur *eine* Leiche, wir hatten *drei**."

Der Rest der Truppe nickte andächtig. Timo hatte mit seiner Bemerkung auf ihr Sommerabenteuer angespielt, als sie in einer Ruine auf eine Gruft mit drei Toten gestoßen waren.

Das lag schon ein halbes Jahr zurück, fühlte sich aber immer noch an, als wäre es gestern gewesen.

Auf halber Höhe zur Hubbrücke war für alle Neugierigen Schluss. Uhlmann war schon unter der Absperrung durch, hinter der sich die Menge der Schaulustigen ballte. Sogar die Hubbrücke war gesperrt worden, da man von oben direkt auf den Eisblock sehen konnte. Auf genau diesen Ausblick hatte es Marks gerade abgesehen. Bevor Uhlmann und die Rechtsmedizin den Fundort nicht freigaben, stand sie da unten sowieso nur im Wege.

Über das eiserne Geländer gebeugt, schaute sie auf den Fundort hinab. Als erstes fiel ihr das Fehlen von Blut auf. Makellos weiß lag der Eisblock im Schnee. Mit den weißen Gestalten, die ihn umringten, hatte das Ganze etwas Gespenstisches an sich. Aus ihrem Blickwinkel konnte sie den Block in seiner Gänze sehen. Langsam stellten sich Marks' Augen auf die Helligkeit ein. Jetzt erst erkannte sie den verzerrten Schatten im Inneren des Blocks. Nein, da war kein Zweifel möglich: Im Eis eingeschlossen lag ein Körper und es sah so aus, als würde er nackt sein.

„Was für ein kranker Scheiß ist das denn?", flüsterte sie leise vor sich hin.

Nach einer Weile schaute eine der weißen Gestalten zu ihr nach oben. Es war Uhlmann. Durch Winken zeigte sie an, dass sie runterkommen könne.

* *Malum Concilium – Ein Magdeburg Krimi, Sylvie Braesi*

Das bedeutete hoffentlich, dass sie ein paar Antworten bekam. Zu diesem Zeitpunkt wusste sie nur, dass der Schöpfer dieses Werkes sich auf die Challenge ohne Anmeldung eingeschlichen hatte. Gestern Abend war der Platz noch frei gewesen und heute Morgen nicht mehr. Also musste der Täter den Block irgendwann in der Nacht hierhergebracht haben. Das war nicht gerade viel.

Marks trat hinter die Absperrung. Sofort wurde sie von Uhlmann mit dem von ihr gewohnten schwarzen Humor überschüttet.

„Da hat es aber einer mit dem Eisbaden mächtig übertrieben. Ich sehe schon die Schlagzeilen vor mir: *Erstes Kryogenik Experiment der Uni gescheitert* oder *Der Mann, der aus der Kälte kam.*"

Wie immer nahm Uhlmann die Arbeit, so schrecklich sie auch war, von der humorvollen Seite. Das war ihre Art, das Grauen zu verarbeiten. Manchmal beneidete Marks ihre Kollegin um ihre Unbekümmertheit. Im Moment fehlte ihr jedoch jeder Sinn für Humor, denn ihr war auch ohne den Anblick eines nackten Menschen im Eis kalt genug.

„Hast du außer witzigen Bemerkungen irgendwas für mich, mit dem ich was anfangen kann?"

„Nicht wirklich, Jenny. Im Moment wissen wir nur, dass es ein Mann ist. Geh aber nicht davon aus, dass es Ötzis Bruder ist."

„Noch so ein Witz und ich froste dich auch ein. Hast du vielleicht eine Idee, wie man sowas hinkriegt?"
Marks deutete auf den Block.

„Ich meine, wie friert man einen Menschen ein? Der war doch hoffentlich schon tot, oder?"

„Alles, was ich dir zum jetzigen Zeitpunkt sagen kann, ist, dass wir das Ding jetzt vorsichtig in die Rechtsmedizin abtransportieren und dort noch vorsichtiger auftauen werden. Wenn du Glück hast, können wir dir in ein paar Stunden sagen, wann seine Uhr stehengeblieben ist. Mehr gibt's erst in circa 72 Stunden."

Marks musste sich wohl oder übel damit zufriedengeben. Bevor sie sich wieder auf den Weg zurück ins Büro machte, redete sie noch mit diesem Etienne und der Chinesin. Die beiden konnten nicht mehr sagen, als sie der Streife gegenüber schon geäußert hatten.

Zum Schluss wollte Etienne von Marks wissen, was denn nun mit der Challenge werden würde? Marks runzelte die Stirn. Meinte der die Frage ernst?

„Die Challenge ist beendet, würde ich sagen."
Dagegen schien May Ling etwas zu haben.

„Nicht Ende jetzt. Noch Gewinner sagen. Leute machen viel gute Job hier. Dürfen nicht bestrafen und verbieten." Ihr chinesischer Dialekt klang irgendwie niedlich und stand im krassen Gegensatz zu ihrem

38

wütenden Blick. Davon blieb Marks unbeeindruckt.

„Ich habe nicht vor, irgendwen zu bestrafen und ich verbiete die Challenge auch nicht. Sehen Sie sich um. Hier arbeitet doch keiner mehr an seiner Skulptur. Alle interessieren sich nur für das, was hinter der Plane liegt. Damit steht der Gewinner schon längst fest, nur der wird jetzt abtransportiert. Es wird also kein Siegerfoto geben. Machen Sie lieber Schluss."

Im Weggehen hörte sie noch Etienne beruhigend auf May Ling einreden. Ob er Erfolg haben würde, war Marks egal. Sie sehnte sich nur noch in die Wärme des Büros zurück.

Winkler erwartete sie schon und wollte ihren Bericht hören. Außerdem verlangte er auch erste Schlussfolgerungen von ihr. Als er sich die Fotos ansah, kamen ihm selber ein paar Ideen, er wollte Marks aber nicht vorgreifen. Also fragte er, welche Ansätze sie verfolgte.

„Bisher gibt es so gut wie nichts, wo ich wirklich ansetzen könnte. Ich dachte daran, mich zuerst mal kundig machen, wie man einen Menschen in das Innere eines solchen Eisklotzes verfrachtet. Selbst bei den momentanen Außentemperaturen kann ich mir nicht vorstellen, dass man ihn einfach durch den Schnee kullert, mit Wasser übergießt und über Nacht draußen liegen lässt."

„Wer weiß?", gab Winkler zurück. „So abwegig ist die Idee vielleicht gar nicht."

„Dann aber nur post mortem. Welcher Mensch, der halbwegs vernünftig ist, lässt sich auf diese Weise freiwillig lebendig einfrieren? Aber bisher wissen wir noch gar nicht, ob der Körper vor oder nach dem Tod eingefroren worden wurde. Also steht noch nicht fest, ob es sich überhaupt um ein Verbrechen handelt. Das kann erst die Autopsie zeigen. Uhlmann hat gesagt, dass der Körper sehr langsam aufgetaut werden muss. Bei der Größe des Eisblocks rechnet sie nicht vor Ablauf von 72 Stunden mit der Möglichkeit, Untersuchungen vorzunehmen."

Winkler sah erstaunt auf.

„Uhlmann gehört doch nicht zur Rechtsmedizin. War Dr. Schilling nicht vor Ort?"

„Ich habe nur einen seiner Assistenten gesehen. Der hat den Abtransport des Blocks überwacht. Uhlmann hat sich aber mit ihm abgesprochen. Die Rechtsmedizin untersucht den Körper und unser Labor den Rest."

„Gut, Marks. Halt den Kontakt zu beiden. Die Presse hat schon Wind davon bekommen und ich weiß nicht, wie lange ich sie hinhalten kann, bevor sie sich selber was zusammenreimen."

Marks nickte, als ihr Handy zu brummen begann. Uhlmann wollte sie sofort sehen. Dann ging es wohl doch schneller.

Im Kriminallabor wurde Marks' Enthusiasmus gebremst. Uhlmann hatte bisher lediglich eine Probe des Eisblocks untersuchen können, das heißt, das Wasser, aus dem der Eisblock bestand.

„Leitungswasser, stinknormales Wasser aus dem Hahn, aus unserer Gegend."

Marks wollte gründlich sein und erzählte ihrer Kollegin von ihrer Idee mit dem Schnee. Dafür erntete sie ein Lächeln und eine ausführliche Aufzählung der Inhaltsstoffe in Leitungs- und Regenwasser bzw. Schnee. Da gab es einige gravierende Unterschiede und das hochgelobte Trinkwasser aus dem Hahn kam dabei gar nicht so gut weg, wie sie gedacht hatte. Als Uhlmann in ihrer Aufzählung mit Asbest, Pestiziden und Arzneimittelrückständen anfing, wollte sie den Rest lieber nicht mehr hören. Mit einer Handbewegung brachte sie Uhlmanns Vortrag zum Stoppen.

„Schon gut, ich glaube dir, dass du den Unterschied zu Regenwasser feststellen würdest. Also ist es Leitungswasser. Aber nur, um mir das zu sagen, hast du mich doch nicht hier runter zitiert?“

In Uhlmanns Blick trat ein triumphierender Ausdruck.

„Nicht doch, Verehrteste. Ich habe in der Probe noch was gefunden, das nicht aus dem Hahn kommt.“

Mit diesen Worten reichte sie Marks einen Computerausdruck. Es war eine Liste der Stoffe, die Uhlmann in der Wasserprobe festgestellt hatte. Einen Punkt hatte sie rot markiert und dort stand: Formalin. Marks zog die Augenbrauen nach oben.

„Wird Formalin nicht zur Einbalsamierung verwendet?“, fragte sie.

„Richtig, Jenny. Ich glaube, nun wirst du alle Bestatter abklappern müssen, um rauszufinden, ob einem eine Leiche abhandengekommen ist. Du könntest aber auch mal im Körperwelten-Museum anrufen.“

Das war wieder mal typisch Uhlmann. Marks hatte aber noch eine bessere Idee.

Wieder im Büro, rief sie die Rechtsmedizin an und erwischte den Assistenten von Schilling. Der Doktor sei in einer wichtigen Besprechung, erfuhr sie und der Eiswürfel würde noch tauen. Auf die Frage, wie lange beides noch dauern würde, bekam sie die Antwort, das eine könne er ausrechnen, das andere nicht mal erahnen. Übersetzt hieß das: *Sie müssen sich gedulden, bis der Würfel die Leiche freiwillig freigibt und bis der Doc Sie zurückruft.*

Keins von beiden war für Marks akzeptabel. Deshalb setzte sie sich in ihren roten Ford und fuhr persönlich zur Rechtsmedizin. Als eine persönliche, gute Freundin von Schilling kam sie in den Genuss einer gewissen Vorzugsbehandlung. Sie musste sich zwar, so wie jeder andere, anmelden und eintragen, durfte aber allein in seinem Büro warten.

Schon nach 20 Minuten kam Schilling an. Er sah recht angespannt aus, freute sich jedoch aufrichtig, Marks zu sehen. Sie wartete, bis er sich mit seinem heißgeliebten Yogi-Tee zu ihr in die Besucherecke setzte. Dann hielt sie es nicht mehr länger aus.

„Marcus, du siehst aus, als ob dir eine Leiche verlorengegangen ist.“

„An jedem anderen Tag würde ich mich herzlich über deine Bemerkung amüsieren, nur heute nicht.“

„Ich wusste es“, platzte es förmlich aus ihr heraus, während sie in die Hände klatschte. „Gleich, als ich das Laborergebnis der Wasserprobe sah, wusste ich es. Uhlmann hat auf Bestatter getippt, aber ich dachte gleich an euch. Das ist ja ein Hammer.“

Schilling saß wie vom Donner gerührt auf seinem Stuhl und sah völlig verwirrt aus.

„Woher weißt du davon? Nur der Klinik-Chef, der Dekan, der Leiter des Anatomie-Instituts und ich wissen bisher davon. Wir wollten es wenigstens so lange unter Verschluss halten, bis wir sicher sind, dass wir nichts übersehen haben."

Schlagartig wurde Marks klar, dass Schilling noch nichts von der Leiche im Eisblock wusste. Konnte er ja auch nicht, wenn er bis eben in der Besprechung gewesen war. Nun, dann würde er es eben jetzt und von ihr erfahren.

„Wir haben sie gefunden?"

„Sie? Es ist ein Mann."

„Sie! Es ist eine Leiche. Oder er, wenn du lieber von einem Toten reden willst. Jedenfalls habt ihr sie oder ihn wieder. Große Freude."

Schilling sprang auf.

„Er ist hier?"

„Ja, schon ein paar Stunden und taut langsam auf."

Auf dem Weg zum Sektionssaal setzte Marks ihn über den Fall in Kenntnis. Schillings erstaunte Nachfragen waren kaum mehr als einzelne Worte: „Als Skulptur?" oder „An der Elbe?" und „In einem Eisblock?"

Bein Sektionssaal angekommen, blieben Marks und Schilling vor einem großen Sichtfenster stehen. Der Raum war in helles Licht getaucht und auf einem extragroßen Tisch lag der Eisblock. Erstaunt nahm Marks zur Kenntnis, dass da schon einiges an Eis zu Wasser geworden war. Der Prozess des Auftauens ging schneller vorwärts, als angekündigt.

Jetzt wollte sie aber auch wissen, was es mit Schillings verschwundenem Toten auf sich hatte. Während sie sich in die vorgeschriebene Montur warfen, hörte sie eine wirklich bizarre Geschichte.

„Das ist nicht unsere Leiche, zum Glück. Trotzdem ist das Ganze ein echter Skandal. Der Tote gehörte dem

Institut für Anatomie. Es ist jemand, der seinen Körper der Wissenschaft gespendet hat. Er starb an multiplem Organversagen infolge eines aggressiven Tumors. Nachdem alle Untersuchungen am Körper, den Organen und Gewebeproben abgeschlossen waren, sollte der Leichnam heute zum Krematorium gebracht werden. Aber er war weg. Es wurde alles durchsucht, jedes Kühlfach, jeder Kühlraum und sogar die ungekühlten Räume. Das anwesende Personal alarmierte den Leiter des Instituts, der rief den großen Chef an und der informierte den Dekan und mich. Wir wurden sofort zu einer Besprechung einbestellt. Den ganzen Vormittag haben wir die Unterlagen überprüft, aber keine Unregelmäßigkeit gefunden. Ich wurde hergeschickt, um unseren Bestand zu überprüfen, obwohl es eigentlich undenkbar ist, dass sich eine Leiche aus der Anatomie hierher verirrt."

„Jetzt musst du nur noch bestätigen, dass es euer verschwundenes Anatomieprojekt ist und ich kann gehen."

Sie betraten den Sektionssaal. Aus einem Nebenraum kam ihnen der Assistent entgegen. Aufgeregt wedelte er mit ein paar Röntgenaufnahmen herum.

„Dr. Schilling, Sie werden es nicht glauben, was die Aufnahmen zeigen."

„Einen Y-Schnitt", antwortete Schilling ohne Zögern.

Trotz Mundschutz konnte man die Enttäuschung des Assistenten sehen. In solchen Momenten war ihm sein Chef ziemlich unheimlich. Woher Schilling das gewusst hatte, fragte er allerdings nicht. Er überreichte ihm die Aufnahmen und zog sich zurück.

Schilling schaute nur kurz auf die Folien und sagte zu seiner Begleiterin: „Da hast du deine Bestätigung."

Marks grinste verschmitzt.

„Na, dann bin ich ja fein raus."

Schilling machte ein enttäuschtes Gesicht.

„Ich hatte gehofft, du würdest uns dabei helfen, die Sache aufzuklären."

„Jetzt, wo klar ist, dass kein Kapitalverbrechen vorliegt, sondern nur eine Störung der Totenruhe, bin ich eigentlich nicht mehr dafür zuständig."

Marks sah den traurigen Augen Schillings und lenkte ein. „Ich kann dir aber sagen, was ich glaube. Da hat jemand einen sehr schrägen Humor und außerdem liegt nahe, dass diese Person in der Anatomie arbeitet oder dort öfter zu tun hat. Vielleicht solltet ihr nach jemandem suchen, der gerade entlassen wurde."

Schilling schüttelte den Kopf.

„Bei einer Kündigung muss der Betreffende sofort Schlüssel sowie Chipkarte abgeben und seine Zugangscodes werden zurückgesetzt."

Marks hatte noch eine andere Erklärung parat.

„Es war ganz sicher jemand, der aus einem bestimmten Grund sauer auf das Institut oder die Klinik ist. Sowas macht man nicht aus Jux und Tollerei. Jeder Mitarbeiter, sogar jeder Medizinstudent im ersten Jahr wäre sich über die Konsequenzen im Klaren."

Für drei Sekunden schauten sich Marks und Schilling an und dachten das Gleiche. Dann kam Bewegung in den Doktor. Er hastete zum Haustelefon und ließ sich mit dem Leiter der Anatomie verbinden. Marks wollte nicht lauschen, also wandte sie sich dem schmelzenden Eisblock zu, der immer mehr Einzelheiten erkennen ließ.

Die Leiche war mit ausgestreckten Armen und

Beinen eingefroren worden. Nur die Hände ragten aus dem Block heraus. Beim Auffinden noch von einer Eisschicht umgeben, waren sie inzwischen vom Eise befreit. Dadurch lag auch die Uhr frei zugänglich am Handgelenk.

Marks sah kurz zu Schilling. Der war immer noch damit beschäftigt, zu telefonieren. Sie trug Handschuhe, also riskierte sie es. Vorsichtig löste sie den Verschluss an der Uhr und mit einem leisen Plopp fiel sie in ihre Hand. Für einen Moment hatte sie die gruselige Vorstellung, die Hand könnte abbrechen. Was für ein Quatsch, schalt sie sich. Sie schaute zu viele schlechte Filme. Der Typ hatte ja nicht in flüssigem Stickstoff gelegen.

Der Zeitmesser sah mit seinem Edelstahlarmband, sowie dem einfachen Zifferblatt nicht besonders hochwertig aus und Marks entdeckte auch keinerlei Schnikokchen. So eine Uhr bekam man auf jedem Fischmarkt. Der Tote hatte die bestimmt nicht am Arm gehabt, während sich die Anatomiestudenten an ihm austobten. Also, wozu die Uhr?

„Komm mir jetzt bitte nicht mit der Todeszeit", unterbrach der wieder hinzugetretene Schilling ihr Grübeln. „Der Witz ist schon lange nicht mehr komisch."

„Und trotzdem wird er immer wieder gern in einschlägigen TV-Krimis benutzt", entgegnete Marks. Sie hielt ihm die Uhr hin.

„Schau trotzdem mal drauf. Es ist fünf vor zwölf. Sagt dir das irgendwas?"

„Das tut es in der Tat. Diesen Ausspruch benutzt der Dekan gern, wenn er einem Studenten klar machen will, dass seine Zeit an der Uni bald um sein könnte. Es sei denn, seine Leistungen verbessern sich umgehend."

„Damit scheint ein Student als Täter immer wahrscheinlicher zu werden."

„Da liegst du gar nicht mal so falsch. Ich habe gerade mit dem Dekan telefoniert. Es gibt tatsächlich einen Studenten, der erst letzte Woche wegen nichtbestandener Prüfungen exmatrikuliert wurde. Außerdem fand man heraus, dass er illegal Fotos von den Anatomieobjekten gemacht und ins Netz gestellt hat."

„Wenn ihr das schon alles wisst, sollte der Rest auch kein Problem sein. Dann braucht ihr mich ja nicht mehr."

Das sah Schilling offensichtlich anders.

„Selbst wenn dieser Student etwas damit zu tun hat, allein kann er das nicht gemacht haben. Er brauchte jemanden, der ihm Zutritt verschafft und beim Einfrieren geholfen hat. Und der Transport war sicher auch nicht ganz einfach."

„Redet mit ihm oder ruft die Polizei, dann reden die mit ihm."

„Kannst du das nicht machen? Wir sind wohl kaum diejenigen, denen er verraten wird, wer sein Komplize ist. Und die Polizei einschalten, würde bedeuten, dass die Geschichte publik wird. Du könntest das viel besser händeln. Bitte, Jenny."

Marks verstand die Beweggründe der Klinik. Zum einen wollte man nicht in die Schlagzeilen kommen und zum anderen auch nicht noch Nachahmer auf Ideen bringen.

Sie brauchte nicht lange für ihre Entscheidung. Inzwischen war sie sowieso neugierig, was für eine Geschichte dahintersteckte. Sie versprach, sich der Sache anzunehmen. Aber nicht ohne die richtige Unterstützung.

Eine Stunde später war es so weit. Die Klinikleitung hatte sich vor Dankbarkeit fast überschlagen und Marks alles zur Verfügung gestellt, was sie und ihr Mitstreiter brauchten. Bei Letzterem handelte es sich um den IT-Spezialisten, Frieder Schulze-Eggard. Marks und der Nerd saßen auf der einen Seite des Konferenztisches und auf der anderen Seite hatte der ehemalige Student, Maximilian Sander, Platz genommen.

Der junge Mann war vom Dekan zu einem abschließenden Gespräch gebeten worden, als er gerade dabei war, seinen Exmatrikulationsbescheid abzuholen. Nun ging er davon aus, dass man ihm noch eine Chance geben wollte. Er kannte die Frau und den Mann gegenüber zwar nicht, doch das beunruhigte ihn nicht.

„Dann lassen Sie uns beginnen, Herr Sander. Wir wollen Sie nicht länger, als nötig aufhalten", eröffnete Marks das Gespräch und erntete einen verwunderten Blick.

„Warten wir nicht noch auf den Dekan?", fragte Sander.

„Nein, der Dekan muss bei der Befragung nicht anwesend sein, es sei denn, Sie wünschen es?"

„Befragung? Es geht doch um meine Exmatrikulation, oder?"

„Gewissermaßen." Marks lächelte, Frieder hämmerte auf die Tastatur seines Notebooks.

„Ich bin Kommissarin Marks und das ist Dr. Schulze-Eggard."

Frieder legte sonst keinen Wert darauf, mit seinem Titel angesprochen zu werden, heute hatte Marks ihn ausdrücklich darum gebeten, es tun zu dürfen. Bevor Sander eine Gegenfrage stellen konnte, redete sie weiter.

„Wir überprüfen einen Vorfall im Institut für Anatomie und befragen alle, die dort permanent oder temporär zu haben. Da Sie die Klinik ja heute verlassen, fangen wir mit Ihnen an."

Jetzt ließ Marks ihm Zeit, zu antworten, doch Sander sagte nur: „Ich weiß von keinem Vorfall."

Dann verfiel er wieder in stoisches Schweigen. Seine Mimik und Gestik sprachen allerdings Bände. Zunächst lehnte er sich zurück und verschränkte die Arme vor der Brust, eine klassische Abwehrhaltung. Seine Lippen presste er fest aufeinander und tiefe Falten bildeten sich über der Nasenwurzel. Der beste Hinweis auf ein schlechtes Gewissen aber war der leichte Schweißfilm, der seine Stirn überzog.

Das alles registrierte Marks, während sie so tat, als würde sie in einer Aktenmappe lesen. Ein Seitenblick auf Frieder zeigte ihr, dass der Nerd noch etwas Zeit brauchte. Da Sander immer noch nicht redete, tat sie es.

„Herr Sander, wir wissen doch längst, dass Sie an den Vorkommnissen in der Anatomie beteiligt waren. Die Fotos im Netz waren schließlich einer der Gründe für Ihre Exmatrikulation. Wozu also diese Lüge? Sie sollten besser die Gelegenheit nutzen, reinen Tisch zu machen, bevor sich der Staatsanwalt mit der Angelegenheit beschäftigt. Ich biete Ihnen jetzt und hier einmalig die Chance dazu."

Sander blieb verstockt, nur seine Augen wanderten hektisch hin und her.

„Wenn Sie nicht reden, kann ich nichts für Sie tun.

Sobald ich den Raum verlasse, werden sich andere Leute mit Ihnen befassen."

Sie schaute auffällig zu Frieder und Sanders Blick folgte ihr. Offensichtlich schien er zu denken, dass dieser Schweigsame mit *andere Leute* gemeint war. Woher sollte er wissen, dass Frieder auch bei der Kripo arbeitete, das hatte Marks bei der Vorstellung absichtlich verschwiegen.

„Na und?", gab Sander trotzig zurück. „Das mit den Fotos habe ich schon zugegeben. Dafür werde ich ja nun auch rausgeschmissen und zweimal bestraft werden, kann man nicht. Da gilt das Verbot der Doppelbestrafung."

So ein Schlauscheißer, dachte Marks. Wagte es, ihr sein Halbwissen unter die Nase zu reiben. Aber nicht mit ihr.

„Ihr Rausschmiss ist eine disziplinarische Maßnahme, keine Strafe im juristischen Sinne. Sie dürfen also mit der ganzen Härte des Gesetzes rechnen. Was Sie und Ihre Komplizen gemacht haben, war nämlich kein Kavaliersdelikt."

„Wenn Sie denken, dass ich noch andere anschwärze, haben Sie sich geschnitten. Bei den Fotos war ich dabei und mehr können Sie mir nicht nachweisen."

„Bist du dir da so sicher?", meldete sich plötzlich Frieder zu Wort. Sein lässiges Du verfehlte seine Wirkung auf Sander nicht. Verwundert schaute der Ex-Student ihn an. Nun musste er seine Aufmerksamkeit auf zwei Personen aufteilen.

Frieder drehte spielerisch den Bildschirm zuerst in Marks Blickrichtung, der dieser Anblick sofort ein feines Lächeln ins Gesicht zauberte. Sie drehte den

Laptop weiter herum, bis Sander den Bildschirm auch sehen konnte. Dem entglitten alle Gesichtszüge und er rief entgeistert aus: „Wie sind Sie daran gekommen?"

Zu sehen waren Bilder von dem Toten, wie er, an einer Metallkette hängend, senkrecht in einen großen, rechteckigen mit Wasser gefüllten Behälter abgesenkt wurde. Dann wechselte die Szenerie und die nächsten Aufnahmen aus der Totalen zeigte das Innere des Behälters. Jetzt konnte man erkennen, wie das Wasser zu Eis wurde und den Körper mehr und mehr wie einen Panzer umhüllte. Nur die Hände ragten noch aus dem Eis heraus. Auf diesen Bildern erkannte man deutlich die Uhr. Ein Bild weiter, waren nun auch Hände und Uhr mit Eis bedeckt.

Jetzt war es Frieder, der den Blick vom Bildschirm hob, sich entspannt zurücklehnte und mit einem breiten Grinsen den fassungslosen Sander anschaute.

„Tolle Bilder, das gebe ich gern neidlos zu. So gestochen scharf wie vom Profi. Und jetzt zeige ich dir mein Lieblingsbild."

Damit war das Foto gemeint, auf dem nicht nur der Mann im Eis zu sehen war, wie er, inzwischen auf der Elbwiese angekommen, in Position lag. Die Beteiligten hatten der Versuchung einfach nicht widerstehen können und sich alle hinter dem Eisgebilde zu einem wunderschönen Erinnerungsfoto aufgebaut. Mit ihren dicken Jacken, den Kapuzen auf dem Kopf und dem Grinsen im Gesicht, sahen sie aus, wie eine stolze Gruppe von Draufgängern am Ende der erfolgreichen Jagd nach dem Yeti. Und weil auch dieses Foto gestochen scharf war, konnte man alle Gesichter deutlich erkennen. Einen besseren Beweis brauchte Marks nicht mehr.

„Tja, Herr Sander, Sie hätten mit mir reden sollen. Jetzt brauche ich Ihre Aussage nicht mehr und damit ist Ihre Chance auf mildernde Umstände geplatzt."

Sanders letzter Versuch, sich rauszureden, ritt ihn nur noch tiefer rein.

„Woher haben Sie die Fotos? Die wurden doch schon längst automatisch gelöscht. Das sind Fake-Fotos!"

Frieder genoss seinen kleinen Triumph und Marks ließ ihn gern gewähren.

„Ach, du denkst, weil du die Fotos auf Snapchat gepostet hast, bist du fein raus? Glaubst du noch an den Weihnachtsmann? Dass die Fotos nach Ablauf der Frist automatisch gelöscht werden, ist ein Märchen. Nur weil du Lauch da nicht mehr rankommst, heißt das nicht, dass ich es auch nicht kann." Dann beugte er sich lässig dem Ex-Studenten zu und meinte lächelnd: „Das Internet ist nicht für alle von uns Neuland."

Die schwarze Äbtissin

A.W. Benedict

Die alte Nonnenhofbrauerei in Magdeburg lag im Abendsonnenschein. Der Backsteinbau aus dem 18. Jahrhundert mit seinen Türmchen, den dicken Mauern und dem breiten Tor aus dunkler Eiche beherbergte seit fast einhundert Jahren eine Brauerei für außergewöhnliche Biere. Seit ein paar Jahren, vor allem seit der neue Chef hier das Sagen hatte, produzierte man ausschließlich Liköre und hochwertige Obstbrände. Das nötige Geld hatte der neue Chef, Dr. Henry Schneidewind, ein jugendlich wirkender Mittvierziger, mitgebracht und ausgiebig investiert. Entstanden war eine moderne Anlage, die ihres Gleichen suchte in Sachsen-Anhalt.

Geblieben waren die äußere Backsteinfassade und die weitläufigen Keller voller Fässer. Es duftete nach Birne, Apfel und Quitte. Am beliebtesten war zur Zeit die neue Ginkomposition mit einem Hauch Bergamotte.

Von der alten Belegschaft waren nur noch wenige Mitarbeiter geblieben. Nach der Schließung der alten Bierbrauerei waren viele Leute gegangen oder vom neuen Chef gebeten worden, sich anderweitig umzusehen, eventuell in der freien Wirtschaft einen lukrativen Posten anzunehmen oder dergleichen. Die alte Sekretärin Frau Brunner war von dieser Aussage hoch erfreut gewesen und hatte tagelang geweint.

Einer der wenigen, der geblieben war, war Mathias Raschel. Er hatte als Lehrling hier angefangen und war zum Braumeister aufgestiegen. Die nötigen Kenntnisse über das Brennen von Obst oder das Veredeln von Bränden hatte er sich über Lehrgänge angeeignet. Er war stolz darauf. Bier war ihm zwar lieber, aber wenn am Monatsende Geld in der Hand lag, war ihm auch Likör recht. Mit dem Chef musste man sich ganz einfach arrangieren, auch wenn das nicht immer leicht war. *Das Doktorchen ist ein Choleriker erster Sahne*, so hatte es Hausmeister Wuttig ausgedrückt, als er seine Sachen in einen alten Karton gepackt hatte und gegangen war.

Im Haus gab es ein supermodernes Labor. Hier war das Reich von Abigail Schumann. Sie dankte ihren Eltern an jedem Tag für den Namen Abigail, der ihr oft schon Lacher eingebracht hatte. Sie hatte sich daran gewöhnt.

Auch heute lief Abigail wieder mit wehendem Kittel durch die Gänge der weitläufigen Keller und sah nach ihrer neuesten Schöpfung, einem Gebräu aus Hanf, Minze, Holunder und einer speziellen Zutat, Pfeffer. Mit dem Pfeffer war sie noch nicht ganz zufrieden und gedachte, ihn ganz zu eliminieren. Die Glasphiole in ihrer Hand beinhaltete eine neue Probe ihres *Hamiholi*-Likörs. Das war der Arbeitstitel. Sie lief zurück in ihr Labor. Ihre klappernden Schuhe erzeugten ein lautes Staccato auf den alten Steinfliesen im Keller. Als sie sich dem Labor näherte, fiel ihr ein, dass der Chef sie bereits abgemahnt hatte, nicht in den Gängen wie ein wildgewordener Eber herumzurasen. Das waren seine Worte gewesen. Es fiel ihr schwer, langsam zu gehen.

Natürlich stand sie im Labor Dr. Schneidewind gegenüber. Der Chef hatte die Arme verschränkt und sah ihr mit hochrotem Kopf entgegen.

„Frau Schumann!", rief er, wie immer, viel zu laut.

Niemand in dieser Brauerei war schwerhörig, aber er schien es zu denken.

„Herr Dr. Schneidewind?", antwortete Abigail betont leise.

„Ich hatte Ihnen eröffnet, dass der neue Likör, den Sie unten angesetzt haben, nicht infrage kommt für unsere exquisite Likörbrennerei. Der ist primitiv! Ich habe Ihnen geraten, die Untersuchungen einzustellen! Das kostet viel zu viel!", schrie Schneidewind die Laborantin an. Mathias Raschel, der im Hintergrund an einem der Tische arbeitete, hätte nicht gedacht, dass Schneidewind noch lauter konnte, aber er musste erleben, dass es ging.

„Ich habe veranlasst, dass der Ansatz entfernt wird! Sie packen Ihren Krimskrams und gehen. Im Personalbüro können Sie gleich unterschreiben!", brüllte der Doktor. Wenn er so weiter machte, wäre er am Abend vollkommen stimmlos.

Abigail wurde blass. Ihr Lebenswerk wurde fortgekippt? In diesem Moment wurden die Fässer mit dem *Hamiholi* ausgeleert?

„Wie können Sie es wagen, die Arbeit von Wochen zunichte zu machen, Sie eingebildeter Schnösel!", rief nun Abigail und erntete ein Grinsen von ihren Mitarbeitern im Labor.

Frau Schmidt beugte sich über ihren Tisch zu Mathias Raschel.

„Das steht uns allen irgendwann bevor. Wenn er so weiter macht, ist er hier bald allein", flüsterte sie.

„Und wenn er so weiter brüllt, splittern die Gläser auf den Tischen", flüsterte Mathias zurück.

Frau Schmidt kicherte und handelte sich einen überaus bösen Blick von Dr. Schneidewind ein.

„Haben Sie nichts zu tun?", rief er den beiden zu.

Frau Schmidt hätte fast die Phiole fallen lassen, die sie in der Hand hielt.

Das war gestern Abend gewesen. Abigail hatte wutschnaubend ihre Sachen gepackt und war verschwunden. Nicht ohne einen ordentlichen Fluch auf den Kopf des Doktors herabzulassen.

„Sie werden von mir und meinem Anwalt hören. Ich verfluche Sie und Ihre Ignoranz. Möge die schwarze Äbtissin Sie holen!", rief sie und rauschte davon.

Schneidewind hatte lauthals gelacht. Frau Schmidt aber sagte mit Grabesstimme: „Nehmen Sie das nicht auf die leichte Schulter, Dr. Schneidewind. Die schwarze Äbtissin ist kein Hirngespinst. Im vorigen Jahrhundert gab es hier auf dem Gelände einige ungeklärte Todesfälle, die man von Seiten der Polizei als Unglücksfälle abgetan hat. Aber fragen Sie mal unseren alten Hausmeister Wuttig. Ach, den haben Sie ja auch entlassen. Die schwarze Äbtissin ist ein rachsüchtiger Geist, die das sündige alkoholische Treiben der Leute bestraft. Des Nachts streift sie durch die Gänge, in ihrem schwarzen Ornat, eine Armbrust im Anschlag und verteidigt ihren Glauben."

„Sie wandeln am Rande des Abgrunds, Frau Schmidt! Halten Sie den Mund über derlei Ammenmärchen. Das ist ja lächerlich!", brüllte hochrot der Doktor und rauschte davon. Zum Glück hörte er nicht, wie die beiden im Labor lachten.

Heute Morgen war Mathias dann, bevor er zur Arbeit ging, bei Abigail in der Schneidlinger Straße vorbeigefahren und hatte an ihrer Wohnungstür geklingelt. Er wollte mit ihr reden und den Vorschlag machen, dass sie selbst etwas auf die Beine stellten, was er sich schon lange gewünscht hatte. Leider war das bis jetzt am nötigen Geld gescheitert. Aber vor ein paar Tagen hatte er einen Geldgeber gefunden, der interessiert an seinen Ideen war. Das wollte er Abigail mitteilen und fragen, ob sie mit ihm eine eigene Likörbude aufmachen wollte. Frau Schmidt war schon interessiert und ein paar der alten Mitarbeiter, die Schneidewind gefeuert hatte, auch. Er hatte sich bereits nach einem geeigneten Ort umgesehen und war in der Nähe der Leipziger Straße fündig geworden.

Die Nähe zur Uniklinik konnte bei der Alkoholherstellung nur günstig sein.

Ein paar der Ehemaligen arbeiteten bereits dort und brachten alles in Ordnung. Neue Geräte standen seit einer Woche bereit. Bis jetzt durfte es aber niemand bekannt machen. Er hatte alle, die es wussten, um Verschwiegenheit gebeten. Jeder wollte Schneidewind gern eins auswischen, also waren sie alle bereit zu schweigen.

Das alte, etwas in die Jahre gekommene Gebäude hatte im Volksmund den Namen *Langer Otto* bekommen. Es war einst eine kleine Privatkelterei für Obst gewesen und hatte aus diesem Grund noch diverse Geräte, die man für den Anfang nutzen konnte. Das Haus ähnelte einem U-Boot, nur das es aus Backsteinen bestand. Vielleicht kam daher der Name *Langer Otto*. Mathias wollte sich den Bekanntheitsgrad zunutze machen und seine kleine Likörmanufaktur danach benennen. Der Name Otto war ja in dieser Stadt auf jeden Fall kaum zu übersehen.

Aber Abigail öffnete nicht. Es war kein Licht in den Fenstern ihrer Wohnung zu sehen. Also ging Mathias wieder. Er wollte es später noch einmal versuchen.

Ein paar Wochen musste er in der Nonnenhofbrauerei noch durchhalten, dann würde er kündigen und seine eigenen Liköre produzieren.

Als er mit seinem Wagen durch Neustadt fuhr, musste er mehrmals rechts heranfahren, da Polizei und Rettungswagen mit Blaulicht durch die Lübecker Straße bretterten. Als er dann an der Brauerei ankam, musste er feststellen, dass dort der Teufel los war.

Er parkte schnell seinen Wagen und lief über den Parkplatz zum Eingang. Nachdem er dem Polizisten seinen Ausweis gezeigt hatte, durfte er eintreten. Da kamen schon zwei Nothelfer mit einer Trage um die Ecke gefahren. Obenauf lag Frau Schmidt, blass und nach Atem ringend.

„Was ist denn los?", fragte er und lief neben den Nothelfern und Frau Schmidt her.

„Die Äb ... die Äb ... die Äb!", hauchte Frau Schmidt.

„Was für eine Äb? Meinen Sie vielleicht eine App? Frau Schmidt, welche App denn?", rief Mathias seiner Kollegin nach, die nun aber in den Krankenwagen geschoben wurde. Sie winkte ihm noch einmal aus dem Fahrzeug zu, bevor die Tür geschlossen wurde. Da hörte Mathias bereits die Brüllstimme seines Chefs.

Es kam aus dem Labor.

„Würden Sie mir bitte mit Ihren eigenen Worten und eventuell etwas leiser und gesitteter die Situation noch einmal erklären. Was haben Sie heute Morgen vorgefunden?", fragte der Polizist. Er stand mit Schneidewind

vor einem Tisch, auf dem tatsächlich ein Bolzenge-
schoss in einem Beweisbeutel lag. So etwas hatte Mathias einmal beim Ottofest bewundert, aber doch nicht in
einer Brauerei. Hatte hier jemand mit einer Armbrust
geschossen? Na, wundern würde er sich nicht. Bei den
vielen Entlassungen könnte schon einmal jemand Amok
laufen.

„Herr Winkler, wie oft ...“, sagte Schneidewind und
wurde sofort unterbrochen.

„Kommissar Winkler, so viel Zeit muss sein“, sagte
der Polizist und grinste. „Eigentlich sogar Hauptkommissar Winkler.“

„Von mir aus, dann eben Kommissar Winkler, ich
kam gegen sieben Uhr dreißig und fand dieses Chaos im
Labor. Dann rannte mich Frau Schmidt, diese hyste-
rische Laborantin, fast um und brüllte ständig, die
Äbtissin sei wieder da. Dann fiel sie vor meinen Augen
in Ohnmacht und dieses Geschoß raste an meinem Kopf
vorbei. Ich hätte tot sein können! Im Hintergrund lief
eine schwarz vermummte Gestalt in Richtung der
Kellergewölbe davon!“, rief er aus und tupfte sich mit
einem Taschentuch über die schweißnasse Stirn.

„So viel ich von der Spurensicherung weiß, hat das
Geschoß Ihren Kopf um gut zwei Meter verfehlt“,
erklärte der Kommissar, schloss seinen Notizblock und
ging.

„Und was gedenken Sie, zu unternehmen?“, brüllte
ihm Schneidewind nach.

Kommissar Winkler drehte sich kurz um.

„Meine Leute durchsuchen gerade die Kellerräume.
Wenn wir nichts finden, müssen wir zuerst einmal die
Aussage Ihrer Kollegin abwarten. Dann melde ich mich

nochmals bei Ihnen. Danke, Herr Dr. Schneidewind", sagte er in einem betont deutlichen ruhigen Ton und ging.

„Der hat doch eins an der Waffel, Chef", sagte draußen vor der Brauerei Winklers Kollege.

„Waffeln esse ich am liebsten mit ganz viel Sahne, keine voreiligen Schlüsse bitte. Holen Sie schon mal den Wagen, Pasold", sagte der Hauptkommissar und atmete auf. Nur weg hier. Schließlich war er kein Geisterjäger.

Am späten Nachmittag, als sämtliche Polizisten und Spurensicherer verschwunden waren, trat etwas Ruhe in der Brauerei ein. Dr. Schneidewind war am Morgen nach der Vernehmung in seinem Büro verschwunden und seitdem nicht mehr aufgetaucht. Mathias Raschel war es recht. Er hatte vor einer Stunde im Krankenhaus angerufen und erfahren, dass es Frau Schmidt besser ging und sie konnte am Abend nachhause gebracht werden. Mathias versprach, Sie abzuholen. Da er noch unbedingt mit Abigail reden wollte, machte sich Mathias gegen sechzehn Uhr auf den Weg zum Krankenhaus.

Viele Mitarbeiter machten an diesem Tag vorschriftsmäßig eine halbe Stunde früher Schluss. Niemand wollte bei Einbruch der Nacht in der Brauerei sein, bevor die Polizei nicht herausbekommen hatte, wer hier sein Unwesen trieb. Auf dem Parkplatz stand nur noch der Wagen des Chefs.

Dr. Schneidewind saß in seinem Büro und trommelte mit den Fingern nervös auf seinem Schreibtisch. Dann öffnete er eine der Schubladen und griff zu einer Flasche. Er goss sich einen ordentlichen Schluck Gin ein und stürzte den Inhalt des Glases mit einem Mal in seinen Mund. Natürlich verschluckte er sich, hustete ausgiebig und musste dann Tränen vom Gesicht wischen. Er stöhnte.

Was lief hier falsch? Er hatte sich alles so gut ausgedacht. Die alte Brauerei übernehmen, ordentlich investieren, nach und nach die alte Belegschaft loswerden und den ganzen Kram meistbietend verkaufen. Darum war ihm die Initiative für neue Produkte dieser dummen Labormaus auch so gegen den Strich gegangen.

Der Käufer stand in den Startlöchern, das Angebot war verlockend und der Vertrag bereits beim Anwalt. Der neue Besitzer wollte aus dem riesigen Komplex Eigentumswohnungen machen. Ihm war das egal. Er würde dann schon in der Karibik bei einem Daiquiri sitzen und sich von einer braunen Schönheit massieren lassen.

Im Flur knarrte eine Tür.

Das war die Tür zu den Kellerräumen. Hausmeister Wuttig hatte ihn bereits mehrmals darauf hingewiesen, dass die Tür ausgetauscht werden müsse. Sie war verzogen, schloss nicht richtig und knarrte. Auch eine ganze Kanne Öl würde da nichts ausrichten. Na, den Hausmeister war er daraufhin sofort los gewesen. Eine ganz Kanne Öl zu verschwenden, dieser Spinner.

Es knarrte erneut.

Schneidewind stand auf, zog sich seinen Mantel über, griff zu seiner Aktentasche und öffnete vorsichtig die Tür zum Büro seines Sekretärs.

Janos war natürlich auch schon gegangen. Der würde der Nächste sein. Heute Morgen war der ihm doch tatsächlich dumm gekommen.

„Dr. Schneedegeweind, was wollen Sie mit all die vielen Papierlichkeiten in dieser Akte? Soll ich alles koperieren?", hatte er gefragt. Na, dem hatte er es mal wieder gegeben. Nun lagen die Kopien des Vertrages sicher in seiner Aktentasche.

Schneidewind öffnete leise die Tür zum Flur. Eine unheimliche Stille lag über dem Gebäude.

Sonst waren hier vielfältige Geräusche zu hören. Das Klappern von Absätzen, das Rattern der Anlagen und das Geplauder in den Büros. Das Geschwätz musste auch noch unterbunden werden. Vielleicht kündigten dann einige Mitarbeiter von ganz allein.

Schneidewind ging durch den schummrigen Flur in Richtung Ausgang. Er sah sich andauernd um, aber in den dunklen Ecken konnte man kaum etwas erkennen. Er selbst hatte verlangt, dass nach sechszehn Uhr jede dritte Lampe in den Fluren und Büros abgeschaltet werden sollte.

War da nicht ein dunkler Schatten am Ende des Flurs? Woher kam all der Nebel auf dem Boden? Kalter Schweiß stand ihm auf der Stirn. Er lief schneller. Nur noch die Eingangshalle durchqueren, dann wäre er am Ausgang.

Eine dunkle Gestalt stellte sich ihm in den Weg.

Sie war viel größer als Schneidewind, mindestens einen ganzen Kopf. Sie trug eine bodenlange schwarze Kutte mit einer Kapuze, die tief in das Gesicht gezogen war. Um die Taille war ein Strick gewunden und in den behandschuhten Händen lag eine Armbrust.

Schneidewind wurde schlecht.

„Du musst dem Alkohol entsagen! Du bist ein

schlechter Mensch und wirst für deine Taten in der Hölle schmoren!", verkündete eine Stimme, die aus dem Mittelpunkt der Hölle zu kommen schien. Irgendwie kam ihm diese Stimme bekannt vor. Aber denken konnte er im Moment nicht.

Die Gestalt näherte sich ihm und legte die Armbrust an. Das war das Signal für den Doktor. Er rannte um sein Leben. Hinter ihm das unheimliche Lachen der Äbtissin. Als er endlich am Ausgang angekommen war und sein Auto in greifbare Nähe kam, warf er seine Aktentasche fort, sprintete zu seinem Auto, ließ es mit zitternden Händen an und raste in die Nacht.

Dann rief er über sein Handy Kommissar Winkler an. Der stellte im Revier auf laut, damit alle Kollegen diese haarsträubende Geschichte hören konnten. Als Schneidewind am Ende war, sagte Winkler in sehr ruhigem Ton:

„Sie haben also die Stimme eindeutig erkannt. Es war der Herr der Finsternis, Lucifer Morningstar? Aus dieser amerikanischen Fernsehserie? Das ist sehr interessant, Herr Dr. Schneidewind. Fahren Sie nachhause und ruhen Sie sich aus. Ich werde morgen einen Kollegen vorbeischicken, der Ihre Aussage aufnimmt." Dann legte Winkler auf. Keine Minute zu früh, denn das anschließende Gelächter hörte man noch unten auf der Straße.

In der Brauerei hatte sich die Äbtissin in die weitläufigen Gänge der Kellergewölbe zurückgezogen. Es gab noch viel Arbeit. Ein lautes Lachen durchströmte den alten Gewölbekeller. Dann verschwand die Gestalt ohne Spur in einem Nebelschwaden.

Mathias Raschel hatte Frau Schmidt zu Hause abgesetzt und sich um Hilfe gekümmert. Eine Nachbarin würde nach ihr sehen. Danach fuhr er erneut in die Schneidlinger Straße. Er sah Licht hinter den Fenstern von Abigails Wohnung und klingelte.

Abigail öffnete. Mit Erstaunen sah sie ihren ehemaligen Kollegen vor sich.

Bei einer Tasse Tee erklärte ihr Mathias seinen Plan.

„Was meinst du, Abi, bist du dabei? Du hast alle Freiheiten, ich weiß, wie gut dein Gebräu ist. Wir werden eine Erfolgstory starten."

Abigail war begeistert.

„Wann geht es denn los? Ich habe so viele neue Ideen. Und vor allem der neue *Hamiholi* wird ein Hammer."

„Das ist doch nur ein Arbeitstitel oder?", fragte vorsichtig Mathias.

„Klar doch. Du bist der Boss. Ich freue mich auf unsere Zusammenarbeit. Morgen könnte ich anfangen, was meinst du?"

Mathias grinste. Sie stießen mit ihrem Tee an und Abis neuer Chef versprach, dass es nicht bei Tee bleiben würde. Wenn alles gut lief, würden sie bald schon mit Champagner anstoßen.

„Du kannst dich morgen gern im *Langen Otto* umsehen. Wuttig ist vor Ort und lässt dich rein."

„*Langer Otto*? Das ist doch hoffentlich auch nur ein Arbeitstitel?", fragte Abi und lächelte.

Als am Morgen die ersten Mitarbeiter in die Brauerei kamen, erwartete sie eine Überraschung. Am schwarzen

Brett vor der Kantine hing die Kopie eines Vertrages, unterschrieben von Dr. Schneidewind. Darin wurde der Verkauf der Brauerei behandelt. Der Personalchef stand kopfschüttelnd vor den Mitarbeitern, die sich wütend beschwerten.

„Leute, beruhigt euch! Ich weiß genau so wenig wie ihr. Leider sehe ich auf dem Vertrag bereits die Unterschrift des Käufers und eines Notars. Also ist es in Sack und Tüten. Ich würde Herrn Dr. Schneidewind gern zu Rede stellen, aber er hat sich für heute krank gemeldet. Was für eine Überraschung", erklärte er.

„Warum sollten wir hier noch arbeiten wollen?"

„Das war vorauszusehen, Freunde, so wenig Mitarbeiter können keine Brauerei am Laufen halten!"

„Was sollen wir nun tun?"

„Ich habe doch nur diesen Job. Dieser fiese Kerl will uns verhökern!"

Die Stimmen wurden immer lauter.

Dann stellte sich Mathias Raschel vor die Mitarbeiter.

„Leute, beruhigt euch bitte. Ich kann jedem von euch einen neuen Job anbieten. Nun kann ich es auch bekannt machen. Ich baue eine neue Likörbrennerei auf. Es wird bereits daran gearbeitet. Wer mag, kann sich sofort bei mir bewerben!", rief er über die Köpfe hinweg. Viele Mitarbeiter waren es nicht mehr. Nach der letzten Entlassungswelle blieben nur noch zehn Leute in der Brauerei zurück, die kaum noch handlungsfähig war.

„Na dann, ab in mein Büro, ich stelle jedem die nötigen Papiere aus, der mag. Damit schlagen wir Dr. Schneidewind mit seinen eigenen Waffen. Wenn er morgen kommt, ist die Brauerei Geschichte", rief der

Personalchef über die Köpfe hinweg und fast alle folgten ihm.

Es war eine traurige Angelegenheit und erinnerte an die Ausverkäufe nach der Wende, aber es gab Licht am Ende des Tunnels.

Janos stand in seinem Büro, grinste über das ganze Gesicht und packte seine Sachen zusammen. Vorher stattete er dem Safe seines ehemaligen Chefs einen Besuch ab. Die Kombination war so einfach. Sie lag im Schreibtisch. Schneidewind konnte sich nichts merken.

Er hörte auf die Stimmen im Flur. Dann griff er in die unterste Schublade seines Schreibtisches und nahm die schwarze Kutte und die Armbrust heraus. Dazu kamen die Nebelmaschine und die zehn Zentimeter hohen Stiefel. Er steckte alles in einen bereitstehenden Koffer und verließ die Brauerei.

„Barátok, Freunde, der Fürst der Finsternis zieht weiter. Jo, gibt es noch viele Arbeit wegen diese Finsterlichkeit ringsum!", sagte Janos zufrieden, stieg in seinen Porsche und bretterte zu neuen Auftritten davon.

Hamiholi-Likör

Ein Likörchen in Ehren
kann niemand verwehren!

Der Urheber dieser alten Weisheit kann nicht mehr mit Sicherheit benannt werden. Vielleicht war es Bacchus, das alte Weinfass persönlich, der Hase im Rausch oder Harald Juhnke. Er muss auf jeden Fall ein trinkfreudiger Geselle gewesen sein.

Für alle Jünger des gepflegten Saufgelages haben wir nun weder Kosten noch Mühen gescheut, um die Zutaten dieser neuen Kreation der Nonnenhofbrauerei in Erfahrung zu bringen. Das Rezept selber ist geheime Verschlusssache.

Unter Einsatz unserer Gesundheit probierten wir verschiedene Rezepturen aus und testeten das köstliche Gebräu, an uns und an so vielen Testpersonen, wie wir fangen konnten. Qualität wird bei uns großgeschrieben, nicht nur, weil es ein Substantiv ist.

Ein Rezept hat uns letztendlich am meisten überzeugt, sowohl vom Geschmack als auch von der Wirkung. *(Ein Proband ist bis heute noch nicht wiederaufgetaucht.)*

Deshalb sei uns an dieser Stelle eine kleine Warnung gestattet: „Die Verwendung des Rezepts erfolgt auf eigene Verantwortung. Vergessen Sie Ihren Arzt oder Apotheker."

Hamiholi

Zutaten: 500g Holunderbeeren
250g braunen Kandiszucker
0,75l Gin
Ein Bund frische marokkanische Minze
3-5 Tropfen Hanföl (Gibt's auch für Veganer,
die   Mutigen können ja was Stärkeres verwenden.)
1 Chilischote

Natürlich gibt es noch eine *geheime Zutat*. Aber die wird nicht verraten, sonst wäre es ja keine *geheime Zutat*. Seid mal selber kreativ.

Zubereitung: Früchte und Zucker kurz aufkochen und stehen lassen. Nach dem Erkalten Alkohol zufügen und den Ansatz in ein Gefäß mit großer Öffnung füllen. Mit Folie abdecken und die Folie mit einem Gummiband fixieren. Ansatz an einem dunklen, kühlen Ort 2 – 3 Wochen ruhen lassen. In den ersten 2 Tagen 1 – 2 x vorsichtig umrühren. Nach 3 Wochen die Flüssigkeit durch ein Tuch seien.

Finger weg von den Früchten oder drei Tage kein Auto fahren!

Likör in Flasche füllen und schön etikettieren.

Mit Freunden trinken oder dem Magdeburger Mörder Club schenken.

Wohl bekomm's!

Fuck you Corona – Teil 2

Sylvie Braesi

Henrietta Lange war gelangweilt. Durch den Lockdown war sie nun schon wochenlang zur Untätigkeit verdammt. Alles, was sie sonst so den ganzen Tag lang machte, war untersagt oder nicht möglich.

Treffen mit den Freundinnen? Untersagt!

Familienbesuche? Untersagt!

Shoppen im Allee-Center? Nicht möglich!

Café, Konzert oder Theaterbesuche? Alles nicht möglich!

Nicht mal ihre beste Freundin in Halle konnte sie besuchen. Sie selber hätte es ja riskiert, aber Lisbeth war so ein Weichei. Als Henrietta ihr vorgeschlagen hatte, kurzerhand zu ihr zu kommen, hatte Lisbeth rumgedruckst. Sogar als Hetti anklingen ließ, dass sie beide schließlich nicht mehr die Jüngsten waren und man nie wissen könne, wie lange solche Besuche noch möglich seien, war Lisbeth nicht eingeknickt. Nach einer halben Stunde vergeblicher Mühen hatte Hetti aufgegeben. Dann eben nicht.

Hetti saß vor der zweiten Tasse Kaffee und grübelte, womit sie den Tag am besten ausfüllen konnte. Die Wohnung war schon mehrfach auf Hochglanz gebracht worden, der Vorgarten grünte und blühte absolut unkrautlos und eingekauft hatte sie gestern erst.

Als Erstes würde sie Lisbeth einen Brief schreiben, denn Anrufe gestalteten sich auch immer schwieriger, da die Freundin mit ihrem Hörgerät nicht klarkam. Den Brief konnte sie dann gleich noch zum Briefkasten bringen, ihre tägliche Spazierrunde drehen und dann …

Gott, es war so langweilig. Kein Wunder, dachte Hetti, dass so viele Menschen in dieser Zeit Depressionen bekamen. Wenn man den ganzen Tag in der Bude hocken musste und sich mit niemandem treffen durfte, kamen einem doch unweigerlich die trübsinnigsten Gedanken.

Hetti Lange bezog das nicht auf sich. Zum Glück war sie ein positiv denkender Mensch. Sie bekam immer wieder zu hören, was für eine fröhliche Ausstrahlung sie doch hätte, trotz dieser unschönen Ereignisse Namens Lockdown.

Vielleicht war ihre Fröhlichkeit aber nicht immer nur ein Vorteil? Gerade wenn sie daran dachte, wie selten sich die Kinder und Enkel bei ihr meldeten.

Hetti rechnete zurück. Der letzte Anruf war vor 10 Tagen gewesen und der war von ihr ausgegangen. Als sie das geringe Interesse ihrer Familie bemängelt hatte, bekam sie nur zu hören: „Wir wissen doch, dass es dir gut geht. Du bist immer gut drauf und ständig unterwegs, da müssen wir uns keine Sorgen machen."

Aber wehe, sie vergaß mal einen Geburtstag. Gerade bei den Urenkeln konnte das schnell mal passieren.

Eins der Babys hatte sie noch nicht mal gesehen. Wie hieß es doch gleich? Manchmal fielen ihr die Namen nicht sofort ein, es wurden ja immer mehr und dann auch noch Doppelnamen.

Linda Jasmin, so hieß die Kleine. Ihr Enkel, Luka, hatte ihr Fotos geschickt, natürlich keine richtigen, sondern übers Telefon. Dafür musste sie sich extra mit diesem Dings beschäftigen. Sie sagte dazu immer *wartsab,* worauf Luka sie jedes Mal auslachte. Englisch hatte sie nie gelernt. Aber die Fotos waren wirklich toll und sie konnte sie überall mit hinnehmen, ein echter Vorteil.

Leider waren Fotos im Moment das Einzige, was sie von Linda Jasmin sehen durfte. Wenn das mit diesen ständig wiederkehrenden Lockdowns so weiterging, würde ihr die Kleine beim ersten Besuch schon entgegenlaufen können.

Luka hatte ihr aber versprochen, bei der nächsten Lockerung mit dem Baby nach Magdeburg zu kommen, damit sie nicht mit der Bahn nach Berlin fahren musste. Solche Fahrten konnte sie erst wieder unternehmen, wenn sie geimpft sein würde. Ein Impfstoff war aber noch nicht in Sicht.

Mitten hinein in ihre Gedanken klingelte das Telefon. Hetti schaute aufs Display, die Nummer kannte sie nicht. Entsprechend zögernd meldete sie sich.

„Ja bitte?"

„Oma? Oma! Bist du dran? Ich versteh dich so schlecht!", hörte Hetti eine leise Stimme. Die Verbindung war wieder mal unmöglich. Aber es war eine männliche Stimme.

„Luka?"

„Ja, Oma. Ich bin es, Luka." Die Stimme klang erleichtert und redete weiter. „Ich bin so froh, dass ich dich erreicht habe."

„Da hast du Glück gehabt, du Berliner. Ich wollte erst gar nicht rangehen, weil ich die Nummer nicht kenne. Hast du ein neues Telefon?"

„Das ist nicht mein Telefon. Das habe ich mir von einer Schwester hier im Krankenhaus geborgt. Ich habe meins bei all der Aufregung vergessen."

Der Schreck fuhr Hetti in alle Glieder. „Was ist denn los, Junge? Hattet ihr einen Unfall? Geht es euch gut?

Geht es dem Baby gut?"

„Nein, wir hatten keinen Unfall."

Hetti spürte Erleichterung. Sie wusste, Luka war beruflich viel mit dem Auto unterwegs und wie schnell konnte da etwas passieren. Doch schon im nächsten Augenblick war die Erleichterung wie weggeblasen, als sie hörte: „Das Baby ist krank."

„Oh mein Gott, die Kleine? Was hat sie denn? Hoffentlich nichts Ernstes?"

„Es ist dieses verfluchte Corona. Sie muss es sich eingefangen haben, als wir das letzte Mal beim Kinderarzt waren. Es war so voll und viele saßen doch echt ohne Maske da. Was denken sich diese Leute nur?"

Hetti war erschüttert. Sie trug immer eine Maske und ärgerte sich ständig, wenn sie sah, dass andere ihre Masken nicht oder nicht richtig trugen. Und gerade bei älteren Menschen beobachtete sie das des Öfteren. Einmal hatte sie einen alten Mann in der Straßenbahn daraufhin angesprochen und war übel beschimpft worden. Aber das war jetzt nicht wichtig.

„Was ist mit Corinna und dir? Seid ihr auch krank?"

„Nein, zum Glück nicht, aber wir müssen nun in Quarantäne und dürfen nicht zu dem Baby."

„Ist die Kleine nicht bei euch?"

„Nein, sie liegt im Krankenhaus. Es hat sie schlimm erwischt. Sie hat eine Lungenentzündung mit hohem Fieber und jetzt ist auch noch Durchfall dazugekommen. Es sieht nicht gut aus. Sie wird beatmet und künstlich ernährt."

„Ach Junge, das tut mir so leid. Gibt es denn nichts, was ihr helfen kann?"

„Doch, aber das ist schwierig. Es gibt ein Medikament, aber das ist in Deutschland noch nicht zugelassen.

Bisher wurde es nur in Belgien und Holland verabreicht und auch nur in ganz schweren Fällen. Die Ärztin im Krankenhaus hat mir davon erzählt."

„Na, dann müssen die im Krankenhaus eine Ausnahme machen. Das ist doch ein Notfall." Hettis Stimme überschlug sich fast.

„Das würde die Ärztin mit unserem Einverständnis sogar tun. Sie kann das Medikament aber nicht anfordern. Wir müssten es selber besorgen. Dazu müssten wir nach Holland fahren, aber wir sind ja in Quarantäne."

„Was ist mit deinen Brüdern. Kann nicht einer von denen fahren?"

„Die will ich da nicht mit reinziehen, das ist doch illegal. Aber das Beschaffen des Medikaments ist gar nicht unser Problem. Eine Freundin von Corinna hat einen Freund in Holland und der kann das Medikament besorgen. Sie würde heute noch zu ihm fahren und es holen."

„Aber das ist doch fantastisch."

„Leider nicht, Omi. Das Medikament ist verdammt teuer. Eine Dosis kostet 8.000 €. Wenn die Behandlung anschlagen soll, braucht die Kleine mindestens sechs Spritzen. Das sind 48.000 €. Corinna und ich müssen auch behandelt werden, weil wir direkten Kontakt hatten. Zum Glück sind wir symptomfrei, deshalb genügen uns drei Spritzen. Insgesamt brauchen wir nun so schnell wie möglich 98.000 €. So viel habe ich nicht. Wir wollen einen Kredit aufnehmen, aber das dauert und im Moment dürfen wir ja nicht mehr raus. Ich weiß nicht, was ich machen soll." Lukas Stimme war immer leiser geworden und ging schließlich in heftiges Schluchzen über.

Hetti saß da und war sprachlos. Nie hätte sie

gedacht, dass ihr sowas mal passieren würde. Aber was gab es da schon zu überlegen. Die Entscheidung, wie sie reagieren sollte, fiel ihr nicht schwer.

„Und wenn ich dir das Geld gebe, Luka?"

„Ach Oma, das wäre unsagbar toll. Aber das ist doch eine so große Summe. Hast du denn überhaupt so viel?"

„Wenn ich es nicht hätte, würde ich es dir doch nicht anbieten."

„Ich weiß nicht, wie ich das je wiedergutmachen kann. Aber ich zahle es dir zurück, bis auf den letzten Cent. Sobald die Quarantäne vorbei ist, gehe ich zur Bank und nehme einen Kredit auf. Versprochen." Schon klang seine Stimme wieder etwas beruhigter.

„Mach dir darüber keine Gedanken. Erstmal muss die Kleine wieder gesund werden. Jetzt müssen wir nur einen Weg finden, wie wir das Geld zu dir und nach Holland kriegen."

„Also das wird gar nicht so schwierig. Corinnas Freundin ist heute in Leipzig. Auf dem Rückweg kann sie in Magdeburg Halt machen. Wenn du ihr das Geld gibst, fährt sie gleich weiter nach Holland und schon morgen Abend ist sie mit der Medizin in Berlin."

„Also, ich will ja wirklich nicht unken. Aber sag mal, wie gut kennt ihr denn diese Freundin überhaupt? Kann man ihr so viel Geld anvertrauen?"

„Omi, Corinna und sie kennen sich schon, seit sie Kinder waren. Sie ist total in Ordnung. Immerhin war sie sofort bereit, Urlaub zu opfern und die ganze Fahrerei auf sich zu nehmen. Mach dir keine Sorgen. Ich vertraue ihr immerhin das Leben meines Kindes an."

Das war ein gutes Argument, fand Hetti. Nun hatte der Enkel seinerseits eine Frage. „Wie willst du denn auf die Schnelle an die ganze Summe rankommen? Die

Banken haben doch Auszahlungslimits."

Daran hatte sie nicht gedacht. Aber das war auch nicht nötig. Sie war eine umsichtige Oma.

„Am Automaten kriege ich nur 1.000 € von meinem Girokonto, aber ich habe ja mein Sparbuch. Da sind 55.000 € drauf. Das kann ich alles abheben, wenn ich es brauche, hat mir die Frau am Schalter mal erklärt. Das sind dann 56.000 €."

Sie hörte den Enkel seufzen.

„Das reicht dann wenigstens für das Baby. Das muss reichen. Corinna und ich müssen eben so auskommen. Wir dürfen die Kleine dann vorläufig nicht sehen, aber das geht dann nicht anders."

Hetti wartete einen Moment. Sie wollte nicht als kleinlich dastehen. Aber bei so viel Geld musste eine kleine Überlegungspause schon drin sein.

„Nun warte doch mal. Ich habe ja noch 40.000 € in Bar zuhause. Davon weiß keiner. Das ist sozusagen mein Notgroschen und wenn das kein Notfall ist, dann weiß ich nicht."

„Omi, so viel Geld, zuhause? Das ist aber ganz schön altmodisch. Sag bloß, du hast es unter der Matratze."

„Meckere nicht rum. Sei froh, dass du so eine altmodische Oma hast." Hetti klang gekränkt und sofort lenkte der Enkel ein.

„Nicht doch, Omi. Ich bin doch froh, wirklich."

„Gut, dann halte mich nicht länger auf. Ich muss schließlich noch zur Sparkasse, bevor die zumacht. Wann kommt denn diese Freundin und wie erkenne ich sie?" Aus dem Telefon drang nur ein gedämpftes Nuscheln.

„Sprich deutlicher, Junge."

„Sie heißt Marlene und ist in circa einer Stunde bei dir. Ich kann dir leider kein Foto schicken. Aber du kannst dir ja ihren Ausweis zeigen lassen. Ich muss jetzt Schluss machen, die Krankenschwester braucht ihr Handy wieder. Ich melde mich bald wieder, Omi und vielen Dank."

Das Gespräch war beendet. Hetti verschwendete keinen weiteren Gedanken mehr daran. Sie musste sich sputen, wenn sie in einer Stunde alles erledigt haben wollte. Sie griff ihre Tasche und verließ eilig ihre Wohnung. Sie vergaß sogar, einen letzten, prüfenden Blick in den Spiegel zu werfen. Das Abschließen vergaß sie allerdings nicht.

Eine Stunde später war alles erledigt. Jeden Augenblick konnte es klingeln und Hetti spürte Unruhe in sich aufsteigen. Wenn sie daran dachte, was alles schiefgehen konnte, wurde ihr ganz schlecht. Sie schüttelte den Gedanken an ein Misslingen ab. Es musste einfach klappen. Sie hatte jedenfalls alles getan, was in ihrer Macht stand.

Die Klingel ertönte und obwohl sie darauf gewartet hatte, fuhr Hetti zusammen. Bevor sie zur Tür ging, schaute sie sich noch mal um. Alles war vorbereitet.

Vor der Wohnungstür stand ein junges Mädchen mit langen, blonden Locken und einem freundlichen Lächeln.

„Hallo, ich bin Marlene, die Freundin von Corinna und Luka. Sie müssen Frau Lange sein, Lukas Oma." Das Mädchen streckte ihr die Hand entgegen und zog sie schnell wieder zurück. Mit einem Glucksen hielt sie sich die Hand vor den Mund und sagte: „Entschuldigung. Händeschütteln geht ja gerade nicht." Sie griff in ihre Tasche und holte einen Ausweis aus der Tasche. Den hielt sie Hetti vor die Nase und wartete, bis Hetti nickte. Marlene zog nun eine Maske hervor.

„Dann kann ich die ja jetzt aufsetzen, bevor ich reinkomme."

Als Hetti keine Anstalten machte, sie hereinzubitten, fügte sie schnell hinzu: „Wollen wir, Frau Lange? Ich will wirklich nicht drängeln, aber ich habe noch eine lange Fahrt vor mir und in Berlin werde ich schon sehnsüchtig erwartet, wie sie wissen."

Ja, das wusste Hetti und sie gab die Tür frei. Sie ließ Marlene vorgehen und zeigte auf die Tür in die Wohnstube. Auf dem Couchtisch stand eine Reisetasche. Die junge Frau deutete auf die Tasche und fragte: „Ist da das Geld drin? Das ist aber eine ganze Menge. Haben sie schon mal so viel Geld auf einen Haufen gesehen? Also ich nicht."

„Haben Sie keine Angst mit 96.000 € einfach so durch die Gegend zu fahren?"

„Ich bin vorsichtig."

„Fahren Sie jetzt direkt nach Holland?"

„Ja, genau. Das ist der Plan. Ich stelle Ihnen noch eine Quittung aus, damit alles seine Richtigkeit hat."

„Wie geht es weiter, wenn Sie in Holland angekommen sind?"

„Mein Freund hat schon Kontakt zu einem Arzneimittelverkäufer aufgenommen und das Medikament bestellt. Wir müssen es nur noch abholen."

„Und bezahlen."

„Natürlich, bezahlen müssen wir es auch und dank Ihnen ist das ja kein Problem. Die Kleine wird schon bald wieder gesund sein." Marlene lächelte. Dann schrieb sie etwas auf ein Blatt Papier und reichte es

Hetti mit den Worten: „So, hier ist die Quittung. Sie haben wirklich ein großes Herz. Meine Oma war auch so eine herzensgute Frau. Sie ist leider schon tot. Wenn es erlaubt wäre, würde ich Sie ganz doll drücken. Aber das können wir hoffentlich bald nachholen."

„Das könnte aber ein paar Jahre dauern", entgegnete eine dunkle Stimme.

Die Stimme gehörte zu Hauptkommissar Winkler, der gerade aus dem Nebenraum kam. In der Tür zum Flur, also dem direkten Fluchtweg, tauchte noch eine uniformierte Polizistin auf. Marlene war umzingelt.

Die junge Frau ließ sich zwar widerstandslos festnehmen, lamentierte aber die ganze Zeit laut herum, dass sie doch auch nur ein Opfer sei. Ein Freund hatte sie angeblich gebeten, das Geld von seiner Oma abzuholen.

Damit die Oma ihm das Geld geben würde, hatte er die Geschichte von dem kranken Mädchen erfunden, in Wirklichkeit aber wollte er damit Spielschulden bezahlen.

In bühnenreifer Manier quälte Marlene sich ein paar Krokodilstränen ab und fügte unter Schluchzen hinzu: „Ich hatte doch keine Ahnung, dass die Frau gar nicht seine Oma war. Ich hab's doch nur gut gemeint."

POM Grabovski, die uniformierte Polizistin, führte die junge Frau aus der Wohnung. Wie wenig angetan Grabovski von der schauspielerischen Leistung der Trickbetrügerin war, machte sie unmissverständlich mit den Worten deutlich: „Das wird nicht mal ihren Verteidiger überzeugen. Wenn sie Glück haben, reichts gerade noch für eine goldene Himbeere."

Die verkannte Jungschauspielerin war wohl nicht so vertraut mit der Filmbranche, denn sie schaute die Polizistin verwirrt an. Grabovski half ihr gern auf die Sprünge.

„Das ist wie der Oscar, nur in schlecht."

Vor dem Haus wartete schon Grabovskis Partner, POM Rademacher. Er hatte sich inzwischen um den Freund von Marlene gekümmert. Mit finsterer Miene saß der im Polizeiwagen und konnte sein Pech immer noch nicht fassen. Als seine Komplizin einstieg, sah er sie fragend an, erntete aber nur ein Schulterzucken.

Für das Betrüger-Duo war hier und heute erstmal Endstation. Ihre Fahrt würde weder nach Holland noch nach Berlin gehen. Das Einzige, was nach Ausland klang, war der Name der Gardinen, die allerdings auch nicht aus einem schwedischen Möbelhaus stammten.

In Henrietta Langes Wohnung war es still geworden. Die Rentnerin stand immer noch fassungslos da. Erst Winklers Stimme riss sie aus ihrer Schockstarre.

„Frau Lange, das war sehr mutig von Ihnen. Nach den beiden sind wir schon eine ganze Weile auf der Jagd. Wie geht es Ihnen denn jetzt? Die ganze Aufregung war doch hoffentlich nicht zu viel für Sie? Sollen wir Sie nicht lieber von einem Arzt untersuchen lassen?"

Hetti schüttelte energisch den Kopf.

„Ach was, Herr Kommissar. Mir ging es schon lange nicht mehr so gut wie jetzt. Ich kann es nur nicht fassen, dass die wirklich geglaubt haben, dass ich auf diese Räuberpistole reinfalle."

„Leider gelingt es solchen Betrügern immer noch viel zu oft, arglosen Rentnern Geld abzunehmen. Und das, obwohl wir immer wieder warnen. Es gibt so viele Tricks und Geschichten und leider machen es ihnen die Senioren manchmal nicht besonders schwer. Ohne es zu merken, lassen sie sich ausfragen und geben alles preis, was so ein Betrüger für sich nutzen kann. Diese Leute sind absolut skrupellos."

„Diesmal haben die sich aber die Falsche ausgesucht. Ich sehe *Kripo live* und *Aktenzeichen XY.*"

Winkler konnte nicht anders, er musste über die resolute alte Dame schmunzeln. Ihre Reaktion war wirklich erstaunlich geistesgegenwärtig und besonnen gewesen.

Gleich nach dem falschen Enkel-Notruf, war sie auf der Polizeiwache erschienen und hatte Alarm geschlagen. Ihre Angaben waren so präzise gewesen, dass kein Zweifel an der Echtheit bestanden hatte. Auch während der Geldübergabe war sie absolut ruhig geblieben. Jetzt wollte Winkler aber noch eins von Hetti Lange wissen.

„Wann haben Sie eigentlich gemerkt, dass es nicht ihr Enkel war, der sie anrief? War es die Stimme?"

Hetti lächelte verlegen. Es war ja nicht so, als wüsste sie nicht, dass sie selber beinahe auf das Gaunerpärchen hereingefallen wäre. Die Geschichte war wirklich gut und überzeugend gewesen. Die schlechte Verbindung, die aufgeregte Stimme, das alles hatte dazu beigetragen, dass es glaubwürdig klang. Und wer würde schon mit der Gesundheit seiner Angehörigen spielen und dann auch noch bei einem Kind. Die Masche war so niederträchtig, aber eben deshalb auch raffiniert.

Eigentlich war Hetti der Schwindel nur aufgefallen, weil sie wieder mal die Namen durcheinandergebracht hatte. Sie hatte nach Corinna gefragt, Lukas Frau hieß aber Cornelia. Als der vermeintliche Enkel sie nicht korrigierte, war sie noch nicht misstrauisch geworden. Dann hatte er aber selber zweimal den falschen Namen gebraucht und da wusste sie, dass sie Opfer eines fiesen Enkeltricks werden sollte.

„Ich hätte nie gedacht, dass ich das mal sagen würde, aber heute bin ich froh, dass ich ein bisschen vergesslich bin. Das werde ich mir nie wieder vorwerfen lassen."

Winkler lachte. Henrietta Lange nahm das Ganze anscheinend mit Humor und das beruhigte ihn. Ein paar Gedanken machte sie sich aber dann doch.

„Was ich mir nicht erklären kann, ist, wie sind die Gauner gerade auf mich gekommen und woher hatten die meine Telefonnummer?"

Winkler setzte gerade zu einem längeren Vortrag über Internetsicherheit, geklonte Handys und ausgelesene Daten auf Chipkarten an, entschied sich aber dagegen, als ihm bewusst war, dass das zu viel des Guten sein würde.

„Wissen Sie, Frau Lange", sagte er stattdessen, „diese Typen machen den ganzen Tag nichts anderes, als Leute zu betrügen. Die entwickeln immer neue Methoden, um an die Daten von anderen Menschen zukommen. Sie hacken solche Internetseiten wie Facebook oder WhatsApp. Sich dagegen zu schützen ist fast unmöglich. Aber es hilft, wenn man wachsam ist und nicht alles gleich akzeptiert. So, wie Sie es getan haben."

Mit dieser Erklärung schien Hetti nicht ganz zufrieden zu sein, als machte Winkler einen Vorschlag.

„Wenn Sie wollen, kann ich mal einen von unseren Experten vorbeischicken, der sich mal ihr Handy anschaut und es etwas sicherer macht. Der hat bestimmt auch noch ein paar gute Tipps für sie."

Hetti nickte. Schaden konnte es ja nicht.

„Der Junge ist wirklich gut auf diesem Gebiet."

„Und wie sieht er aus? Nur damit ich weiß, dass er wirklich von Ihnen kommt."

„Großer, schlaksiger, junger Mann mit etwas strubbeligen Haaren. Sie werden ihn aber an seinem Namen erkennen. Der ist ziemlich unverwechselbar. Er heißt Frieder Conrad Schulze-Eggard."

Hetti sah ihr Gegenüber mit großen Augen an und antwortete: „Also den Namen kann man sich nicht ausdenken. Der arme Junge sollte seine Eltern verklagen." Nun lachten beide.

Als Hetti Winkler einen Kaffee anbot, lehnte er ab. Dafür war heute keine Zeit. Er verabschiedete sich und versprach, dass sie das in den nächsten Tagen auf dem Revier nachholen würden. Schließlich musste Hetti ja noch ihre Aussage zu Protokoll geben.

Nicht lange nach Winklers Weggang kamen die Nachbarn. Der Polizeieinsatz war nicht unbemerkt geblieben. Jeder wollte wissen, was vorgefallen war und Hetti berichtete. Dass sie sich an manche Einzelheit, besonders während der Übergabe und der Verhaftung, nicht genau erinnern konnte, ärgerte sie zunächst. Doch dann machte sie aus der Not eine Tugend und füllte die Erinnerungslücken mit viel Fantasie und Spucke. Bei jedem Bericht kam noch ein aufregendes Detail hinzu.

Lisbeth, mit der sie am Abend telefonierte, kam in den Genuss einer Räuberpistole, die durchaus TV-Qualität hatte.

Amüsiert hörte Hetti die erschütterte Stimme Lisbeths.

„Gott, was für furchtbare Menschen es doch gibt. Wieso passieren immer wieder dir solche Sachen, ich fasse es nicht. Macht dir das denn keine Angst?"

Lachend antwortete Hetti: „Klingt schlimmer, als es war." Im Stillen dachte sie jedoch: *Daran könnte ich mich direkt gewöhnen.*

Es geschah am helllichten Sonntag
Sylvie Braesi

Ein übergroßes Schild vor dem Gebäude 4 der Polizeiinspektion Magdeburg in der Hallischen Straße zeugte davon, dass dieses Gebäude zu den 5 schlechtesten Polizeidienststellen aller Bundesländer zählte. Nicht gerade etwas, womit man sich rühmen sollte. Aber zu diesem Zweck hatte man das Schild auch nicht aufgebaut.

Auch wenn einige Magdeburger meinten, damit würde man sich ja zum Gespött der Leute machen, die Mehrzahl lag bei denen, die es richtig fanden, öffentlich die schlechten Arbeitsbedingungen anzuprangern. Liebevoll von den Magdeburgern aufs Korn genommen, hieß es lange Zeit, dass sich für Nachkriegsfilme der Hauptbahnhof und dieses Gebäude am besten eignen würden.

Das war ja nun endlich hinfällig. Der Bahnhof war und wurde umfassend modernisiert und die Polizeidirektion von Grund auf saniert. In einem riesigen Kraftakt mussten die Gebäude geräumt und alles, was noch gebraucht wurde, umgelagert oder eingelagert werden.

Auch Winkler war davon betroffen. Seine Dienststelle sollte für die Zeit der Sanierung umziehen. Seit Tagen waren er und sein Team damit beschäftigt, Umzugskartons zu packen. Marks hatte munter verkündet, das sei doch eine gute Gelegenheit, die Schreibtische und Schränke gleich mal auszumisten. Winkler und Pasold hatten sich stumm angesehen und den gleichen Gedanken gehabt. *Typisch Frau!* Ausgesprochen hatten sie das natürlich nicht.

Zwei Tage und etliche Kartons später gab Winkler der Kollegin Recht. Da hatte sich mit den Jahren wirklich so einiges angesammelt. Allein die alten Kalender füllten einen Karton. Sie alle kamen in den Reißwolf, genau wie alte Notizzettel, E-Mail-Ausdrucke und andere Schriftstücke mit teilweise vertraulichen Daten. Für die Entsorgung hatte Winkler den Neuen im Team verantwortlich gemacht. Frieder Schulze-Eggard hatte von ihnen allen nämlich die wenigste Arbeit mit seinen Sachen. Er war der IT-Spezi und somit komplett papierlos.

Alles, was er nutzte, war Technik und um die einzupacken, brauchte er nicht mehr als einen Vormittag. Da er sich strikt weigerte, beim Leeren der Aktenschränke mit anzupacken, musste er nun den aussortierten Papiermüll in den Keller bringen und durch den Aktenvernichter jagen. Frieder nahm es gelassen, immerhin gab es einen Fahrstuhl und der Keller war ihm vertraut. Bis vor kurzem hatte er dort noch seinen Arbeitsplatz gehabt. Ein Teil dessen, was er für seine Arbeit brauchte, stand aus Platzgründen immer noch hier unten. Bei seinen Gängen in den Keller konnte er auch ein wachsames Auge auf die Leute werfen, die sein altes Reich ausräumten.

Gerade als Frieder mit seiner dritten Ladung vor dem Aktenvernichter stand, kam ihm ein Kollege aus dem Archiv entgegen. Mit denen hatte Frieder echtes Mitleid. Die hatten wirklich die Arschkarte. Nicht nur, weil sie jeden Tag von dem Mief alter Akten umgeben waren. Nein, diese alten Fallakten füllten einen großen Teil des Kellers und das musste nun alles eingepackt, ausgelagert und wieder ausgepackt werden.

„Kannst du mal mit anpacken, Schulze-Eggard?", hörte Frieder den Kollegen fragen.

„Eigentlich nicht. Ich hab' doch diese Stauballergie. Deshalb muss ich mich von dem alten Papierkram fernhalten", lautete seine Antwort.

„Ach komm, das sind keine Akten. Das ist nur ein alter Spind und der ist zu schwer für mich allein. Du sollst mir nur helfen, ihn auf den Hubwagen zu stellen. Ich kann dir auch eine Maske geben. Da geht garantiert kein Staub durch."

Der Mann war in seinem Alter und bestimmt nicht freiwillig hier unten. Frieder ließ sich erweichen und ging mit.

Das Ungetüm war einer von den ganz alten Spinden, wie sie schon ewig nicht mehr benutzt wurden. Er war aus Blech und ohne Lüftungsschlitze. Die Klamotten darin mussten damals krass gemüffelt haben. Kein Wunder, dass man sie ausrangiert hatte.

Der besagte Spind war recht schmal und sah gar nicht so schwer aus. Gemeinsam versuchten die Männer, ihn auf den Wagen zu wuchten, ohne Erfolg. Als Nächstes probierten sie ihn anzukippen, um den Spind besser anpacken zu können. Plötzlich schlug etwas in seinem Inneren dumpf gegen die Seitenwand und beinahe wäre ihnen der Koloss auf die Füße gefallen.

„Verdammt ist das Scheißding schwer. Was ist denn da drin?", fragte Frieder erstaunt.

„Keine Ahnung. Der müsste eigentlich leer sein. Das

hier ist ein Raum, der nicht mehr genutzt wurde."

Frieder schaute sich das Monstrum genauer an.

„Wenn der leer ist, wieso ist denn da ein Vorhänge-schloss dran? Und guck mal, in die Türritzen ist was reingeschmiert worden."

„Da drin ist was versteckt", flüsterte der Kollege.

„Und was? Ein Schatz wird's jedenfalls nicht sein", gab Frieder leise zurück.

„Wieso nicht? Es soll schon Polizisten gegeben haben, die sich an sichergestellter Beute bedienten. Drogengeld oder Diamanten zum Beispiel."

„Na klar, da klaut einer wertvolle Diebesbeute, versteckt alles aufwändig im Spind und lässt es dann verrotten."

Frieder sah den Kollegen skeptisch an, aber jetzt war auch seine Neugier geweckt. Aus einem Nebenraum holte der Kollege einen Kuhfuß. Damit war das Schloss kein Problem mehr. Das Zeug, mit dem die Tür abgedichtet worden war, erwies sich als etwas widerstandsfähiger. Doch letztlich gab die Tür nach, und sprang mit einem Krachen auf. Eine große dunkle Rolle kam ihnen entgegengeflogen und landete direkt in Frieders Arme.

„Von wegen Geld oder Diamanten!", fluchte er. „Das ist ein alter Teppich, du Lauch."

Er ließ die Rolle auf den Boden fallen. Keine gute Idee, denn nun erhob sich eine Staubwolke, hüllte alles ein und Frieder bekam einen Hustenanfall. Sein Kollege packte ihn an der Schulter und zog ihn zurück in den Flur, wo er wieder zu Atem kam.

„Danke Mann, ich dachte, ich muss ersticken. Und sehen konnte ich auch nichts." Frieders Miene drückte echte Dankbarkeit aus. Der Kollege schüttelte nur den Kopf und meinte: „Eigentlich wollte ich uns nur schnell weg von dem Ding bringen."

Frieder drehte sich um und sah, wie sich aus der lichter werdenden Staubwolke etwas herausschälte. Es war wirklich ein Teppich und er lag halb aufgerollt vor ihnen. Aus seinem Inneren ragte eine knochige Hand heraus, mit einem Arm dran. Die Umrisse, die sich unter dem Rest der Teppichrolle abzeichneten, ließen vermuten, dass der Arm noch an einem Körper hing.

Mit diesem Anblick war der junge Archivar total überfordert. Frieder dagegen, blieb erstaunlich ruhig. Er legte dem Kollegen beruhigend die Hand auf die Schulter und fragte: „Deine erste Leiche?"

Zu mehr als einem Nicken war der nicht fähig. Also fügte Frieder schnell noch hinzu: „Verstehe. Ich weiß, wie es dir geht. Soll ich dir was verraten? Die Erste vergisst man nie."

Mit heiserer Stimme fragte der Kollege: „Was machen wir jetzt?"

„Du bleibst hier und konzentrierst dich aufs Atmen und ich geh´ meinen Chef holen."

Im Büro herrschte rege Betriebsamkeit und Frieders Ankunft blieb fast unbemerkt. Er baute sich direkt vor Winklers Schreibtisch auf. Doch der reagierte nicht, er telefonierte.

Frieder begann, nervös von einem Bein aufs andere steigen. Endlich wurde er bemerkt.

„Frieder, ich telefoniere gerade mit dem Kriminalrat."

Winkler klang ungehalten, was Frieder nicht beeindruckte.

„Sie müssen unbedingt mit nach unten kommen, Chef."

Winkler legte die Hand über das Telefon und fragte unwirsch: „Was ist los? Hast du die Leichen in unserem Keller gefunden?"

Frieders Augen wurden riesengroß.

„Manchmal machen Sie mir wirklich Angst. Können Sie Gedankenlesen?"

Als Winkler daraufhin große Augen machte, sagte er noch: „Wir haben wirklich eine Leiche gefunden, in einem Spind."

Winkler wartete zwei Sekunden, nur für den Fall, dass sich das Ganze als Scherz herausstellen sollte. Dann sagte er ins Telefon: „Das muss jemand anderes übernehmen. Oh, und du solltest vielleicht mal in den Keller kommen."

Falls jemand annahm, dass es von Vorteil war, wenn man die Polizei gleich im Haus hatte, wurde er heute eines Besseren belehrt. Die SpuSi war zwar schnell im Keller und auf Grund der Beschaffenheit der Leiche konnte auf die Begutachtung durch einen Arzt direkt vor Ort verzichtet werden, aber damit hatten sich die Vorteile auch schon erledigt.

Die Neuigkeit sprach sich nämlich in Windeseile im ganzen Haus herum und plötzlich hatte jeder etwas im Keller zu erledigen. Erst Kriminalrat Horstmanns Machtwort, machte dem Spuk ein Ende. Nur er, die SpuSi und Winkler durften sich noch am Fundort aufhalten.

Der bedauernswerte Archivar ließ sich widerstandslos ins Krankenhaus fahren. Frieder hatte die freundliche Frage des Rettungssanitäters, ob er auch mitwolle, mit den Worten: „Das fehlte noch. Gerade wenn es spannend wird, soll ich ins Bett? Nich mit mir, Bro" beantwortet und sich neben seinem Chef aufgebaut.

Als die menschlichen Überreste nach einer Stunde in die Rechtsmedizin geschafft wurden, kam Uhlmann für einen kurzen Moment aus dem Kellerraum.

„Ich habe Dr. Schilling ein paar Fotos geschickt und ihm die Auffindesituation geschildert. Mit ziemlicher Sicherheit handelt es sich um einen Mann. Er meint auch, dass der Tote schon länger dort gelegen haben muss."

Winkler hakte sofort nach.

„So viel ist uns auch klar. Geht's etwas genauer? 10 Jahre, 20 Jahre oder mehr?"

Uhlmann grinste und meinte trocken: „Dr. Schilling hatte schon die Vermutung, dass Sie wieder mal nicht abwarten können. Seine erste Schätzung lautet mindestens 25 Jahre, kann aber auch gut länger sein."

„Das ist doch aber nicht alles, oder?"

„Vom Doktor schon. Ich hätte da allerdings auch schon ein paar Ergebnisse."

„Na dann raus damit, Uhlmann. Spannen Sie uns nicht auf die Folter." Horstmann klang ungeduldig, doch Uhlmann ließ sich nicht aus der Ruhe bringen. Sorgsam wog sie ihre Worte ab.

„Also, das wird Ihnen bestimmt nicht gefallen. Der Tote war Polizist. Er trug noch seine Uniform."

In die plötzliche Stille hörte man Horstmann leise sagen:

„Einer von uns. Das hatte ich befürchtet."

„Nicht direkt, Herr Kriminalrat", wandte Uhlmann sofort ein, während sie ihr Tablet den Männern zudrehte, auf dem eines der Fotos der Leiche zu sehen war. Eigentlich sah es mehr wie eine Mumie aus, ein von ledriger Haut überzogenes Skelett. Das war aber nicht das, worauf Uhlmann hinweisen wollte.

„Sehen Sie sich die Überreste der Uniform an. Sowas trug man bei der Volkspolizei."

Jetzt schaltete sich Winkler ein.

„Damit dürfte klar sein, dass der Todeszeitpunkt vor 1990 liegen muss. Er ist also schon mindestens 30 Jahre in diesem Spind. Ist schon was über die Todesursache bekannt?"

Man konnte sehen, dass es Uhlmann nicht recht war, dazu befragt zu werden.

„Das ist eigentlich Sache der Rechtsmedizin, da würde ich mich gern raushalten", druckste sie herum.

„Schon gut, ich sag's auch bestimmt nicht weiter. Haben Sie was entdeckt?"

„Der Schädel wies einige Verletzungen auf. An der linken Schläfenseite und auf der Schädeldecke. Man konnte die Knochenfrakturen deutlich sehen. Ob es noch andere Verletzungen gab, wird Dr. Schilling erst feststellen können, wenn die Kleidung runter ist. Ich habe übrigens die Taschen an Hose und Jacke durchsucht. Er hatte keine Papiere dabei. Ich nehme mir die Kleidung aber noch genauer vor, wenn die Rechtsmedizin sie hergeschickt hat."

Ehe noch jemand eine weitere Frage stellen konnte, verschwand sie wieder im Kellerraum. Winkler fing schon an, laut zu denken.

„Dreißig Jahre also. Das war die Wendezeit. Da ging

es teilweise drunter und drüber. Aber über einen verschwundenen Polizisten müsste es doch Unterlagen geben. Das wäre nicht unbemerkt geblieben. Damit sollten wir anfangen." Er drehte sich zu Frieder um und nickte auffordernd. Mehr brauchte der Nerd nicht. Er wusste, was Winkler meinte und auch, was zu tun war. In Gedanken überschlug er, wie schnell er seinen Umzugskarton wieder ausgepackt haben würde.

Horstmann hatte die ganze Zeit über geschwiegen. Jetzt griff er Winkler am Arm und zog ihn zur Seite.

„Komm mit nach oben, Martin."

Erstaunt sah Winkler den Chef an. Eigentlich wäre er lieber hier unten geblieben und hätte auf weitere Infos von Uhlmann gewartet. Die untersuchte gerade den Spind. Doch Horstmann zog ihn energisch mit.

Auf Horstmanns Etage, dem Olymp, war es gespenstisch ruhig. Nur das Klappern der Kaffeetassen war zu hören, die Horstmanns Sekretärin Babsi auf dem Tablett hereinbrachte.

„Keine Störungen, Babsi. Egal wer anruft, ich rufe zurück."

Die Tür schloss sich leise und Horstmann begann.

„Sagt dir der Name Herbert Schüssler was?", fragte er.

Winkler schüttelte den Kopf. Horstmann ließ ihn nicht lange im Unklaren.

„Der Tote ist mit Sicherheit Herbert Schüssler."

„Du weißt, wer der Tote ist? Hast du ihn etwa gekannt?"

Winkler wurde schon bei der Frage klar, dass das kaum sein konnte. Horstmann war erst kurz nach der Wende hierher versetzt worden, ein paar Jahre, bevor Winkler zur Polizei gegangen war. Die Bestätigung kam sofort.

„Nein, das war vor meiner Zeit. Aber ich kenne die Geschichte. Sie geisterte lange durch die Behörde. Ich habe mir selber mal die Akte angesehen, als ich Kriminalrat wurde. Schüssler verschwand 1988, an einem Sonntag im August. Er hatte Bereitschaft gehabt und war zu einem Einbruch gerufen worden. Den Einbruch gab es nicht, wie sich später rausstellte. Als Schüssler am nächsten Morgen immer noch nicht wieder zuhause war, rief die Frau in der Dienststelle an. Aber da war er auch nicht. Er war wie vom Erdboden verschluckt. Ein paar Tage später meldete sich die Frau und gab an, dass ein Koffer, einige Sachen und Bargeld fehlen würde. Man ging schon bald davon aus, dass Schüssler in den Westen abgehauen war. Das war damals ein Politikum und wurde nicht an die große Glocke gehängt."

„Hat man nach der Wende nicht versucht, ihn zu finden?"

„Schon, aber vergeblich. Er konnte aber auch schon längst irgendwo anders sein. Das war sogar sehr wahrscheinlich, denn er war ein Polizist und Republikflüchtling."

„Eine ganz schön pikante Kombination."

„Eben und nach der Wiedervereinigung …" Horstmann ließ den Rest offen.

„Gab es denn vorher Anzeichen für eine Republikflucht?"

„In den Unterlagen stand, dass er ein Querulant war und gern mal gemeckert hat, über die Arbeitsbedingungen, die Bezahlung und dass er seine Verwandtschaft im Westen nicht besuchen durfte."

„Das hat damals für die Annahme einer Republikflucht gereicht."

„Ja, und jetzt, nach all der Zeit taucht er hier wieder
auf und wir haben den Schlamassel an der Backe. Ich
sehe jetzt schon die Schlagzeilen vor mir. *Auch die Polizei hat Leichen im Keller.*"

Winkler war sonst für jeden Scherz zu haben, aber
darüber konnte er nicht lachen.

Die Bestätigung, dass es sich bei dem Toten um Herbert
Schüssler handelte, kam schon kurz nach dem
Gespräch. Bei der genaueren Untersuchung fand man
einen Ehering mit einer Gravur. Der Ring war im Laufe
der Jahre durch die Austrocknung des Körpers vom
Finger gerutscht und hatte sich in der Kleidung ver-
fangen. Außerdem fanden sich noch Namensschilder in
Jacke und Hose und Schilling identifizierte Schüssler
durch Abgleich der Zähne.

Damit waren alle Zweifel ausgeräumt. Bevor die
Ermittlung richtig in Gange kam, musste Winkler noch
eins tun, Schüsslers Frau die traurige Nachricht über-
bringen. Da es keine ehemaligen Kollegen mehr gab,
die noch aktiv waren, fuhr er allein zur Ehefrau.

Von Frieder bekam er, schon auf dem Weg dorthin,
noch ein paar Infos per Telefon.

„Schüsslers Frau, Helene, hat nach Ablauf der Frist
ihren Mann für tot erklären lassen und noch mal
geheiratet, einen Klaus Jedrich. Der war ein Freund und
Kollege von Schüssler. Kinder gibt es aus keiner Ehe.
Vor einem halben Jahre ist Jedrich an Krebs gestorben.
Die Frau hat aber auch Pech. Wenigstens scheint dieser
Jedrich ein anständiger, fleißiger Kerl gewesen zu sein."

„Was soll das heißen?", hakte Winkler nach.

„Fünf Jahre nach Schüsslers Verschwinden ist er zum LKA gewechselt. Um die Versetzung hatte er gebeten, weil er da schon mit Frau Schüssler zusammen war und Gerede vermeiden wollte, also anständig. In seiner Dienstakte gibt es einige Belobigungen, also fleißig. Schüssler dagegen bekam sogar mal eine Verwarnung wegen ungebührlichem Benehmen. Ich hab' einen handschriftlichen Vermerk seines Vorgesetzten gefunden, der da lautet: neigt zu häuslicher Gewalt."

„Hat seine Frau ihn angezeigt?"

„Davon steht hier nichts."

Winkler beendete das Gespräch, denn er war vor dem Reihenhaus im Lilienweg angekommen.

Eine sehr gepflegte Frau öffnete Winkler die Tür. Helene Jedrich war 1960 geboren, wie Winkler wusste. Für Anfang 60 sah sie noch sehr gut aus.

„Ja bitte?", hörte er sie sagen.

Winkler stellte sich vor, zeigte seinen Ausweis und wurde sofort hereingebeten. Helene Jedrich führte ihn ins Wohnzimmer, bot Kaffee an, den Winkler jedoch dankend ablehnte. Als sie Platz genommen hatten, kam die Frage nach dem Grund des Besuchs und Winkler antwortete.

„Es geht um ihren Mann, Frau Jedrich."

„Gibt es ein Problem mit Klaus' Pension? Ich dachte, ich hätte alles eingereicht."

„Ich bin nicht vom LKA. Ich bin wegen ihres ersten Mannes hier, Herbert Schüssler."

Helene Jedrich sah aus, als hätte sie Winkler nicht verstanden. Also fügte Winkler noch hinzu: „Wir haben ihn gefunden, das heißt seine Leiche. Er wurde ermordet. Mein aufrichtiges Beileid."

Den Blick auf ihre Hände gerichtet, sagte sie mit sehr ruhiger Stimme: „Ich wusste damals schon, dass er nicht rübergemacht war. Er hätte sich doch sonst bei seinen Verwandten in Hessen gemeldet. Anfangs habe ich nicht verstanden, wieso die Polizei den Fall so schnell zu den Akten gelegt hat. Klaus hat immer versucht, es mir zu erklären. Aber das konnte er nicht. Wo haben Sie ihn gefunden?"

Winkler erzählte, was er guten Gewissens preisgeben durfte. Ruhig und gefasst hörte die Frau zu. Winkler wollte sichergehen, dass sie begriff, was er gerade gesagt hatte und wiederholte den letzten Satz.

„Ihr erster Mann wurde ermordet, deshalb ermittelt jetzt die Mordkommission. Wir werden Sie sicher auch noch befragen müssen, aber nicht heute. Haben Sie das verstanden?"

Immer noch blickte die Frau wie gebannt auf ihre Hände. Dann stand sie auf und erwiderte: „Jetzt verstehe ich. Einen Moment, Herr Kommissar. Ich glaube, ich habe da etwas für Sie."

Als Helene Jedrich nach 5 Minuten wieder ins Zimmer kam, hielt sie einen verschlossenen Briefumschlag in der Hand. Den reichte sie Winkler. Auf dem Umschlag stand nur: *Helene*.

„Der ist für Sie, Frau Jedrich."

„Sie dürfen ihn öffnen."

„Ist der von Ihrem zweiten Mann?"

„Ja, der war bei seinem Testament. Darin stand, dass ich ihn nach der Beisetzung lesen solle."

„Warum haben Sie ihn nicht geöffnet?"

„Ich wollte nicht. Wenn es etwas gab, dass mein Mann mir zu seinen Lebzeiten nicht sagen konnte, dann musste ich es nach seinem Tod auch nicht wissen. Jetzt ist es nicht mehr nötig, ihn zu lesen. Wir beide wissen doch was drinsteht."

Winkler hatte das Gefühl, dass Frau Jedrich noch etwas auf dem Herzen hatte, also wartete er ab und sein Gefühl trog ihn nicht.

„Herbert war kein schlechter Mensch, aber er war krankhaft eifersüchtig. Am Anfang hielt ich es für Aufmerksamkeit und fühlte mich geschmeichelt. Nach der Hochzeit merkte ich, dass er mich nur kontrollieren wollte und als ich mich dagegenstellte, bekam ich seinen Jähzorn zu spüren."

„Warum sind Sie nicht zur Polizei gegangen?"

„Er war die Polizei, Herr Winkler. Nicht mal seine Vorgesetzten konnten etwas ausrichten. Klaus Jedrich, sein Freund, war mal dabei, als Herbert mir auf einer Geburtstagsfeier eine Ohrfeige gab, weil ich angeblich mit einem anderen Mann geflirtet hatte. Als er ihn zur Rede stellte, warf Herbert ihn raus. Klaus muss was auf der Dienststelle gesagt haben, denn Herbert bekam eine Verwarnung. Danach wurde es noch schlimmer. Kurz darauf verschwand Herbert."

„Wieso wurde in dieser Richtung nicht ermittelt?"

„Es muss wohl an der Umbruchstimmung damals gelegen haben. Man wollte den Fall so schnell wie möglich vom Tisch haben und sich wieder um die Montagsdemos und die Treffen in den Kirchen kümmern."

„Und was war mit Jedrich und Ihnen?"

„Klaus kümmerte sich um mich. Er kam, berichtete von der Suche nach Herbert und half mir, wie es eben ein guter Freund tut. Irgendwann wurde dann mehr daraus. Als Herbert für tot erklärt wurde, konnten wir heiraten. Er hat mich kurz vor der Hochzeit mal gefragt, ob ich mir sicher sei, dass ich seine Frau werden wolle. Es könnte doch sein, dass er eine dunkle Vergangenheit hätte, von der ich noch nichts wüsste. Damals habe ich ihn ausgelacht und gesagt, seine dunkle Vergangenheit wäre vorbei und mir egal. Heute weiß ich, dass er mir etwas beichten wollte. Aber er hat es nicht getan. Es hätte an meiner Absicht jedoch nichts geändert."

Winkler hatte sich daraufhin verabschiedet. Nun saß er wieder bei Horstmann im Büro und las seinem Chef den Brief vor.

Liebes Lenchen,

es tut mir so furchtbar leid, dass ich dir heute einen großen Schmerz zufügen muss. Ich habe das alles nicht gewollt, bereue aber auch nicht, was ich getan habe.

Mein Herz rät mir ab, dir dies zu schreiben, aber mein Gewissen findet keine Ruhe. Jetzt wo ich weiß, dass ich nicht mehr viel Zeit habe, um reinen Tisch zu machen, muss ich es mir von der Seele schreiben.

Ich habe Herbert getötet!

So, nun weißt du das, was du wahrscheinlich schon lange vermutest.

Immer wieder sehe ich die Bilder von damals und immer wieder frage ich mich, ob ich etwas anderes hätte tun können. Die Antwort ist immer wieder dieselbe: nein.

Wenn du nicht wissen willst, was damals geschah, dann lies nicht weiter. Leg den Brief weg und behalte mich so in Erinnerung, wie du mich die letzten Jahre erlebt hast. Die Entscheidung überlasse ich dir.

Es war ein heißer Tag, dieser Sonntag im August 1989. Du wirst dich vielleicht eher an den Freitag erinnern, als Herbert dich wieder mal verprügelt hat, weil du dich mit einer Freundin getroffen hattest und das Abendessen nicht pünktlich auf dem Tisch stand. Davon wusste ich zum Glück nichts, sonst wäre die Geschichte noch ganz anders ausgegangen.

Mich plagten an diesem Wochenende ganz andere Gedanken. Endlich hatte ich mich entschlossen, dich zu bitten, Herbert zu verlassen und zu mir zu kommen. Doch mir war klar, dass du das nicht tun würdest. Also wollte ich mit Herbert reden. Ich dachte wirklich, dass ich ihn davon überzeugen könnte, dass eine Scheidung für euch beide das Beste sei.

Ich wusste, dass Herbert Bereitschaft hatte, und fingierte diesen Anruf über einen angeblichen Einbruch.

Ich vergesse nie Herberts Gesicht, als er mich dort stehen sah. Er muss sofort was geahnt haben, denn er fing an zu grinsen und sagte: „Na, da hab' ich sie wohl nicht umsonst verdroschen. Und du kannst jetzt auch gleich deinen Anteil kriegen."

Er ließ mich nicht zu Wort kommen, sondern stürzte sich sofort auf mich. Herbert war der Stärkere von uns und es dauerte nicht lange, dass ich am Boden lag. Er kniete auf meiner Brust und lachte. Dann sagte er: „Heute Nacht wird sie nicht von dir träumen und wenn ich mit ihr fertig bin, dann wird sie dich vergessen haben. Und dir rate ich, halte dich von meiner Frau fern, sonst bring ich sie um."

Ich wusste, dass das kein leeres Gerede war, und hatte solche Angst um dich. Ich weiß nur noch, dass ich plötzlich diesen dicken Knüppel neben mir ertastete. Damit schlug ich zu, ich glaube drei Mal.

Als ich wieder zur Besinnung kam, war Herbert tot und ich ein Mörder. Trotzdem fühlte ich mich erleichtert, denn du warst nun in Sicherheit. Ich wickelte Herberts Körper in einen Teppich und versteckte ihn in einem alten Spind unten im Keller unseres Reviers. Der Spind stand in einem Kellerraum, der seit Ewigkeiten nicht mehr genutzt wurde.

Jetzt, wo das ganze Gebäude saniert wird, wird man seine Leiche sicher finden, aber mit etwas Glück ist der Krebs schneller.

Du solltest, wenn du den Brief gelesen hast, ihn zur Polizei bringen. Du hast nichts zu befürchten, denn ich bezeuge hiermit, dass du zu keinem Zeitpunkt etwas gewusst hast.

Lenchen, mein liebes Lenchen. Ich war nie glücklicher, als mit dir und danke dir für alles. Verzeih mir, wenn du kannst.

In Liebe dein Klaus

Nachdem Winkler geendet hatte, herrschte minutenlang Stille im Raum. Weder er noch Horstmann stand danach, etwas zu sagen. Erst nach einer ganzen Weile stellte Winkler eine Frage.

„Und was machen wir nun damit?"

Nach kurzer Überlegung entschied Horstmann: „Was schon. Wir wissen, wer der Tote ist. Wir haben ein schriftliches Geständnis und der Täter kann nicht mehr zur Rechenschaft gezogen werden. Um den soll sich, von mir aus, eine höhere Gerichtsbarkeit kümmern. Fall abgeschlossen."

Damit konnte Winkler leben.

Fuck you Corona – Teil 3

Sylvie Braesi

Es war Montagnachmittag und der Domplatz begann, sich zu füllen. Als erstes fuhren die Einsatzfahrzeuge der Polizei auf den Platz. Sie parkten rund um das Areal, gut zu sehen und in angemessener Zahl.

Nach und nach erschienen nun auch die Organisatoren. Ein Podium wurde aufgebaut, mit Mikros und Verstärkern bestückt, Transparente und Plakate an die Bäume gelehnt. Sie würden erst später verteilt werden, kurz bevor es losging.

Es war Andreas Hallers Aufgabe, darauf zu achten, dass ihr Einsatz zur rechten Zeit erfolgte. Solange noch keine Sympathisanten anwesend waren, lohnte es noch nicht, Flagge zu zeigen. Die Leute, die um diese Zeit über den Platz liefen, waren Spaziergänger, kamen von der Arbeit oder wollten zum Einkaufen. Die würden sich nicht durch die Aufschriften und Parolen animieren lassen, an der Kundgebung der Querdenker teilzunehmen. Es war viel wahrscheinlicher, dass sie einen in eine unliebsame Diskussion verwickelten.

Das war Haller vor zwei Wochen passiert. Ein alter Mann war stehen geblieben und hatte sich die Aufschriften auf den Plakaten aufmerksam durchgelesen. Auf einem stand der einst so laut skandierte Ruf: *Wir sind das Volk*, auf einem anderen: *Denkpflicht statt Maskenpflicht*. Haller hatte dem scheinbar interessierten Rentner zugelächelt und gesagt: „Sie können da vorn die Petition unterschreiben."

Er hatte mit allem Möglichen gerechnet, aber nicht mit dem, was dann kam. Der alte Mann entpuppte sich als sehr rüstiger Rentner, der auf Haller zustürmte und drohend seinen Gehstock schwang.

„Du bist das Volk? Das bin ich auch, du Covidiot. Der Satz hat mal was bedeutet, aber davon hast du keine Ahnung."

Im ersten Moment hatte Haller es noch mit Humor genommen und versucht, den aufgebrachten Mann zu beruhigen.

„Aber wir tun das hier doch auch für Sie, Opa. Wir sind doch alle das Volk. Nur dass wir uns trauen, auch laut zu sagen, was wir denken."

Na, da hatte er ja was gesagt. Der Rentner konnte sich kaum noch bremsen.

„Wie hast du mich genannt, Opa? Pass mal auf, Jungchen. Wenn ich dein Opa wäre, dann könntest du jetzt was erleben. Dann würde ich dir Rotzlöffel mit meinem Stock ein paar überziehen. Von wegen, du stehst hier für mich. Ich hab' dich nicht darum gebeten. Mit dir will ich auch nicht auf einer Stufe stehen. Lern erst mal was Vernünftiges. Wie wär's mit Denken? Am besten du fängst gleich damit an."

Haller hatte vorsichtshalber den Stock des Rentners festgehalten, der über seinem Kopf schwebte. Das hatte natürlich die Bullen auf den Plan gerufen. Und wer wurde angezählt? Nicht das tollwütige Rumpelstilzchen. Nein, ihn hatte man zur Mäßigung aufgefordert. War ja klar! Zum Glück war Norbert Krause dazugekommen und hatte vermittelt. Als Sprecher der Querdenkergruppe war das auch seine verdammte Pflicht, fand

Haller.

Seit jenem Tag achtete Haller sehr darauf, die Plakate und Transparente erst kurz vor Beginn der Kundgebung sichtbar werden zu lassen.

Eine Stunde später, war es dann so weit. Haller drückte den verlässlichsten Anhängern die Sachen in die Hand und wies noch mal darauf hin, dass sie sich schön verteilen sollten.

„Grundrechte und Diktatur rechts und links vom Podium und die Corona-Lüge schön in die Mitte. Wir haben die Texte extra vorn und hinten draufgeschrieben, damit sie jeder lesen kann."

Ilse, eine Aktivistin der ersten Stunde, schaute sich skeptisch ihr Schild an. Dann meinte sie zufrieden: „Na, wenigstens habt ihr den Fehler korrigiert."

Beim letzten Mal hatte doch so ein Witzbold Diktatur mit ck geschrieben, was für einige Lacher gesorgt hatte, besonders bei den Gegendemonstranten. Dieser Witzbold war aber nicht mehr dabei. Saboteure wurden rausgeworfen.

Haller sah den Akteuren zufrieden hinterher, verschränkte die Arme und postierte sich breitbeinig neben dem Podium. Sein Blick wanderte über die Menschenmasse auf dem Platz. Obwohl, Masse konnte man das nun wirklich nicht nennen. Es war eher ein sehr überschaubares Grüppchen.

Haller entdeckte die üblichen *Verdächtigen.*

Er hatte sie gedanklich in Gruppen eingeteilt und sich für jede Gruppe einen lustigen Namen ausgedacht. Da waren die Räucherstäbchenschwenker, die Anti-Alles-Was-Von-Oben-Kommt-Fraktion, die Nicht-

Linken, die Vorsichtigen und die Spinner. Zu Letzteren gehörten Anhänger verschiedenster Verschwörungstheorien. Was hatte er nicht alles schon zu hören bekommen. Bill Gates will die Weltherrschaft, der Klimawandel ist eine Erfindung der Wissenschaftler genau wie Covid-19, die Erde ist flach und ein Universum gibt es gar nicht. Gegen die letzte Theorie sprach allerdings die Meinung einer Handvoll Leute, die fest an eine Alien-Invasion glaubten. Wenn Haller sich einige dieser Typen so ansah, hatte er die Befürchtung, dass die Invasion schon in vollem Gange war. Der beste Beweis dafür war Ulli mit seinem Alu-Helm und der alten Fernsehantenne, die aus dem Rucksack ragte. Der hatte wirklich nicht mehr alle am Sender, war aber sonst ein ganz Harmloser. Haller mochte ihn jedenfalls lieber als die Krakeeler. Und schon hatte Ulli ihn entdeckt und kam angelaufen.

„Na Ulli", rief Haller ihm entgegen. „Wie ist der Empfang heute?"

Ulli grinste und flüsterte Haller verschwörerisch zu: „Ich kann sie hören, aber sie mich nicht mehr. Ich habe einen Störsender dabei." Vorsichtig zog er etwas aus der Hosentasche, dass schwer nach einer mit Alufolie umwickelten Streichholzschachtel aussah. Haller nickte übertrieben anerkennend.

„Tolle Idee. Bei all den bösen Schwingungen hier auf dem Platz, kann man nicht vorsichtig genug sein."

„Willste auch einen? Ich hab' zwei gemacht."

„Danke Mann, auf dich ist Verlass." Haller nahm den *Störsender* und ließ ihn schnell in seiner Hosentasche verschwinden. Ullis Angebot, ihm gleich noch einen Helm anzufertigen, lehnte er dankend ab. Dann deutete er auf das Stück Pappe, dass Ulli noch bei sich trug.

„Was hast 'n da, Ulli?"

Stolz präsentierte Ulli den Gegenstand.

„Ich hab' heut auch ein Schild dabei. Hab' ich selber gemacht."

Haller las. In großen ungelenken Buchstaben stand dort: *Vorsicht Gedankenkonntrolle*. Kontrolle mit zwei n, hoffentlich bekam Ilse das nicht zu sehen.

„Und was soll das sein?", fragte Haller und zeigte auf das eiförmige Symbol.

„Ein Ufo, Andy!"

„Ja klar, jetzt sehe ich es auch. Haste toll gemacht. Und nun such' dir mal einen guten Platz."

Ulli trollte sich gutgelaunt und Haller sah Alu-Helm und Antenne zwischen den Demonstranten verschwinden.

Eine schwere Hand legte sich plötzlich auf seine Schulter. Es war Krauses Pranke.

„Hast du den Doktor schon gesehen? Wir wollen gleich anfangen und er ist unser Hauptredner."

Mit Doktor war Dr. med. Heinrich Blasch gemeint, Arzt für alternative Medizin und Naturheilverfahren aus Magdeburg und seit kurzem der Experte in Sachen Covid-19 für die Querdenkergruppe.

Haller antwortete nach kurzer Überlegung: „Heute noch nicht. Soll ich mich mal umsehen?"

„Ja, los und beeil dich. Hajo spielt seinen Song schon zum zweiten Mal. Wenn die Leute den Schrott noch mal hören müssen, hauen sie ab." Wütend wandte Krause sich um und ging.

Hajo Meyer-Scheurich, ein selbsternannter Quersänger, stand auf dem Podium, schrammelte auf seiner

Gitarre herum und sang. Haller fand den Song gar nicht so übel. Er klang allerdings schon sehr nach: *Dieser Weg wird kein leichter sein,* was Haller jedoch nicht weiter störte. Es war Meyer-Scheurichs Stimme, die ihn nervte, schräg und zum Wegrennen.

Meyer-Scheurich selber betonte immer wieder, es würde ihm hauptsächlich auf die Aussage ankommen. Seine Stimme sei ja nur die Verpackung und die wäre halt sehr besonders. So konnte man es natürlich auch ausdrücken. Haller fand den Vergleich mit der Verpackung nicht besonders gelungen. Verpackungen wurden schließlich weggeworfen, was Meyer-Scheurich wohl nicht bedacht hatte.

Während Haller diese Gedanken durch den Kopf gingen, lief er an den parkenden Autos vorbei. Nirgends konnte er den silberfarbenen Mercedes des Doktors entdecken. Das sah Blasch gar nicht ähnlich. Die letzten zwei Wochen war er immer eine halbe Stunde vor Beginn der Kundgebung dagewesen.

Nach der zweiten Runde um den Platz gab Haller auf. Egal wie oft er noch die Autos kontrollieren würde, der Doktor war nicht da. Dann musste Krause dieses Mal eben ohne ihn auskommen und selber reden. So schwer war das gar nicht. Haller wusste, Krause brauchte nur ein paar saftige Parolen, und die Stimmung stieg. Das tat er gerade, wie Haller an der Reaktion der Leute bemerkte. Er selber hörte nicht mehr hin. Ihn nervte inzwischen das laute Geschrei.

Wenn er dagegen an die ersten Kundgebungen dachte, da war es nur darum gegangen, Gedanken auszutauschen. Man wollte seinen Unmut loswerden und den Politikern zeigen, dass man keine Angst hatte, seine andere Meinung in der Öffentlichkeit zu äußern.

Davon war inzwischen nicht mehr viel zu spüren. Mehr und mehr hatten sich auch weniger besonnene Kräfte unter die Bewegung gemischt. Jetzt waren die Krakeeler fast in der Überzahl. Denen ging es nur … worum eigentlich? Was er auch nicht verstand, war, wieso Krause sich mit diesen Leuten verbündet hatte.

Als Haller ihn mal danach gefragt hatte, war die Antwort darauf nur gewesen: „Vereint sind wir stark, Andreas! Jede Stimme zählt und macht unsere Rufe lauter. Eines Tages wird man uns bis in den Reichstag hören. Dafür müssen wir tun, was nötig ist."

Das hatte sich schon verdächtig nach dem angehört, was Haller verabscheute: Gewalt.

Krauses Stimme hallte gerade wieder über den Platz und die Menge brüllte zurück. Dieser Dialog wurde immer öfter durch die Geräuschkulisse der Gegendemonstration unterbrochen. Deren Hilfsmittel waren Trillerpfeifen, Megaphone, Rasseln und alles, was Krach machte. Langsam schaukelte sich das Ganze zu einer Kakophonie hoch und jedes Wort, egal ob vernünftig oder unvernünftig, ging darin unter.

Haller stellte wieder mal verwundert fest, wie viel Lärm von so wenigen Menschen verursacht werden konnte. Den einzigen Ruhepol auf dem Platz bildete die Phalanx der Polizisten. Still und unbeteiligt standen sie zwischen den Parteien und in diesem Moment beneidete Haller sie um ihre Helme.

Nach 20 Minuten war alles vorbei. Der Gastredner war nicht erschienen. Krause begründete dies mit einem angeblichen Treffen von Fachleuten und hatte ein paar bekannte Namen in die Menge gerufen. Er musste nicht befürchten, dass seine Aussagen in Zweifel gezogen wurden. Das tat man nur mit den Argumenten der Gegenseite.

Haller sammelte die Schilder wieder ein und trug sie zu seinem alten Van. Sie kamen zurück in seine Garage und blieben dort bis zum nächsten Einsatz. Krause ließ sich noch von ein paar Anhängern auf die Schulter klopfen, Haller durfte die Arbeit also allein machen. Das galt auch für den Abbau der Technik. Als alles erledigt war, kam endlich auch Krause angelaufen.

„Du bist ja schon fertig. Ich wollte doch helfen."

Haller sagte nichts darauf. Als ob er das glauben würde. Krause hatte noch nie geholfen, ließ sich aber gern von ihm herumkutschieren. Sie stiegen ein und fuhren in Richtung Schleinufer. Sofort fing Krause an, zu palavern.

„Das lief doch ganz gut heute, auch ohne Doktor. Bin gespannt, was der für eine Ausrede hat. Hätte wenigstens absagen können."

Haller verdrehte die Augen. Das würde jetzt die ganze Fahrt über so gehen.

„Vielleicht hatte er was Dringendes in der Praxis zu erledigen?", gab er zu bedenken.

„Was soll das denn sein? Sind ihm die Globuli ausgegangen? Der soll mal nicht vergessen, dass bis vor kurzem in seiner Praxis tote Hose herrschte. Erst durch seine Reden auf unserer Kundgebung hat er neue Patienten gefunden."

Krauses Gemecker ging Haller auf den Senkel. Er schenkte der Straße mehr Aufmerksamkeit, als nötig war, nur um nicht antworten zu müssen. Leider füllte

Krause die akustischen Lücken nur zu gern mit seinem Gesabbel. Wenn er ihn doch nur zum Schweigen bringen könnte. Genau in diesem Augenblick war die Gelegenheit dazu da.

Aus den Augenwinkeln gewahrte Haller einen silbernen Schatten auf dem Parkplatz unterhalb des Kloster Unser Lieben Frauen.

„Ist das nicht der Mercedes von Blasch?" Hallers Frage lenkte Krauses Aufmerksamkeit auf das Fahrzeug.

„Wieso steht der denn hier unten? Und wo ist der Doktor?"

Haller bog auf den Parkplatz und kam auf der Beifahrerseite des Mercedes zum Stehen. Er schaute hinüber und murmelte: „Ich glaube, der sitzt noch drin."

Krause sah ihn mit ungläubigem Blick an.

„Noch drin? Bist du sicher? Was macht er denn im Auto?"

Haller zuckte mit den Schultern.

„Dann geh' nachsehen. Frag ihn, was das heute sollte. Oder besser, sag ihm, wenn er das nochmal macht, suche ich mir einen anderen Experten."

War ja klar, dachte Haller. Jetzt durfte er sich wieder mit dem Unangenehmen befassen.

Haller stieg aus und sah sich um. Auf dem Parkplatz war nicht viel los, sein Van hätte dem Doktor auffallen müssen. Aber Blasch saß einfach nur da und rührte sich nicht.

Ein Gedanke formierte sich in Hallers Kopf. Der Doktor war eingeschlafen. Haller umrundete das Auto und klopfte vorsichtig gegen die Seitenscheibe. Keine Reaktion. Als er sich nach unten beugte, um besser hineinsehen zu können, glaubte er seinen Augen nicht zu trauen. Ein silbernes Schimmern ging von Blaschs Kopf aus. Nein, eigentlich von dem Gebilde, dass Blasch auf dem Kopf trug.

Es war ein Alu-Helm, wie Ulli ihn trug. War der Doktor jetzt auch unter die UFO-Jünger gegangen? Das würde Krause bestimmt nicht gefallen.

„Was ist?", hörte er dessen Stimme. Besser er sah mal nach. Da sein Klopfen keine Wirkung gezeigt hatte, öffnete Haller die Autotür. Krause war inzwischen ausgestiegen und hinter ihn getreten. Als Haller mit einem Satz zurücksprang, stieß er so heftig mit Krause zusammen, dass der hinfiel.

„Pass doch auf, du bekloppter Idiot", schimpfte Krause wutschnaubend los. „Wenn du zu blöd bist, eine Autotür aufzumachen, dann lass mich das erledigen. Und hilf mir gefälligst auf. Bei all dem Dreck hier versaue ich mir noch die neue Hose."

Haller stand wie vom Blitz getroffen da, aber nicht wegen Krauses Tirade. Auch der Alu-Helm hatte ihn nicht sprachlos gemacht. Er starrte auf den Körper des Doktors oder vielmehr auf das, was da in seiner Brust steckte. Ein Messer.

Während Haller langsam nach dem Handy griff, drehte Krause sich um und kotzte.

„Was wissen wir bis jetzt über den Toten?", fragte Hauptkommissar Winkler eine Stunde später seine Partnerin, Kommissarin Marks. Sie standen etwas abseits vom Mercedes und beobachteten die Kriminaltechnik bei der Arbeit. Die Leiche war schon auf dem Weg in die Rechtsmedizin und Dr. Schilling hatte versprochen, noch heute die Autopsie vorzunehmen.

Marks zückte ihren Notizblock und fasste zusammen.

„Dr. med. Heinrich Blasch ist aus Magdeburg und praktiziert seit fünf Jahren als Arzt für alternative Medizin und Naturheilverfahren. Seine Praxis befindet sich in der Klewitzstraße, im selben Haus wie seine Wohnung. Er ist seit einem Jahr geschieden, hat eine Tochter, drei Jahre. Alleiniges Sorgerecht hat die Mutter. Beide, also Ex und Tochter leben in Hamburg. Blasch sollte heute auf der Querdenkerdemo über die Pandemie Lüge sprechen, ist aber nicht aufgetaucht. Der Organisator, Norbert Krause und seine rechte Hand, Andreas Haller, haben den Toten entdeckt, als sie auf dem Weg nachhause waren."

Winkler verzog das Gesicht. „Ein Querdenker und Naturheiler? Was sind wir doch für Glückspilze, Marks."

Sie wusste genau, was er meinte und sagte: „Wir werden uns nicht über einen Mangel an Verdächtigen beklagen können. Ex-Frau, die gesamte Anti-Querdenker-Fraktion, die Regierung und natürlich auch Bill Gates."

„Vergiss die Aliens nicht." Winklers Anspielung galt der merkwürdigen Kopfbedeckung von Blasch. „Denen hat vielleicht der Helm nicht gefallen."

„Der ist aber auch eine Beleidigung für alle seriösen Ufologen", mischte sich die Kriminaltechnikerin, Susanne Uhlmann ein.

„Die Worte seriös und Ufo würde ich nicht unbedingt im selben Satz verwenden", murmelte Winkler. „Und schon gar nicht in der Öffentlichkeit. Wenn publik wird, was der Tote auf dem Kopf trug, gibt das Schlagzeilen, gegen die sogar Corona nicht ankommt."

„Ich werde es keinem verraten, obwohl die Bilder bestimmt viral gehen würden."

„Können wir bitte zum ernsten Teil übergehen", unterbrach Winkler Uhlmanns Redefluss. „Haben Sie im und am Auto was Verwertbares gefunden? Vielleicht etwas, dass nicht auf Außerirdische hinweist?"

„Es gab jede Menge Fingerabdrücke an der Fahrertür, aber die stammen mit ziemlicher Wahrscheinlichkeit von Blasch und dem, der den Toten gefunden hat. An der Beifahrertür und im Innenraum, nada. Alles, was sich im Auto befand, haben wir gesichert. Einiges war kurz davor, lebendig zu werden. Und sowas nennt sich Doktor, igitt. Spuren haben wir jedenfalls mehr als genug. Rauszufinden, was davon relevant ist und was nicht, das wird ein paar Tage dauern."

„Was ist mit Haaren oder DNA?"

„Da müssen wir abwarten, was die Rechtsmedizin an der Leiche findet oder ob die genauere Untersuchung von Auto und Kleidung noch was hergeben. Wie schon gesagt, wir werden ein paar Tage brauchen."

Uhlmann packte zusammen und zog ab.

Eine Polizeistreife würde vor Ort bleiben, bis der Mercedes weggebracht worden war.

Die Aussagen der Zeugen Haller und Krause wurden auf dem Revier aufgenommen.

Für Winkler und Marks gab es vor Ort nichts mehr zu tun.

Am nächsten Morgen erwartete Marks ihren Chef schon mit frischem Kaffee und ersten Informationen aus der

Rechtsmedizin. Sie ließ alle rechtsmedizinischen Fein-
heiten beiseite und kam gleich auf den Punkt. Blasch
war erstochen worden. Die Tatwaffe hatte der Täter/die
Täterin freundlicherweise im Körper des Toten zurück-
gelassen. So weit war der Fall klar. Es gab aber noch
mehr Fakten.

„Täter hat drei Mal zugestochen, dabei einmal die
Lunge und zweimal das Herz getroffen. Jede der Verletzungen wäre allein schon tödlich gewesen. Herzbeutel-
tamponade, Pneumothorax und starke innere Blutungen,
jedes davon hätte in sehr kurzer Zeit zum Tode geführt.
Schilling sagt, dass Täter im Auto gesessen und sich
über das Opfer gebeugt haben muss, als er/sie zustach.
Das sieht man am Verlauf des Wundkanals. Und er sagt,
dass die Stiche von rechts kamen, also von der Beifahrerseite. Was seiner Meinung darauf hinweist, dass
Täter Rechtshänder war."

Winkler hatte die ganze Zeit Marks' Ausführungen
mit gequälter Miene verfolgt. Kaum war sie fertig, als er
fragte:

„Was soll das mit Täter hat, Täter war, Täter muss?
Reicht's für einen Artikel nicht mehr?"

„Ich habe bloß keinen Bock auf diesen Genderkram
und solange wir nicht wissen, ob Täter männlich oder
weiblich ist, spar ich mir die Artikel."

„Hoffentlich war es kein Es. Ich meine …"

„Ich weiß, was du meinst. Bitte nicht auch noch
das."

Winkler quittierte Marks' kleinen Ausbruch mit
einem Lächeln. Ihm ging es ja genauso.

„Was ist mit Blaschs Leben? Sag mir bitte, dass er
Feinde hatte."

„Hatte er, Martin. Die Liste der Kandidaten zieht sich nach ersten Recherchen sowohl durch sein privates als auch durch sein berufliches Umfeld. Eine heftige Scheidung, mehrere Anzeigen wegen Ruhestörung von Nachbarn sowie Streitigkeiten mit Berufskollegen und ehemaligen Patienten. Such dir was aus. Der Beliebteste war er jedenfalls nicht."

„Ich hätte gern alles und der Reihe nach."

„Die Ex-Frau hat um das alleinige Sorgerecht gekämpft. Das muss eine regelrechte Schlammschlacht gewesen sein. Das Sorgerecht hat sie gekriegt, aber seitdem häufen sich die Unterhaltspfändungen."

„Die wohnt doch in Hamburg. Dann werden wir mal die Kollegen dort um ihre geschätzte Hilfe bitten. Weiter."

„Die Anzeigen wegen Ruhestörung stammen noch aus der Zeit vor der Scheidung. Das ist also schon ein paar Jahre her."

„Okay, das behalten wir im Auge. Weiter."

„Zu den Streitereien mit den Berufskollegen kam es wegen seiner aggressiven Praktiken, Patienten abzuwerben. In einigen Fällen bekam er auch Ärger mit unzufriedenen Patienten, wenn seine Behandlung nicht so erfolgreich war, wie er es versprochen hatte."

„So macht man sich aber keine Freunde", warf Winkler ein. „Hatte der Doktor überhaupt Freunde?"

„Sagen wir es mal so. Zu Geburtstagen wurde er wohl nur selten eingeladen. Höchstens von seinen neuen Freunden."

„Du meinst die Querdenker. Wie ist er denn an die gekommen?"

Die Frage ging an Marks, weil sie sich gestern ausgiebig mit Haller und Krause unterhalten hatte. Man könnte auch sagen, sie hatte das kürzere Streichholz gezogen.

„Blasch war eines Tages auf einer Demo aufgetaucht und hatte sich als Experte angeboten."

„Experte? Der? Wofür denn? Alu-Helme basteln?" Winkler hatte prinzipiell nichts gegen Ärzte, die auch alternative Medizin bei Behandlungen in Betracht zogen, aber alles muss seine Grenzen haben. Marks war seiner Meinung, bei der Ermittlung durften sie sich aber von solchen Animositäten nicht leiten lassen.

„Dieser Krause hat ausgesagt, dass Blasch hauptsächlich über die medizinischen Aspekte der Corona-Pandemie geredet hat."

„Und ich kann mir auch denken, was er geredet hat. Weißt du, Jenny, dass die Politiker alles falsch machen, ist ja nichts Neues, aber wieso denkt jeder mit einem Doktor Med. vor dem Namen plötzlich, er sei ein Virologe? Und nicht nur die. Alle halten es für möglich, dass normale Menschen plötzlich zu Experten mutieren. Dass ein Virus mutiert aber nicht? Was ist bloß mit den Menschen los, Marks? Ich verstehe es nicht. Glauben die wirklich, dass alle Politiker, Wissenschaftler, Ärzte und Journalisten der ganzen Welt sich zusammengetan haben, nur um den Rest der Menschheit zu verarschen?"

Marks ließ ihren Chef reden. In ihrem Job bekamen sie es so oft mit den verrücktesten Motiven und Erklärungen zu tun, da brauchte man einfach manchmal ein Ventil. Ganz beiläufig murmelte sie nur: „Vergiss bloß Bill Gates nicht."

Grinsend nahm sie sich die Liste der möglichen Verdächtigen wieder vor und Winkler gesellte sich zu ihr.

Ihm hatte der kleine Ausbruch geholfen. Er konnte schon wieder Witze machen.

„Wenigstens können wir seine neuen Freunde als Verdächtige ganz nach hinten setzen. Die werden doch nicht ihren eigenen Experten umbringen."

Marks nickte und begann, eine Theorie zu entwickeln.

„Der Fundort ist auch der Tatort, das ist bestätigt. Blasch ist aber nicht ausgeraubt worden. Portemonnaie, Handy und diverse Schmucksachen waren alle noch vorhanden. Die Tat sieht mehr nach Planung und Vorsatz aus. Drei Stiche mit dem Messer, dafür braucht man ganz schön Kraft und es war ein Messer mit einer 20 cm Klinge, also kein Gemüsemesserchen. Sowas trägt man nicht mit sich rum, es sein denn, man hat was Bestimmtes damit vor."

Winkler betrachtete die Fotos der Leiche vom Tatort und aus der Rechtsmedizin.

„Drei Stiche. Entweder war viel Wut mit im Spiel oder der Täter wollte sichergehen. Das deutet auf ein persönliches Motiv hin. Und dann haben wir ja noch das pikante Detail, den Alu-Helm. Irgendwas sagt mir, dass da jemand was gegen Blaschs Ansichten hatte."

„Die Gegendemo wurde von unseren Leuten fein säuberlich von den Querdenkern getrennt gehalten. Die standen vor dem Domportal. Von dort bis zum Parkplatz hätte man einen großen Bogen laufen müssen. Ich finde, wir haben aussichtsreichere Kandidaten." Dieser Meinung war Winkler auch.

„Marks, du nimmst dir mal die verärgerten Berufskollegen vor und ich rede mit den unzufriedenen Patienten."

Marks sah ein Problem auf sie zukommen.

„Wie willst du an die Namen der Patienten rankommen? Von den Berufskollegen weiß ich aus den Social Media Accounts, aber die Patientenakten kriegst du nur mit Beschluss und das dauert."

Winkler grinste und dachte an seine Geheimwaffe, Frieder Schulze-Eggard. Der Nerd war nach einigen unautorisierten Internetrecherchen für Winkler kurzerhand in sein Team *strafversetzt* worden. Jetzt durfte er Frieders Dienste zwar offiziell in Anspruch nehmen, war aber auch für dessen Aktivitäten verantwortlich. Allerdings überwogen die Vorteile im Moment noch die Nachteile.

Die nächsten Tage verbrachten die beiden Ermittler hauptsächlich mit Befragungen. Wann immer sie gleichzeitig im Büro waren, setzten sie sich zusammen und tauschten ihre Ergebnisse aus. Nach vier Tagen hatten sie jede Menge Kandidaten befragt und obwohl einige sehr vielversprechende Motive vorweisen konnten, gab es noch immer keinen Hauptverdächtigen.

Von Kriminalrat Horstmann bekamen sie noch zwei Tage Zeit, dann würden sie den Fall auf Eis legen müssen. So kam es, dass Winkler und Marks ziemlich frustriert und mit der Ermittlungsakte unter dem Arm ins Wochenende gingen.

Der Montag begann so unbefriedigend, wie der Freitag aufgehört hatte. Keinem von beiden war in der Akte etwas aufgefallen, dass sie bisher übersehen hatten. Stumm saßen sie sich gegenüber und brüteten über ihrem Kaffee. Schließlich machte Winkler einen Vorschlag.

„Ich habe noch zwei ehemalige Patienten, die ich befragen muss. Das erledige ich heute. Fang du schon mal mit dem Bericht an. Den will Horstmann morgen früh haben."

Da Marks keine bessere Idee hatte, nickte sie nur. Winkler stand auf und verließ das Büro, ohne seinen Kaffee ausgetrunken zu haben.

Der erste Besuch galt einer Frau Meißner, deren Mann bei dem Toten in Behandlung gewesen war. Sie erzählte ihm bei einer Tasse Kamillentee, dass ihr Mann vor vier Jahren nach einer Magen-OP und von zwei Chemos gezeichnet auf Empfehlung eines Freundes zu Blasch gewechselt hat. Sie selbst war dagegen gewesen, vor allem, als ihr Mann verkündete, dass er die Chemo abbrechen würde.

Doch dann schien es ihrem Mann besser zu gehen. Er schrieb es der ganzheitlichen Medizin zu, die in seinem Fall aus einer Nahrungsumstellung, Klangschalen-Meditation und homöopathischen Mitteln bestand. Frau Meißner war immer noch skeptisch gewesen, aber da nichts und niemand ihren Mann umstimmen konnte, hatte sie eingelenkt.

Vor zwei Jahren begann sich sein Zustand wieder zu verschlechtern, doch Blasch erklärte ihnen, dass der Körper sich nun in der Endphase der Reinigung und Heilung befinden würde, und verordnete Meißner eine Heilfasten-Kur zur Unterstützung. Zwei Wochen danach war ihr Mann zusammengebrochen und sie hatte ihn ins Krankenhaus gebracht. Die Diagnose war niederschmetternd. Der Krebs hatte gestreut und durch die Fastenkur war alles noch schlimmer geworden. Einen Monat später hatte der Krebs gewonnen.

Winkler nahm die Geschichte wirklich mit. Was ihn aber besonders zu schaffen machte, war das, was Frau Meißner ihm am Schluss erzählte.

Ihr Mann war bis zum bitteren Ende der Meinung gewesen, dass Blasch ihn hätte heilen können, wenn er früher zu ihm gegangen wäre. Er glaubte fest daran, dass die Chemos ihn vergiftet hatten.

„Wissen Sie", sagte Frau Meißner, „so einer dürfte sich nicht Doktor nennen. Ich wollte Anzeige gegen ihn erstatten, aber mein Anwalt hat gesagt, dass es sinnlos sei. Ich hätte keine Beweise für einen Behandlungsfehler und ein Zivilprozess würde eher mich ruinieren als ihn. Also habe ich es gelassen. Sie können von mir ja denken, was Sie wollen, aber ich weine dem Mann keine Träne hinterher."

Das konnte Winkler sogar nachvollziehen, trotzdem musste er fragen, wo sie am vergangenen Montag zwischen 15 und 18 Uhr gewesen war.

Sie lächelte milde und meinte: „Ich war an der Elbe, da wo Herbert und ich früher immer spazieren gegangen sind. Wenn Sie mich jetzt fragen, ob das jemand bestätigen kann, dann muss ich leider verneinen. Ich war allein und habe auch niemanden getroffen."

Nachdem Winkler sich das notiert hatte, verabschiedete er sich von der schmächtigen Frau. Die Frage, ob er sie körperlich für fähig hielt, einen solchen Mord auszuführen, beantwortete er mit einem ja. Er wusste gut genug, dass auch schmächtige Frauen große Kräfte entwickeln konnten, wenn es darauf ankam. Allerdings hatte sie auf ihn einen besonnenen und aufrichtigen Eindruck gemacht. So wie sie über den Tod ihres Mannes gesprochen hatte, klang sie ruhig und als hätte sie damit abgeschlossen.

Jetzt blieb nur noch eine Person übrig.

Nils Gundloff, ein Finanzberater bei einer großen Bank, war vor vier Monaten wegen der Behandlung seines Sohnes mit Blasch aneinandergeraten.

„Eigentlich waren wir mit der Behandlung zufrieden, aber die Rechnung, die der gute Mann ausstellte, war so überzogen, dass ich ihn zur Rede stellen musste. Ich bin ja kein Amateur in Sachen Geld und erkenne, wenn jemand mich übers Ohr hauen will."

„Haben Sie sich geeinigt?", wollte Winkler wissen.

„Schön wär´s. Ich wollte, dass er die Rechnung korrigiert. Er bestand auf die volle Summe. Also habe ich nicht gezahlt. Da hat der Kerl mir doch einen Inkassofritzen auf den Hals gehetzt. Aber das lasse ich nicht mit mir machen."

„Also deshalb haben Sie ihm per E-Mail gedroht, ihn fertig zu machen, Herr Gundloff?"

„Sind Sie deshalb hier, wegen dieser blöden E-Mail? Das ist ja nicht zu fassen. Der Drecksack hat mich deswegen angezeigt?"

„Herr Gundloff, wo waren sie am letzten Montag zwischen 15 und 18 Uhr?"

Gundloff stutzte.

„Was soll die Frage? Ich war auf Arbeit. Bis 19:30 Uhr hatte ich Kundentermine."

„Wir werden das überprüfen."

„Jetzt will ich aber wissen, was los ist. Das klingt so, als würden Sie mich nach einem Alibi fragen."

„Genauso ist es. Hoffen wir, dass Sie für diese Zeit

wirklich eins haben. Anderenfalls muss ich Sie als Verdächtigen im Mordfall Blasch in die engere Wahl ziehen."

„Mord? Oh mein Gott. Blasch ist tot?"

Klang Gundloff anfangs noch entsetzt, änderte sich sein Ton allmählich. Wieso wurde Winkler beim nächsten Satz klar. „Dann brauch ich ja die Rechnung nicht mehr bezahlen." Gundloff schaute Winkler provozierend an. „Brauche ich jetzt einen Anwalt?"

Winkler hatte genug von dem Mann. „Wir werden sehen, Herr Gundloff, wie hieb und stichfest Ihr Alibi ist. Aber Sie können Ihren Anwalt zur Vorsicht gern schon mal anrufen."

Winkler wartete nicht darauf, dass Gundloff ihn zur Tür brachte. Er fand den Weg allein.

Zurück im Büro schaute Marks ihm erwartungsvoll entgegen und wurde enttäuscht. Ein Anruf genügte, um das Alibi von Gundloff bestätigt zu sehen.

„Was nun?", fragte Marks.

„Weiß auch nicht", gab Winkler müde zurück. „Irgendwas übersehen wir. Vielleicht sollten wir uns doch mal die Querdenker vornehmen. Was anderes fällt mir jedenfalls nicht ein.

Marks fand die Idee gar nicht mal so verkehrt.

„Das passt doch gut, Chef. Heute Abend ist wieder eine Demo geplant. Ich habe im Internet gelesen, sie wollen eine Gedenkfeier für den guten Doktor abhalten."

Bei dieser Bemerkung von Marks rollte Winkler mit den Augen. Aber was hatten sie schon für eine Wahl? Vielleicht erfuhren sie bei dieser Gedenkfeier ja wirklich etwas, was ihnen weiterhalf. Gedenkfeiern waren schließlich dazu da, um über den Verstorbenen zu reden. Und von wegen, über Tote nichts Schlechtes. Diese Redewendung war ein Ammenmärchen, denn Tote konnten sich ja bekanntlich nicht mehr wehren.

An diesem Montag war es voll auf dem Domplatz, was weder Winkler noch Marks erstaunte. Die schaurige Geschichte von der Ermordung Doktor Blaschs hatte Neugierige en masse angelockt. Das erschwerte den Kommissaren allerdings, sich einen Überblick zu verschaffen. Sie schoben sich langsam in Richtung Podium vor und dort entdeckten sie die beiden Zeugen.

Krause stand mit bitterernster Miene hinter einem Tisch und beaufsichtigte eine Unterschriftensammlung. Haller verteilte schwarze Armbinden. Natürlich wurden die beiden Kommissare sofort erkannt. Krause winkte sie mit großer Geste zu sich heran. Laut genug für die Umstehenden fragte er: „Haben Sie den Mörder verhaftet? Das wäre eine wirklich gute Nachricht und Sie könnten Sie gleich vom Podium aus verkünden."

Das fehlte Winkler noch, dass er sich zum Sprachrohr machen ließ. Er wollte Krause gerade eine freundliche, aber bestimmte Abfuhr erteilen, als Marks ihn anstieß.

„Sieh mal dort drüben", raunte sie ihm zu und sah in die Richtung des Hundertwasserhauses. Winkler wusste zunächst nicht, was Marks so bemerkenswert fand. Doch dann sah er es.

„Heilige Scheiße! Das kann doch nicht wahr sein!", rief er aus. Er griff sich Haller, deutete auf das, was er nicht glauben wollte und fragte: „Wer ist das?"

Haller sah, was der Kommissar meinte, oder viel-

mehr wen. Einen Mann mit Alu-Helm und Antennen-
rucksack, Ulli. Heute trug er ein Schild mit der Aufschrift: *Du bist der Nächste!*

Mit einem Grinsen antwortete Haller: „Das ist Ulli
Prochaska. Der ist harmlos."

Winkler sah Haller zweifelnd an.

„Ist Ihnen das Ding auf seinem Kopf nicht aufgefallen?"

„Der Helm? Den trägt er immer." Für Haller schien
dieses Detail nicht weiter erwähnenswert zu sein.

„War er letzte Woche auch hier?"

„Ulli ist jeden Montag hier gewesen."

„Und er hat immer so einen Helm auf?"

„Ja, damit sie seine Gedanken nicht kontrollieren
können." Haller merkte selber, wie merkwürdig er sich
gerade ausgedrückt hatte und ergänzte schnell: „Das ist
das, was er sagt. Ulli ist nicht die hellste Kerze auf der
Torte, aber harmlos. Das können Sie mir glauben."

Inzwischen war der Helmträger bei dem Grüppchen
angekommen. Marks schaute ihn lächelnd an und deutete auf die Kopfbedeckung.

„Sie haben da einen tollen Helm. Haben Sie den
selber gemacht?"

Ulli antwortete mit sichtlichem Stolz. „Ja, das ist
schon mein Dritter und sie werden immer besser. Man
muss sie regelmäßig auswechseln, weil sie ihre Schutz-
kraft verlieren."

Marks nickte verständnisvoll, was sie für Ulli zu
einer Kundigen machte. Ihm war nur nicht klar, wieso
jemand, der die Gefahr kannte, sich nicht auch schützte.
Das konnte doch nur daran liegen, dass sie nicht wusste,
wie man einen Schutzhelm herstellte. Aber da konnte er

125

helfen.

„Soll ich dir einen machen? Ich habe genug Folie dabei. Geht ganz schnell." Erwartungsvoll schaute er Marks an.

„Warum nicht? Kann ja nicht schaden, oder? Wo Sie doch alles dabeihaben."

Ullis Antwort bestand aus einem Kichern und dem Angebot: „Du kannst ruhig Ulli zu mir sagen. Wir sind doch jetzt Freunde. Ich mache das nämlich nur für Freunde."

Das war Winklers Stichwort. Während Ulli sich dranmachte, einen Helm für Marks zu basteln, fragte er: „Hast du für Doktor Blasch auch einen gemacht?"

Ulli sah Winkler entrüstet an.

„Nein, der war ja nicht mein Freund. Hat nie mit mir geredet. Und Sie sind auch nicht mein Freund." Das war mehr als deutlich.

Der neue Helm nahm Form an und sah dem des Toten verdammt ähnlich. Trotzdem war das allein noch kein Beweis, höchstens ein Indiz. Winkler bohrte also nach.

„Haben Sie anderen Freunden Helme gebastelt?"

Haller, dem langsam klar wurde, wo die Fragerei hinführen sollte, atmete innerlich auf. Bloß gut, dass er Ullis Angebot letzte Woche nicht angenommen hatte. Und schon tönte es fröhlich aus Ullis Kehle: „Andy ist mein Freund, aber der darf keinen tragen. Er trägt Verantwortung."

Winkler sah Erleichterung in Hallers Gesicht aufblitzen und meinte lächelnd: „Noch mal Glück gehabt, was?"

Ulli schaute sich traurig um und mit Blick auf die

126

unbehelmte Menge sagte er: „Ich hab's versucht, aber die meisten denken, ich bin verrückt. Bin ich aber nicht. Die werden es schon noch merken."

Dann hellte sich seine Miene schlagartig wieder auf.

„Aber für Omi hab' ich einen gemacht. Die wollte einen haben."

„Omi? Ist seine Großmutter auch hier?", wandte Winkler sich an Haller.

„Das ist nicht seine Oma. Wir nennen sie alle so, weil sie mit ihren 79 Jahren die Älteste in unserer Gruppe ist. Er meint Ilse."

Haller sah sich suchend um. Dann zeigte er in Richtung Ottonianum.

„Da kommt sie. Ilse ist jeden Montag dabei. Sie trägt auch immer ein Schild von uns. Bestimmt kommt sie jetzt hier her, um sich eins zu holen."

Den nächsten Satz sprach er so leise, dass Ulli ihn nicht hören konnte.

„Ich hab' sie aber nie mit einem Alu-Helm gesehen. Sie wollte bestimmt nur nett sein zu Ulli."

Winkler und Marks blickten angestrengt in die angegebene Richtung. Nach 2 Minuten tauchte in der Menge eine schmächtige, grauhaarige Frau auf und hielt genau aufs Podium zu.

Ihr Blick kreuzte den von Winkler für eine Sekunde und mit erstauntem Blick blieb sie stehen. Ullis freudiger Ruf ertönte.

„Das ist Omi! Für sie habe ich einen Schutzhelm gemacht."

„Wann war denn das, Ulli?", wollte Marks wissen.

„Letzte Woche. Sie wollte ihn einem Freund schenken. Das fand ich gut."

Jetzt kam Bewegung in die Frau. Immer noch ihre Augen auf Winkler gerichtet, schob sie sich langsam rückwärts durch die Menschen. Aber es war zu voll und bevor sie sich umdrehte, war Winkler schon bei ihr.

„Na, das ist ja eine Überraschung, Frau Meißner. Machen Sie wieder einen kleinen Spaziergang an der Elbe? Von hier sieht man aber nicht viel davon."

Ilse Meißner hielt dem festem Blick Winklers stand und sagte emotionslos: „Sie können sich Ihren Sarkasmus sparen. Ich weiß selber, dass es vorbei ist. Aber glauben Sie bloß nicht, dass es mir leidtut. Blasch war ein skrupelloser Scharlatan und hat bekommen, was er verdient. Dem Mistkerl waren seine Patienten doch egal. Der wollte nur möglichst viel Geld aus ihrer Krankheit herausschlagen. All unsere Ersparnisse hat er meinem Mann abgeknöpft. Doch es ging mir nicht um das Geld. Das kann ich verschmerzen. Aber er hat meinem Mann die notwendige Behandlung ausgeredet, hat ihn mit seiner Scharlatanerie manipuliert und seinen Tod in Kauf genommen. Und wer weiß, mit wie vielen Leuten er das noch gemacht hat."

Auch wenn Winkler durchaus Verständnis für den Schmerz der Frau hatte, er war kein Richter und nur der konnte ein Urteil über sie fällen. Seine Aufgabe war es gewesen, den Mord an einem Menschen aufzuklären, ungeachtet dessen, wer dieser Tote zu Lebzeiten war und was er gemacht hatte. Diese Aufgabe war nun erfüllt. Wortlos führte er die Frau durch die Menschenmenge zum Auto. Erst dort, wo es keine Schaulustigen gab, würde er sie verhaften und die Rechte verlesen.

Marks wollte sich ihm anschließen, wurde jedoch von Ullis Hand an der Schulter zurückgehalten. Er hielt ihr den fertigen Alu-Helm entgegen und sagte ganz ernst: „Omi hätte den Schutzhelm lieber selber tragen sollen."

Damit hatte er nicht ganz unrecht.

Gedankenkontrolle vs. Gehirnwäsche
Sylvie Braesi

Gedankenkontrolle
Unterdrückung von intrusiven, unerwünschten Gedanken und Vorstellungen

Gehirnwäsche
Methoden der Manipulation von Menschen durch physische oder psychische Gewalt und subtilere Methoden

Während man die Kontrolle der eigenen Gedanken als durchaus hilfreich empfinden kann, z.B. wenn man die Fantasien unterdrückt, die einen beim angekündigten Besuch der Schwiegermutter befallen, muss die Gehirnwäsche ganz anders angesehen werden. Die würde höchstens helfen, wenn man sie bei der Schwiegermutter anwenden würde, damit sie zuhause bleibt. Ist aber nicht so einfach.

1:0 für Corona! Das Virus schafft das auch ohne Gewalt.

Ob Ulli Prochaska eine Schwiegermutter hat, ist nicht überliefert. Darum vermuten wir, dass er den Alu-Helm als Schutz vor Mikro-, Infraschall- und Todesstrahlen trägt.

Sie fragen mit Recht: Hilft denn sowas?

Können wir weder bestätigen noch dementieren. Fakt ist jedoch, dass Ulli bis jetzt weder von Mikro-, Infraschall- oder Todesstrahlen verletzt worden ist.

Das reicht uns, Ihnen hier die Bauanleitung für einen Alu-Schutz-Helm (ASH) zu offerieren.

- Verwenden Sie handelsübliche Alufolie oder eine Thermo-Folien-Decke. Die hitzeabweisende Seite kommt nach außen. Sie wollen doch Ihr Gehirn nicht aus Versehen kochen.

- Blasen Sie einen Luftballon bis zur Größe Ihres Kopfes auf. Zur besseren Orientierung können Sie dem Ballon ein Gesicht aufmalen.

- Wickeln Sie nun die Folie oder die in 30 cm breite Streifen geschnittene Foliendecke im Uhrzeigersinn in Stirnhöhe um den Ballon.

- Für die einmalige Verwendung benötigen sie drei Lagen, für mehrmaligen Gebrauch sollten es entsprechend mehr sein. (zweimal = sechs Lagen, dreimal = neun Lagen usw.)

- Nun schließen Sie den Helm nach oben, indem Sie die überstehende Folie vorsichtig zusammendrücken und verdrehen – jetzt entgegengesetzt dem Uhrzeigersinn!

- Formen Sie aus diesem so entstandenen Fortsatz eine Spirale.

- Jetzt können Sie den Helm vorsichtig vom Ballon abnehmen und ihn aufprobieren. Die Anpassung an Ihre Kopfform lässt sich so am besten vornehmen.

- Heimwerker und Ingenieure können noch zusätzliche Schutzklappen über beide Ohren sowie ein herunterklappbares Visier für den Mund an den Helm montieren.

Wir weisen ausdrücklich darauf hin, dass dieser Beschreibung keine eigenen Erfahrungswerte zu Grunde liegen. Wir haben uns jedoch streng an Ulli Prochaskas Anleitung gehalten.

Ob es hilft, müssen Sie selber ausprobieren. Von einem Test unter Zuhilfenahme der Mikrowelle wird aber dringend abgeraten. Ist auch sinnlos. Dieses Gerät könnte ihre Gedanken nur beeinflussen, wenn Sie es schaffen, Ihren Kopf bei geschlossener Tür hineinzuhalten. Finde den Fehler! Merken sie selber, oder?

Ich weiß, was Sie jetzt fragen wollen. Hilft der Helm auch vor einer Zombie-Apokalypse?

Nein, aber mit dem Schutz vor Zombies beschäftigen wir uns zu einem anderen Zeitpunkt.

Wir möchten Sie nun aufrufen, uns Ihre Fotos und Erfahrungsberichte per E-Mail zukommen zu lassen. Vielleicht schaffen Sie es ja in unser nächstes Buch.

Teil 2
Magdeburger Spukgeschichten

Nachts im Naturkundemuseum

A.W. Benedict

Dr. Tadeusz Krömer, seines Zeichens Kurator der neuen Ausstellung „Mythen und Mysterien der alten Ägypter", war über die Maßen erregt. Bei ihm machte sich das durch kleine rosa Flecken auf seiner Nase bemerkbar. Seine Augen glänzten feucht, die Nasenspitze zitterte und seine Hände strichen bebend über die gerade gelieferte riesige Kiste. Er war Mitte fünfzig und auf seinem Kopf zeigten sich die ersten kahlen Stellen. Da er immer sein Haar lang getragen hatte, wurde es zunehmend schwieriger, eine angemessene Frisur am Morgen zu zaubern. Darum trug Dr. Krömer in letzter Zeit öfters ganztägig einen Hut. Er fühlte sich ein bisschen wie Indiana Jones mit dem braunen Schlapphut. Das Kichern hinter den vorgehaltenen Händen der Museumsangestellten überhörte er geflissentlich.

„Wo soll das große Ding hin, Meister?", fragte einer der Spediteurfahrer gelangweilt. Er griff in seine Latzhosentasche und angelte nach seinen Zigaretten.

„Lassen Sie das!", fauchte Dr. Krömer.

„In Gegenwart dieser Königin können Sie doch wohl nicht rauchen wollen!"

„Wat für´ne Königin?", fragte der Mann und sah sich erst nach der vermeintlichen Majestät um und dann grinsend seinen Kollegen an, der halb auf der Kiste lag.

Die beiden hatten sich mit dieser Kiste schon seit einer Stunde rumgeärgert. Sie war furchtbar schwer und es war Schwerstarbeit gewesen, sie vom LKW zu bekommen.

Dr. Krömer wies mit beiden zitternden Händen entsetzt auf die Kiste vor sich und sah die beiden Männer mit weit aufgerissenen Augen an.

Wie konnten diese Männer so unappetitlich dumm sein und nicht sehen, was für ein Schatz vor ihnen lag.

„Dies ist Teremun, Lieblingstochter des großen Pharao Echnaton, geliebte Priesterin des Gottes Amun, vertraute der großen Nofretete. Wir sind so glücklich, diese Mumie für unsere neue Ausstellung bei uns haben zu dürfen", hauchte Dr. Krömer.

Die beiden Fahrer machten gemeinsam, wie ein eingespieltes Team, einen Schritt rückwärts und warfen ängstliche Blicke auf die Kiste.

„Da ist´ne Mumie drin?", fragte der eine der beiden, ein hageres Kerlchen mit einem dünnen Pferdeschwanz.

Dr. Krömer sah den Mann abschätzig an.

„Glauben Sie etwa an diesen dummen Aberglauben, den man sich über Mumien erzählt? Herumstreifende Tote, eingewickelt in alte Lappen? Flüche und Heimsuchungen? Humbug! Bringen Sie die Kiste nach hinten in unser Lager, gleich hier im Erdgeschoß. Und bitte sehr vorsichtig,"

Die beiden Spediteure zogen sich vorsichtshalber ihre dicken Handschuhe an und schoben die Kiste durch die breite Tür in den Raum dahinter. Dr. Krömer griff in ein Regal und nahm ein Brecheisen zur Hand. Er hielt den beiden Männern das Eisen hin, ohne einen Blick von der Kiste zu lassen.

„Öffnen Sie die Kiste ...", er unterbrach seine Rede,

da er allein im Lager stand. Die beiden Männer waren so schnell verschwunden, dass nur noch tanzende Staubkörner in der Luft zu sehen waren.

Also setzte er nicht eigenhändig das Brecheisen an, sondern griff zornig zu seinem Handy.

„Kommen Sie in das untere Lager, Horst, sofort, wenn ich bitten darf!", brüllte er in das Handy. Mit Horst war sein Assistent Peter Paul Horst gemeint, der seinen Eltern verdankte, dass er keinen richtigen Nachnamen, dafür aber drei Vornamen hatte. Er nahm es gelassen.

Als er endlich im Lager ankam, war sein Chef auf Hunderachtzig. Dr. Krömer schlug ihm fast das Brecheisen in die Hand und wies nur stumm auf die riesige Kiste.

Horst machte sich an die Arbeit. Aber das war schwieriger als gedacht. Der Sarkophag kam aus Ägypten und um ihn ordentlich zu schützen, hatte man im ägyptischen Museum mehr als nur eine Hand voll Nägel verwendet. Horst war kein besonders kräftiger Mann. Er mühte sich, hatte aber nach zehn Minuten nur einen Nagel herausbekommen. Nach Luft schnappend legte er das Brecheisen auf die Kiste und sah seinen Chef fragend an.

„So wird das nichts, Dr. Krömer, da brauchen wir Hilfe."

Dr. Krömer sah auf seine Uhr. Er schnaufte.

„Es ist schon zu spät. Sprechen Sie morgen mit dem Haushandwerker. Der hat sicher irgendein elektrisches Gerät, dass die Nägel herausholen kann. Vor allem ist der Mann kräftiger." Er sah seinen Assistenten böse an und rauschte dann davon.

„Und nehmen Sie das Brecheisen von dem Artefakt!", rief er laut.

Horst grinste.

Er hatte sich kaum Mühe gegeben. Als er die riesige Kiste, die vielen Nägel und seinen tobenden Chef gesehen hatte, war ihm klar geworden, dass das mindestens eine Stunde dauern würde, bis der Sarkophag freigelegt wäre.

Er war mit seiner Freundin verabredet und die wartete nicht gern. Sie wollten etwas zusammen trinken und dabei einen Film im Fernsehen schauen. Das ließ er sich von seinem Chef nicht versauen. Horst legte das Brecheisen in das Regal, verließ das Lager, schloss die große Tür und holte seine Jacke aus dem Schrank im Büro. Dann verließ er eine Melodie summend das Museum. Es wurde bereits dunkel.

Dr. Krömer saß noch kurz in seinem Büro und unterschrieb Papiere für die nächsten Lieferungen. Es wurden noch einige Artefakte aus Berlin erwartet. Die Ausstellung würde einschlagen wie ein Meteorit auf dem Mond. Dann stand er auf, nahm seine Jacke und die Aktentasche und ging in Richtung Ausgang. Er war der Letzte.

Der Nachtwächter Willy stand am Ausgang und klapperte mit seinem Schlüsselbund. Dr. Krömer war fast an jedem Abend der Letzte, der sich austrug und dadurch verzögerte sich seine Arbeit und vor allem wurde sein Kaffee kalt. Er überlegte. Was hatte seine Frau heute auf die Brote getan? Es war Mittwoch, also Schinken mit Käse. Seine Frau und die Brote waren seit ewigen Zeiten vorhersehbar. Jeder Tag der Woche hatte seinen ganz eigenen Frühstücksbelag.

Endlich konnte Willy die Haupttür schließen. Dann machte er seinen ersten Rundgang und freute sich unterwegs bereits auf seine Brote, den Kaffee und sein Kreuzworträtsel.

Eine Stunde später machte er Haken auf seiner Kladde im Überwachungsraum, sah kurz auf die Monitore und rieb sich dann die Hände in froher Erwartung seiner Pausenzeit.

War da nicht ein Schatten gewesen auf dem Monitor 10? Willy sah noch einmal auf das Bild. In diesem Moment flackerte der Bildschirm kurz. Verdammt, wie oft hatte er dem Direktor schon gesagt, dass diese Überwachungstechnik fehlerhaft war. Dann zuckte einer der anderen Monitore, der den Naturkundebereich mit dem Riesenskelett des Plateosaurus überwachte.

Er schaltete alle Monitore durch. Dann sah Willy etwas, dass ihm das Blut in den Adern gefrieren ließ. Die große Tür zum Lagerraum im Erdgeschoß stand weit auf. Er war eben noch dort vorbeigekommen. Da war sie geschlossen gewesen. Er griff zu seinem Kopf, nein Fieber hatte er nicht. Dann goss er sich aus seiner Thermosflasche Kaffee ein und trank mit zitternden Händen einen Schluck. Prompt verbrannte er sich den Mund von dem glühend heißen Getränk. Er brüllte kurz auf, schlug aber sofort die Hand vor den Mund und sah zurück auf die Monitore. Da war wieder etwas.

Bewegte sich im Vorraum zur Sonderausstellung in der ersten Etage nicht ein Schatten? Er strich sich über die Augen. Es gab keine andere Möglichkeit, er musste nachsehen.

Also griff er sich seine Stabtaschenlampe. Die konnte auch gut als Verteidigungswaffe herhalten.

Vorbei am Reiterdenkmal und dem Monumentalgemälde schlich Willy zur Treppe. Oben angekommen durchstreifte er die Naturkunderäume. Hatte sich das Erdferkel nicht bewegt? Es sah ihn mit seltsamen Augen an. Beinahe hätte er den Einlappenkasuar umgeworfen. Der riesige Laufvogel mit der seltsamen Hornkappe und dem blauen Kopf schwankte. Willy griff danach und fiel dann mitsamt dem Vogel auf den Boden.

Ein Mann beugte sich über den Nachtwächter. Willy schlug langsam die Augen auf. Der Mann hatte eine Angel in der Hand und einen Hut mit Angelhaken auf dem Kopf. Er grinste ihn an und hielt ihm die Hand hin.

„Na, Meister, da hat sie der alte Kasuar aber erwischt", sagte der Mann und half Willy auf.

„Böser Einlappenkasuar, böser Vogel!", rief der Mann dem Laufvogel nach, der gerade mit langen Schritten um die Ecke lief.

„Ich bringe Sie in den Wachraum zurück. Na kommen Sie, Willy", sagte der Angler.

Willy war vollkommen sprachlos.

„Aber was tun Sie denn hier?", fragte er den Angler und wand sich aus dessen Arm.

„Aber Willy, es ist doch alles in Ordnung. Wir machen hier nur unsere nächtlichen Ausflüge, die Beine vertreten, du weißt schon, in den Büchern unten im Museumsshop schmökern, solche Sachen eben. Wenn man den ganzen Tag in diesen Vitrinen hocken und sich von den Besuchern angaffen lassen muss, ist man abends ganz steif. Ich bringe dich lieber zurück. Der alte Boris ist manchmal nicht so gut drauf und randaliert."

„Wer ist der alte Boris?", fragte Willy heiser und schwankte leicht. Er verstand die Welt nicht mehr.

„Das ist das alte Wollnashorn. Der ist ein Griesgram. Und die Mördermuschel vorn im Schalentierbereich hat auch meistens schlechte Laune. Na komm, dein Frühstück wartet."

„Woher kennen Sie mein Frühstück?", sagte Willy, ließ sich aber widerstandslos voran schieben.

„Heute ist Mittwoch oder? Also Schinken mit Käse, stimmts?", sagte lachend der Angler.

Auf dem Weg nach unten schlängelte sich eine Python an dem Schuppentier aus der Vitrine 15 vorbei. Unten saßen schnatternde Enten und Gänse auf dem Reiterdenkmal und die Luft war voller Käfer. Ein Adler durchstreifte den Eingangsbereich und ein Biber versuchte, eine der Steinsäulen anzuknabbern.

„Lass das, Shorty, du weißt doch, dass das nicht klappt!", schrie der Angler den Biber an, der sich brummend davonmachte.

Im Büro vor der Monitorwand setzte der Angler Willy auf seinen bequemen Stuhl, reichte ihm eine Tasse frischen Kaffee und machte sich auf den Rückweg. In der Tür drehte er sich noch einmal um und hielt zwei Finger zum Gruß an seine Mütze.

„Oh, und es wäre nett, wenn du niemandem etwas davon erzählst, Willy. Wir alle wären dir sehr dankbar, mein Freund. Wir kennen uns doch schon so lange, nicht wahr?", sagte der Angler und war im nächsten Moment verschwunden.

Willy schloss für eine Weile die Augen, um zu sich zu kommen. Was war das denn gewesen? Er sah auf die Uhr. Es war drei Uhr vorbei. Als er einen Blick auf die Monitore warf, war alles so wie immer. Die Vitrinen standen gut gefüllt mit ausgestopften Tieren, der Laufvogel stand auf dem Podest unter dem dicken Wal und der Angler saß in seinem Glaskasten und sah ziemlich steif aus.

Bis zur Sonderausstellung war er gar nicht gekommen. Aber für heute hatte er genug erlebt. Um fünf Uhr kam seine Ablösung. Er würde sich den nächsten Tag krank schreiben lassen. Das musste er erst einmal verdauen.

Dr. Krömer stand am nächsten Morgen um acht Uhr im Lagerraum. Neben ihm stand sein Assistent Horst. Beide Männer sahen verstört und blass aus. Als der angeforderte Handwerker mit seiner Werkzeugtasche erschien, standen die beiden immer noch, wie zur Salzsäule erstarrt, vor der Kiste.

Der Handwerker sah sich das Riesending an.

„Warum haben Sie mich angefordert, wenn die Kiste schon offen ist? Das finde ich nicht amüsant, meine Herren." Mit diesen Worten drehte der Mann sich auf dem Absatz um und verschwand.

Horst und Dr. Krömer sahen sich an.

„Was meinen Sie? Irgendjemand muss die Kiste heute Nacht geöffnet haben. Sehen wir nach. Los, Horst, fassen Sie mal mit an. Nehmen wir den Deckel herunter", sagte Dr. Krömer leise, als könnte er jemanden im Lager aufwecken.

Auf dem Boden lagen die herausgerissenen Nägel herum. Horst schob sie etwas zur Seite und dann hoben die beiden den Deckel ab.

„Oh, Gott sei dank, der Sarkophag ist darin", sagte der Kurator aufatmend. „Holen Sie die Arbeiter. Sie können ihn herausnehmen."

Horst telefonierte kurz und einige Minuten später kamen vier starke Männer, die sonst im hinteren Lager des Museums arbeiteten. Sie legten Gurte um den Sarkophag und hoben ihn mithilfe eines mobilen Flaschenzuges aus der Holzkiste. Holzwollestücke flogen wie Grashexen durch den Raum. Während die Arbeiter mit übereinandergeschlagenen Armen wartend daneben standen, hüpfte der Kurator aufgeregt um den Sarg.

„Sie können ihn jetzt öffnen, meine Herren. Der Deckel liegt nur lose auf", erklärte Dr. Krömer.

Sein Gesichtsausdruck, als der Deckel neben dem Sarg abgelegt wurde und er den ersten Blick in den Sarg warf, war schwer zu deuten. Horst sah ebenfalls in den Sarg und in diesem Moment lag Dr. Krömer am Boden. Sein Indiana Jones Hut flog durch die Luft. Das war zu viel für den guten Dr. Krömer. Der Sarg war leer.

Der hinzugezogene Museumsdirektor warf die Hände in die Luft vor Entsetzen.

„Wie soll ich das denn dem Museum in Ägypten erklären? Man hat doch ein Foto im Vorfeld geschickt, da lag die Mumie noch drin. Das kann doch nicht sein? Ich muss unseren Anwalt anrufen, ich muss unseren Bürgermeister anrufen, ich bin dann mal weg", erklärte der Direktor und ging mit großen Schritten davon.

Horst bemühte sich um seinen Chef und brachte ihn in sein Büro. Dann holte er ihm ein Glas Wasser.

Dr. Krömer sah vollkommen fertig aus.

„Was sollen wir denn nur machen, Horst?", fragte er mit weinerlicher Stimme. Er griff das Revers von Horsts Jacke und schüttelte seinen Assistenten durch.

„Kann die Mumie der Teremun vielleicht allein ... ich meine könnte sie vielleicht, sie wissen schon?",

142

antwortete vorsichtig Horst.

„Sind Sie wahnsinnig! Jetzt fangen Sie nicht auch noch mit diesem Mumienkram an. Ich sag Ihnen, was wir tun. Die Mumie ist hier noch irgendwo, ich bin ganz sicher. Irgendein Witzbold hat sie versteckt. Wir beide werden heute hierbleiben und so lange suchen, bis wir sie haben. Hat sich dieser Nachtwächter heute nicht krank gemeldet? Das ist sehr verdächtig", erklärte er.

„Horst, Sie fangen im Keller, in der Restauratorabteilung an. Danach gehen Sie durch die Aufenthalts- und Umkleideräume. Ich durchforste zuerst die Naturkundeabteilungen. Danach treffen wir uns im großen Saal und sehen nach der Sonderausstellung. Die soll heute fertig werden. Nicht auszudenken, wenn sie morgen nicht eröffnet werden kann. Der Bürgermeister wird erwartet und ein Vertreter vom ägyptischen Museum aus Berlin. Ich werde das nicht überleben."

Dr. Krömer verschwand durch die Tür des Büros und ließ einen unschlüssigen Assistenten zurück.

Horst griff zum Telefon und wählte die Nummer des Nachtwächters Willy. Der war ein netter Mann und Horst hatte sich mit ihm angefreundet über die Jahre. Willy hatte sicher nichts mit der Sache zu tun. Es klingelte am anderen Ende der Leitung.

„Willy ist krank und kann nicht ans Telefon kommen", kam die etwas piepsige Stimme von Willys Ehefrau aus dem Hörer.

„Frau Kloe, es ist wichtig. Holen Sie bitte kurz Ihren Mann an den Apparat. Bitte", flehte Horst.

Horst erklärte Willy, was passiert war und fragte, ob ihm irgendetwas in der Nacht aufgefallen war.

„Mir ist nichts aufgefallen. Es war alles wie immer

und es sind keine Tiere durch die Hallen gelaufen." Willy stockte. Er hatte schon zu viel gesagt.

„Willy? Geht es dir gut?",fragte Horst.

„Doch, eine Sache ist mir aufgefallen. Als ich mich zum Essen hinsetzen wollte, konnte ich auf dem Monitor sehen, dass die große Tür zum unteren Lager aufstand und ein paar Minuten davor, war sie noch geschlossen gewesen. Da bin ich mir ganz sicher. Aber sonst war nichts. Es war gar nichts!", brüllte Willy am Ende in den Hörer. Im Hintergrund hörte man die Stimme seiner Frau, die ihn beruhigen wollte.

„Alles gut. Erhol dich, Willy. Bis bald dann und mach dir keine Sorgen", sagte Horst und legte auf. Was war denn dem über die Leber gelaufen?

Auf keinen Fall würde Horst in den Keller des Museums gehen. Am Vortag hatte er mit seiner Freundin bei einer guten Flasche Wein im Fernsehen *Das Relikt* geschaut. Keine zehn Pferde brachten ihn heute in diesen Keller. Es schüttelte ihn, wenn er an diesen Film dachte. Seine Freundin liebte alles was blutig und Horror war. Er stand eher auf Pretty Woman und Harry Potter.

Also nahm er sich die Aufenthaltsräume der Angestellten vor und die Räume hinter den Kulissen. Nichts. Keine Spur einer Mumie. Er hatte das auch nicht erwartet. Er dachte an die Mumien in den alten Filmen, die mit ausgestreckten Armen, in Binden gewickelt und gewindelt durch die Kulissen schwankten.

Was wusste er eigentlich über diese Tote? Teremun war eine enge Vertraute des Pharao Echnaton, eine Freundin der Nofretete und eine Hohepriesterin des Gottes Amun gewesen. Sie war mit etwa vierzig Jahren gestorben, wahrscheinlich an Gift, kinderlos und in den 50ern in einem Grab gefunden worden, das einem hohen Beamten des Echnaton gehört haben sollte. Dieser Beamte war in Ungnade gefallen und man hatte sein Grab Teremun gegeben. Auf ihrer Brust fand man einen großen goldenen Skarabäus mit einer interessanten Inschrift auf der Rückseite, die sogar bedeuten könnte, dass Teremun ein uneheliches Kind des Echnaton gewesen war. Wer konnte das schon noch so genau sagen. Der Skarabäus verschwand dann urplötzlich, tauchte einige Zeit später in England wieder auf und ein völlig unbeteiligter Mann fand eine Karte im Inneren, die zu einem riesigen Pharaonengrab und außergewöhnlichen Schatz führte. Irgendwie verschwand dann der Skarabäus erneut. Man vermutete damals eine Grabräuberbande.

Halbherzig wühlte Horst in der Bibliothek zwischen den aufgestapelten Kisten herum. Nichts.

Er sah auf seine Uhr. Es war spät geworden. Das Museum schloss schon bald und Dr. Krömer wartete wahrscheinlich schon auf ihn in der großen Halle. Von dort kam man über die Treppe hinauf zur Sonderausstellung.

Es kam anders.

Der Kurator kam ihm im Flur entgegen und fragte ihn wütend, warum er noch nicht im Keller gewesen war. Woher wusste sein Chef das.

„Ich habe Sie auf den Bildschirmen im Monitorraum beobachtet, Horst. Sie waren nur in den hinteren Räumen und mit wem haben Sie telefoniert? Los, wir gehen gemeinsam in den Keller. Ich wollte sowieso noch mit Dr. Lambrecht reden. Diese Frau geht mir so auf die Nerven mit ihren ewigen Spötteleien und neuen Forderungen. Ständig hat sie irgendwas zu meckern."

Die beiden machten sich auf den Weg nach unten. Inzwischen war es draußen dunkel geworden. Das Museum war geschlossen und die Lichter gingen auf Sparbeleuchtung über. Irgendwo knallte eine Tür ins Schloss. Horst bekam einen Schreck.

Im Untergeschoß lagen weitere Lagerräume. Hier wurden Exponate gelagert, die nicht mehr in die Räume gepasst hatten oder für spätere Sonderausstellungen gedacht waren. In einem der hinteren Räume befand sich die Restaurierungsabteilung. Es war dunkel in den Büros, an denen sie vorbeikamen. Alle Mitarbeiter waren schon gegangen.

Nur in dem großen Saal war noch Licht. Dort standen auf Staffeleien verschiedene Gemälde und warteten auf Begutachtung durch die Chefrestauratorin des Hauses, Dr. Cecilie Lambrecht. Horst fand es hier sehr ungemütlich. Niemand war zu sehen. Es war kalt im Raum. Überall auf dem Boden des Saals lagen alte Stofffetzen mit dunklen Flecken. Ein eigenartiger Geruch ging davon aus. Dazwischen lagen Holzwollestückchen. Sehr seltsam.

„Wie es hier aussieht? Wo ist diese Frau schon wieder? Immer wenn man sie sucht, ist sie weg. Nur wenn ich sie nicht brauchen kann, steht sie ständig vor mir rum und labert dummes Zeug", plusterte sich Dr. Krömer auf.

Sie verließen den großen Saal und Dr. Krömer ging nach rechts in Richtung der alten Kellerräume.

„Da unten ist die Mumie bestimmt nicht", erklärte Horst. Er zog seine Jacke dicht um seinen Körper, als wären sie kurz vor einer Antarktisexpedition. Dunstige Atemwolken kamen aus seinem Mund.

„Wir müssen überall suchen, bevor morgen die Polizei kommt. Der Direktor meinte, wir haben noch einen Tag, dann ruft er die Polizei", sagte Dr. Krömer und setzte seinen Fuß auf die Treppe nach unten in die unterirdische Welt des Museums. Dort lagerten noch Altbestände aus der Zeit vor dem Krieg; nicht katalogisierte Artefakte, seltsame Geschöpfe in Alkohol und mottenzerfressene Stoffe.

„Wie sollte denn jemand die Mumie durch die engen Kellergänge transportiert haben oder über diese alten ausgetretenen Treppen? Das ist doch viel zu eng hier unten. Wir sollten lieber noch oben suchen. Den Bereich der Sonderausstellung haben wir noch gar nicht besucht", versuchte Horst seinen Chef von den gruseligen Kellerräumen abzubringen.

Dr. Krömer dachte kurz nach. Er machte das eigentlich gar nicht gern, aber dieses Mal machte er eine Ausnahme. Er rang sich eine Zustimmung ab.

„Ich denke, Sie könnten recht haben. Gehen wir hinauf", sagte er und einem anderen recht geben, lag ihm gar nicht. Horst konnte sich damit vor den anderen gern rühmen.

Horst fiel ein Stein vom Herzen. Nur raus aus diesem Keller. Einer der Wachleute hatte vor einiger Zeit sogar einmal behauptet, es würde einen alten, halb verfallenen, Gang zur Elbe geben. Sofort musste Horst wieder an *Das Relikt* denken. Ihm wurde noch kälter, als ihm schon war.

Oben im Erdgeschoß angekommen, war nur noch die Notbeleuchtung an. Es war still. Einen Augenblick standen die beiden unschlüssig neben der Treppe und sahen hinauf.

Die Sonderausstellung, *Mythen und Mysterien der alten Ägypter,* war in der ersten Etage in einem eigens dafür geräumten Teil. Bereits nach der Treppe erwartete den Besucher etwas Spektakuläres. Ein großes Steintor mit Hieroglyphen auf den Seitensäulen bildete den Eingang zur Ausstellung. Im Moment war das Tor durch ein Absperrband geschlossen. Das dachte Dr. Krömer jedenfalls. Denn als die beiden vor dem Tor standen und in die diffuse Dunkelheit dahinter starrten, lag das Absperrband zerrissen davor. Kam da nicht Musik aus dem Inneren?

Wahrscheinlich spielten seine Nerven ihm einen Streich, dachte sich Horst. Überall auf dem Boden lagen diese seltsamen Stofffetzen herum, die sie schon unten im Keller gesehen hatten.

Horst hatte ein ganz mieses Gefühl bei der Sache. Und kam da nicht ein Wispern, Schaben und Krabbeln aus der Naturkundeabteilung? Seine Fantasie bescherte ihm sofort das Bild eines gefräßigen Skarabäus, der sich durch seine Eingeweide knabberte.

Langsam näherten die beiden Männer sich dem Inneren der Ausstellung. Man hatte nach dem Tor am Eingang eine Art Labyrinth aufgebaut. So wollte man den Eindruck erwecken, dass die Besucher sich durch ein ägyptisches Grab bewegten. Na, das war ihnen gelungen, dachte Horst.

An den Seitenwänden leuchteten in wunderschönen Farben Figuren auf. Die typischen Reliefdarstellungen der Ägypter in der so genannten Aspektive beherrschten die Wände. Zum Glück hatte Horst eine Taschenlampe dabei. Es war schrecklich dunkel, wie in einem Grab eben.

Vorbei an nachempfundenen Grabbeigaben, wie Keramikgefäßen, goldfarbenen Statuen und verzierten Kisten, bewegten sich die beiden Männer weiter durch das Grab.

Horst hatte den Eindruck, dass es kalt geworden war. Noch ein oder zwei Schritte, dann sollten sie den Mittelpunkt der Ausstellung, die nachempfundene Grabkammer erreichen. Dort wollte Dr. Krömer den Sarkophag und die Mumie der Teremun aufstellen lassen.

Als sie die letzte Ecke umrundeten, bot sich ihnen ein Bild, dass Horst fast ohnmächtig werden ließ. Dr. Krömer begann neben ihm zu stöhnen und seine Hand verkrallte sich im Arm seines Assistenten.

„Was ist das, Horst, ich kann es nicht glauben, ich will nach Hause, Horst", wisperte Dr. Krömer.

Eine Gestalt in fleckigen Tüchern und mit einem dicken Tuch um den Kopf gewunden, beugte sich über den Altar in der Mitte. Dort sollte eigentlich die Mumie in ihrem Sarkophag ausgestellt werden. Die Musik war lauter geworden. Es hörte sich nun eher wie eine Sinfonie von seltsamen Geräuschen an; wispernde Stimmen, dumpfe Schläge, kreischende Laute. Die Gestalt erhob sich zu ihrer ganzen Größe, ihre langen dürren Arme hielten eine Waffe oder etwas Ähnliches. Horst konnte es im schummrigen Licht nicht sehen. Die Knochen der Mumie knackten. Horst war sich nun vollkommen sicher, dass sie die lebendige Mumie der Teremun vor sich hatten. Sie würde sich an ihnen, ihren Kindern, ihren Enkeln und wer weiß noch wem, rächen wollen. Horst nahm sich vor, niemals Kinder zu haben.

Dr. Krömer machte einen Schritt rückwärts.

Dann drehte sich die Mumie um und leuchtete mit ihrer Stirnlampe direkt in die entsetzten Gesichter der Männer.

Seit wann haben Mumien Stirnlampen?, dachte Horst.

„Was tun Sie denn hier, Sie altes Schnüffeltier. Kann man noch nicht einmal in der Nacht in Ruhe arbeiten, ohne dass Sie mir nachspionieren. Das ist doch wieder nur Ihre Arroganz, die Sie antreibt", sagte die Mumie mit der Stimme von Dr. Cecilia Lambrecht.

Horst atmete endlich aus. Er hatte die Luft angehalten, bis er meinte, ohnmächtig zu werden. Aber irgendwo hatte er gelesen, dass Mumien giftige Sporen mit sich herumtrugen.

„Dr. Lamprecht, was tun Sie denn hier!", rief nun auch der Kurator, als er endlich aus seiner Starre erwachte.

Die Restauratorin legte den Pinsel, den sie in der Hand hielt zur Seite und zeigte auf die Mumie. Sie lag vollkommen intakt auf dem Podest.

„Ich habe sie gestern Abend mit meinen Assistenten hier herauf gebracht und seitdem versuche ich, zu retten, was zu retten ist. Die arme Teremun hat den Transport nicht gut überstanden und einige der einbalsamierten Lappen bereits verloren. Ich habe es hinbekommen. Oder wollten Sie, alter Miesmacher, mich daran hindern? Ich dachte mir schon, dass Sie wieder in Ihrer altbekannten Art herumpoltern und andere dafür verantwortlich machen werden. Darum haben wir diese Nacht- und Nebelaktion gestartet."

„Und warum haben Sie sich eingewickelt wie eine

Mumie?", fragte Horst.

„Ich wollte keinerlei Staub an unsere Teremun weitergeben. Deshalb habe ich mich regelrecht eingewickelt und auch den Kopf mit dem Visier und der Lampe umwickelt. Der Herr Kurator hat ja die Schutzanzüge nicht genehmigt, die ich angefordert habe. Der Herr Kurator ist ja hier der Nabel des Museums", schimpfte Dr. Lamprecht.

„Nun beruhigen Sie sich doch mal. Ist ja schon gut. Wichtig ist, dass die Mumie nicht fort ist. Weitermachen. Dann können wir ja morgen Abend eröffnen. Ich werde sofort den Herrn Direktor informieren", sagte Dr. Krömer und verschwand im Labyrinth.

„Und machen Sie diese furchtbare Musik aus!", brüllte er noch aus einem der Gänge.

„Schleimer", sagte sie leise.

„Ist das überhaupt Musik?", fragte Horst Dr. Lamprecht.

Sie bekam einen verklärten Gesichtsausdruck.

„Das sind die Gesänge der Priester der Traminer von den Höhen der Brunner Berge. Ist das nicht fantastisch?", erklärte sie.

Horst war sich nicht sicher. Ihm waren die Stones lieber.

Er verabschiedete sich und ging nach unten. Endlich Feierabend. Morgen war ein anstrengender Tag. Die Ausstellungseröffnung stand am Abend auf dem Plan. Es gab noch einiges zu tun.

Horst ging auf der Treppe nach unten und beinahe wäre er ausgerutscht.

„Das ist ja witzig. Wie kommt denn das hierher?"

Horst bückte sich und griff danach. Er hielt ein Stück

Schlangenhaut in der Hand.

Dann hatte er die Eingangshalle erreicht und schwenkte nach links zu den Garderoben.

„Was ist das denn?", fragte er laut und strich mit dem Finger über eine der Säulen. Eine dicke Kerbe zog sich quer über die Säule und auf der Erde lagen Brocken. Als ob ein Biber am Werk gewesen war. Horst lachte.

Mumien und wo sie zu finden sind:

Die Geschichte um Teremun, die Mumie und den goldenen Skarabäus kannst du nachlesen in meiner Cosy Krimireihe Beanstock. In Band 3 bekommt es der Butler und Hobbydetektiv Beanstock mit einigen seltsamen Gestalten zu tun. Da ist die Mumie noch der niedlichste Teil der Geschichte.

Aber ich will nicht abschweifen. Ihr wollt etwas über Mumien erfahren.

In unserem Fall geht es um die künstlich hergestellte Mumie.

Denn die Mumie an sich kann auch natürlichen Ursprungs sein. Sei es aufgrund der eigenartigen Denkweise, dass man mit Menschenopfern Götter besänftigen kann und die Person dann einfach im Moor oder auf einem Andenplateau entsorgt hat oder weil der Wettergott es gut mit dem armen Toten meinte und ihn eingefroren hatte. So geschehen bei dem allseits bekannten Ötzi.

Nein, in unserem Fall geht es um die Haltbarmachung des lieben Toten durch die Priester des alten Ägypten. Am Ende einer komplizierten Prozedur umwickelt man die Person lagenweise mit Binden aus Baumwolle. Wahrscheinlich haben diese Baumwollbinden fantasiebegabte Hollywoodregisseure dazu gebracht, Mumien mit dünnen Gliedmaßen und im Wind flatternden Lappen darzustellen.

Besonders gruselig wird es, wenn man in der Vergangenheit nachsieht, wie unsere lieben Vorfahren mit Mumien umgingen.

Besonders im England des 19. Jahrhunderts war es weit verbreitet, so genannte Mumienpartys zu feiern. Die armen dahingeschiedenen Könige wurden zur Freude des Publikums ausgewickelt und später oft als Brennmaterial verwendet. Was für eine Vorstellung! Der Pharao geht in Rauch auf!

Auch Wunder-Heilmittel wurden aus zu Staub gestoßenen Mumien hergestellt und sehr erfolgreich verkauft. Was man damit wohl behandeln wollte? Eingewachsene Zehennägel bestimmt nicht.

Hoffen wir einmal, dass keiner der Pharaonen aus der Unterwelt zurückkommt und uns Menschen diese schlimmen Verfehlungen vorwirft. Es könnte böse enden.

Der Fluch des Pharao ist kein Hirngespinst!

Wenn Geister kommen ...
... wen ruft ihr da?

Sylvie Braesi

Die Karre, die auf den Hof der Firma Brieselang Digital Technology gefahren kam, machte dieser Bezeichnung alle Ehre. Anders konnte man es nicht sagen. Das Modell, ein Chevrolet Nomad, hatte die besten Jahre weit hinter sich gelassen. Es konnte allerdings gut sein, dass die Zeit dieses Vehikel bald einholen würde.

Was es aber ganz besonders kennzeichnete, war nicht sein hohes Alter, sondern seine Aufmachung. Die Farbe lag irgendwo zwischen dunkelweiß und schmutziggrau. Nur auf den hinteren Kotflügeln prangte ein stromlinienförmiger Streifen in signalrot.

Der Dachgepäckträger war mit Kisten und Gerätschaften so vollgepackt, dass man die Fuhre leicht mit einem orientalischen Umzugswagen verwechseln konnte.

Die Highlights aber waren eine Rundumleuchte auf dem Dach und die Aufkleber auf Fahrer- und Beifahrertür: Ein grünes Alien mit riesigen Augen und einem ausgestreckten ET-Finger, das Ganze von einem Verbotsschild überdeckt. Es ließ sich nicht leugnen, das Ding sah, bis auf das Alien, einem bestimmten Gefährt, bekannt aus mehreren Kinofilmen, verblüffend ähnlich.

Etwas abseits, an einer Raucherinsel, standen zwei Männer und starrten mit offenen Mündern das Gefährt an.

„Hast du sowas schon mal in echt gesehen?", fragte einer der beiden und bekam ein andächtiges: „Nicht mal annähernd" als Antwort.

Das merkwürdige Transportgerät hielt direkt vor der Treppe zum Haupteingang und ihm entstiegen drei, nun ja, Menschen. Sie trugen Overalls in Camouflage-Optik, Springerstiefel und finstere Mienen. Damit blickten sie dem jungen Hipster entgegen, der sie schon zu erwarten schien.

„Sind Sie die Ghostbusters?", rief ihnen der Hipster zu. Einer der Ankömmlinge machte einen Schritt nach vorn, legte ihm die Hand auf die Schulter und sagte leise: „Wir wären Ihnen sehr dankbar, wenn Sie den Begriff *Ghostbusters* nicht verwenden würden. Dieser Name ist rechtlich geschützt, Sie verstehen?"

„Okay, dann eben Geisterjäger." Damit war klar, er hatte nicht verstanden. Also noch mal und etwas deutlicher: „Guter Mann, wir benutzen weder die eine noch die andere Bezeichnung. Wir ziehen die Bezeichnung *Ghost Scientist* vor." Darauf sagte der Hipster lieber nichts.

Der Gruppensprecher legte dem jungen Mann den Arm um die Schultern und begann, mit ihm die Treppe nach oben zu steigen. Währenddessen luden seine Gefährten die Ausrüstung vom Autodach und präparierten sich für den bevorstehenden Einsatz.

Die Männer an der Raucherinsel beobachteten das Treiben immer noch sehr interessiert. Die zwei Gestalten hatten große Rucksäcke geschultert und merkwürdige Geräte in den Händen. Eins sah aus wie die Kombination von Captain Kirks Kommunikator und einem Windmesser. Das Ganze steckte an einem Selfiestick.

Ein anderes Gerät schien aus dem Schlauch eines Staubsaugers zu bestehen, welcher mit dem Rucksack verbunden war. An der Spitze, dort wo beim Staubsauger die Düse saß, war hier eine Art übergroßes Kopfmassagegerät befestigt.

Die Beobachter waren sich einig, keiner von ihnen würde dieses Gerät auch nur in die Nähe seines Kopfes lassen.

Einer sagte leise: „Das sieht ernst aus. Besser wir gehen wieder rein." Diese Bemerkung wurde mit andächtigem Schweigen und zustimmendem Nicken beantwortet. Man hatte keine Angst vor dem Unbekannten, man wollte es nur besser sehen können und dazu musste man ins Innere des Gebäudes.

Die Vorbereitungen der Männer in Tarnkleidung waren beendet. Gut ausgerüstet schlossen sie sich ihrem Wortführer an. Ihnen folgten die Raucher stehenden Fußes. Dieses Schauspiel wollten sie sich um keinen Preis entgehen lassen.

Leider hatten sie die Rechnung ohne ihren Chef gemacht, der den Pulk schon in der Eingangshalle erwartete. Ein Blick in sein Gesicht ließ die Nikotinfraktion schnell in den Tiefen des Raums verschwinden. Der Hipster übernahm es, die Anwesenden vorzustellen.

„Das ist unser Geschäftsführer, Herr Brieselang. Herr Brieselang das sind die Ghostbus... äh die Gespensterjäger."

„Ghost Scientists, wie ich ihrer Sekretärin", der Anführer schaute den Hipster dabei an, „bereits versucht habe, zu erklären." Der kleine Seitenhieb wurde von einem süffisanten Grinsen begleitet.

„Herr Brieselang, ich bin Peter Schwenkmann, Doktor der Parapsychologie und das sind meine Kollegen, Doktor Engler und Doktor Strunz." Mit diesen Worten überreichte er Brieselang eine Visitenkarte, deren Aufdruck mit großen Augen gelesen wurde.

A P A Ü W
Wir glauben Jhnen,
selbst wenn Sie es nicht tun.

Sein verständnisloser Blick wurde von Schwenkmann mit einem Lächeln und dem Wort „Genau" quittiert.

„Was, bitte schön, heißt APAÜW? Anstalt für Pseudowissenschaftsanhänger und übergeschnappte Wunderheiler?"

Solche Bemerkungen hatte Schwenkmann schon zu oft gehört und sie entlockte ihm nur noch ein müdes Lächeln.

„Es heißt *Agentur für paranormale Aktivitäten und übersinnliche Wahrnehmung*. Das sollten Sie wissen. Sie haben uns schließlich kontaktiert."

Die Ankunft der merkwürdigen Gestalten erregte immer mehr Aufmerksamkeit. Es sah fast so aus, als ob viele Mitarbeiter gerade jetzt eine wichtige Erledigung in einem anderen Raum oder auf einer anderen Etage zu machen hatten. Sie liefen, die Köpfe reckend, durch die Eingangshalle an der auffälligen Gruppe vorbei und nicht mal der ärgerliche Blick ihres Chefs bremste ihre Neugier.

„Also, Herr Brieselang, weshalb haben Sie uns angerufen?"

158

Brieselang war die ganze Angelegenheit sichtlich peinlich.

„Das war nicht meine Idee, man hat mich quasi dazu gezwungen."

„Ihre Motivation ist nicht von Bedeutung. Vorrangig interessiert mich, was passiert ist. Schildern Sie mir den Vorfall, während Sie uns zum Ort des Geschehens bringen."

Brieselang gab auf. Jetzt, wo die Typen nun schon mal hier waren, konnte er nur noch versuchen, das Beste draus zu machen. Das hieß, als Erstes mussten sie aus der Schusslinie, bevor noch jemand anfing, Fotos zu machen.

Ohne ein weiteres Wort lief er los, in der Hoffnung, dass die drei Geisterleute ihm folgen würden. Der Flur, durch den die Gruppe zog, leerte sich im Handumdrehen von allen Beobachtern. Jetzt begann Brieselang endlich mit seiner Schilderung.

„Der Vorfall ereignete sich in einem unserer Labore des Wartungsbereichs. Dort werden alle Geräte und Maschinen in regelmäßigen Abständen überprüft und bei Bedarf repariert, neu kalibriert usw."

„Aha. Und was sind das für Geräte und Maschinen?", fragte Schwenkmann interessiert.

„Hochtechnisches Zeug eben. Wir arbeiten eng mit dem Fraunhofer-Institut und der Otto-von-Guericke-Universität zusammen. Einzelheiten darüber darf ich Ihnen nicht mitteilen. Sie würden es wahrscheinlich sowieso nicht verstehen, oder sind Sie Experte für KI-gestützte Prozesssteuerung oder Nanotechnologie?"

Das war ziemlich hochnäsig rübergekommen. Und so ließ Schwenkmann es sich nicht nehmen, auch noch etwas zum Besten zu geben.

„Nein, aber mein Kollege Dr. Egon ist Therapeut und anerkannter Traumdeuter. An guten Tagen kann er sogar Gedanken lesen. Wollen Sie es mal probieren?"

Schwenkmann sah auffordernd zu Egon hin. Der hielt gerade sein Messgerät auf Brieselang gerichtet und entgegnete trocken: „Er glaubt, wir sind Spinner und kann uns nicht leiden."

Schwenkmann klatschte begeistert in die Hände. „Ist er nicht großartig? Ein wahrer Meister des Gedankenlesens."

Von Minute zu Minute schwand Brieselangs Hoffnung, heil aus der Sache rauszukommen. Die drei hatten doch nicht mehr alle Dateien auf dem Rechner. Er wollte es nur noch hinter sich bringen und redete weiter.

„Heute Morgen kam eine Reinigungskraft ins Labor und bemerkte eine Bewegung. Beim genaueren Hinsehen erkannte sie, dass sich eine Transportkiste selbstständig durch den Raum bewegte. Als die Frau anfing zu schreien, blieb die Kiste mitten im Raum stehen. Seitdem hat sie sich nicht mehr gerührt. Was man von der Frau leider nicht sagen kann. Die ist schreiend vom Gelände gelaufen und hat inzwischen gekündigt."

Brieselang hatte vorsichtig eine Tür geöffnet und gab nun den Blick frei auf einen Raum voller technischer Geräte, Labortische, Glasschränke und mehrere PC-Arbeitsplätze. Alles sah normal aus, wenn man von dem fehlenden Personal und einer mannshohen Holzkiste mitten im Raum mal absah.

„Ist das die lebendige Kiste?", fragte Schwenkmann leise.

Brieselang nickte.

„Was ist der Inhalt?"

„Spezielle Bauteile für eine Reinraumkabine."

„Soll die Kabine in diesem Raum aufgestellt werden?"

„Ich weiß zwar nicht, was das mit dem Vorfall zu tun hat, aber nein. Die Reinraumkabine wird in einem anderen Teil des Instituts benötigt. Die Transportkiste wurde hier nur zwischengelagert."

„Wurde der Inhalt schon überprüft?"

Brieselang fühlte sich mehr und mehr geschulmeistert. Was fiel dem Kasperkopf ein, ihn einem solchen Verhör zu unterziehen? Das ging ihn nun wirklich nichts an. Und schon kam die nächste Frage.

„Hat die Reinigungskraft eventuell eine Stimme gehört und hat die Stimme *Zuul* gerufen?"

Brieselang schnappte schwer nach Luft, bevor er antwortete.

„Hören Sie, Doktor Schwenkmann. Ich werde mir Ihren Unsinn nicht mehr länger anhören. Der Grund, weshalb Sie hier sind, ist der, dass sich unsere Mitarbeiter weigern in diesem Labor zu arbeiten, weil es hier angeblich spukt. Überprüfen Sie also, ob von der Kiste irgendeine Gefahr ausgeht und stellen Sie fest, wieso sie sich von allein bewegt hat. Mein Assistent wird Ihre Arbeit überwachen und mir Bericht erstatten. Ich habe Wichtigeres zu tun. Ich brauche nämlich eine neue Reinigungskraft."

Eine Antwort wartete er nicht ab.

Kaum war er verschwunden, trat der Hipster neben Schwenkmann und grinste. Eine so spannende Aufgabe hatte er schon lange nicht übertragen bekommen.

Schwenkmanns Kollegen waren inzwischen schon

mit ihren Geräten im Labor beschäftigt. Strunz lief durch den Raum und hielt das Messgerät in jede Ecke. Egon stand neben der Kiste, die er aber keines Blickes würdigte. Sein anerkennender Blick wanderte über die Laborausrüstung, speziell über die Rechner.

Schwenkmann selber schickte sich an, ihnen zu folgen. Als der Hipster es ihm gleichtun wollte, wurde er von Schwenkmann mit einer energischen Geste zurückgehalten.

„Tut mir leid. Unsere Arbeitsmethoden sind nicht für fremde Augen gedacht. Ganz davon abgesehen, dass Ihnen die nötige Schutzkleidung fehlt, um sich im selben Raum mit uns aufhalten zu dürfen, während unsere Geräte an sind. Bleiben Sie lieber hier draußen und sie werden noch viele gesunde und halbwegs intelligente Kinder kriegen können." Damit machte er dem verdutzten Hipster die Tür vor der Nase zu.

„Und?", fragte er aufgeräumt in die Runde. „Schon was Interessantes entdeckt?"

Strunz schüttelte enttäuscht den Kopf.

„Kein Ausschlag. Weder auf dem PKE noch auf dem Gigameter. Wenn hier ein vollbeweglicher, befocuster Fantasmus stattfand, dann hat er sich inzwischen verflüchtigt. Im Ernst, Schwenki, ich glaube nicht, dass unser alter Kumpel Zuul hierfür verantwortlich gemacht werden kann."

„Das habe ich doch nur gesagt, um Eindruck zu schinden, Strunzi. Ich kann es nicht leiden, wenn man unsere wissenschaftliche Arbeitsweise in Frage stellt."

Jetzt meldete sich Egon zu Wort.

„Ach, deshalb hast du mich zum Esoteriker gestempelt?"

„Höre ich da etwa einen leisen Vorwurf heraus?"

„Na weißt du, wenn wir von wissenschaftlicher Arbeitsweise reden, dann sieh dich mal um. Die arbeiten hier mit einem *STERENKO 2020*, das Neuste vom Neusten an Sicherheitssystemen. Da kann ich mich nicht einfach so einloggen und ein Update ziehen."

„Tu´ doch nicht so bescheiden, Egon. Muss ich dich daran erinnern, dass du schon mal einen *STERENKO* überlistet hast?"

„Und muss ich dich daran erinnern, dass ich anschließend meine Identität wechseln und ein Jahr in der Mongolei untertauchen musste?"

„Papperlapapp! Das hat dir gutgetan. Das hat deinen Horizont erweitert."

„Letzteres stimmt, soviel Horizont wie da, gibt's nirgendwo."

Strunz war mit seinen Messungen durch und zu den Streithähnen getreten. Da er nicht verstand, worum es ging, fragte er nach.

„Wovon redet ihr denn eigentlich? Kümmern wir uns jetzt mal um die Kiste?"

Schwenkmann und Egon sahen mitleidig auf den kleineren Strunz herunter. Der Junge war wirklich nicht die hellste Kerze auf der Torte, aber dafür ein verdammt guter Wünschelrutengänger.

„Sag du es ihm", forderte Egon seinen Kollegen auf. „Ich mache einen Update-Versuch. Richtet euch aber vorsichtshalber auf einen schnellen Abgang ein."
Schwenkmann legte Strunz den Arm um die Schulter und begann sein Aufklärungsgespräch.

„Strunzi, wir sind hier, weil wir uns ein kostenloses Update des besten Betriebssystems ever besorgen wollen. Die Uni hat uns die Gelder für unser Forschungsprojekt gekürzt. Das heißt, keine neuen Anschaffungen, keine Investitionen. Und da wir alle leider die grottenschlechtesten Sponsoren-Akquisiteure sind, müssen wir uns eben anders behelfen."

Strunz brauchte einen Moment, dann begann der Groschen zu fallen.

„Dann haben wir gar nicht unser Forschungsgebiet gewechselt?"

„Nein."

„Und wir sind auch gar keine richtigen Geisterjäger?"

„Nein."

„Ach, Männo! Und ich hatte mich schon so auf den Geister-Workshop auf Burg Regenstein gefreut."

„Tut mir leid, Strunzi. Aber ich verspreche dir, wenn Egon das Update hinkriegt, dann fahren wir mit dir trotzdem dorthin. Ich will schließlich den ganzen Quatsch nicht umsonst auswendig gelernt haben."

„Und wenn Egon es nicht schafft?"

„Dann wird's eben nur ein Ausflug in den Heidepark Soltau. Wenigstens gibt's da die Ghostbusters in 5D. Das wird die Äuglein schon zum Leuchten bringen."

Schwenkmann kniff dem verdutzten Strunz spielerisch in die Wange, Strunz schien sich mit den Aussichten arrangieren zu können, ganz befriedigt war seine Neugier aber noch nicht.

„Sag mal, wie hast du es eigentlich hingekriegt, dass die uns angefordert haben? Hat sich die Kiste nun bewegt oder nicht?"

Grinsend drehte Schwenkmann ihn zur Kiste hin, die sich plötzlich, wie durch Geisterhand getragen, in

Bewegung setzte. Als Strunz mit großen Augen begann, rückwärts zu gehen, holte Schwenkmann seine Hand aus einer Tasche des Overalls. Mit ihr kam ein Handy zum Vorschein.

Schwenkmann tippte einmal aufs Display und die Kiste blieb stehen, er tippte erneut und das Monster setzte sich wieder in Bewegung.

Langsam dämmerte es Strunz, dass Schwenkmann die Bewegung der Kiste mittels seines Handys steuerte. Aber wie man eine Holzkiste mit einem Handy steuern konnte, war ihm noch nicht klar. Egon hatte Mitleid mit ihm.

„Strunzi, es gibt für alles eine App. Du bist lange genug im Team, um zu wissen, dass wir mit allen Raffinessen der Technik arbeiten."

„Und was genau steuert Schwenkmann nun mit der App? Ist da ein Sender in der Kiste?"
Schwenkmann hielt es nicht mehr aus.

„Viel besser. Die Kiste steht auf etwas, dass sich bewegt und elektronisch gesteuert wird."
Egon ergänzte selbstsicher: „Ich musste das Programm nur hacken und überschreiben. War ein Klacks, im Gegenteil zum Update."

„Hast du's denn hingekriegt?", fragte Schwenkmann nervös.

„Habe ich es schon mal nicht hingekriegt?" Egon klang beleidigt.

„Und *STERENKO*?"

„*STERENKO* kann mich mal. Könnte allerdings sein, dass unser Eindringen durch die Backdoor nicht unbemerkt bleibt. Also gehen wir lieber."

Vor der Tür wurden sie von dem, ungeduldig zappenden, Hipster erwartet.

Schwenkmann legte ihm mit großer Geste die Hand auf die Schulter und sagte so laut, dass es auch die Neugierigen in den angrenzenden Laboren hören konnten: „Was Sie da drin hatten, war eine heftige, verlängerte, transformative, kinetische Episode."

„Holen Sie jetzt die Protonenpäckchen?", fragte der junge Mann voller überschwänglicher Vorfreude.

„Keine Protonenpäckchen. Die würden in diesem Fall sowieso nichts ausrichten. Sagen Sie ihrem Chef, dass der Fall erledigt ist. Ich bin weit über die Fähigkeit rationalen Denkens hinaus entsetzt, dass Sie uns wegen so einer Nichtigkeit gerufen haben. Aber ich will mal nicht so sein. Als Neukunde berechnen wir Ihnen nur die übliche Grundgebühr und die Kosten für die Anfahrt. Das sind dann 200 € pro Kopf und 50 € Fahrtkosten, macht 650 €. Zahlen Sie bar?"

Dem Hipster war im wahrsten Sinne die Spucke weggeblieben. Er konnte gerade noch fragen, was denn nun die Ursache der kinetischen Episode gewesen war.

Mit verschwörerischer Miene flüsterte Schwenkmann ihm zu: „Stellen Sie Ihre Kisten nie wieder auf einen Reinigungsroboter, der zeitgesteuert arbeitet."

Strunz und Egon waren schon halb aus dem Gebäude und Schwenkmann beeilte sich, sie einzuholen.

An der Eingangstür drehte er sich noch mal um, breitete seine Arme aus und rief den verblüfften Mitarbeitern von Brieselang Digital Technology zu: „Tod ist eine Tür, Zeit ist ein Fenster. Wir werden zurückkehren!"

Wenige Sekunden später fuhr das Geister-Mobil vom Hof. Die Nikotinfraktion, die wieder ihrem Laster frönten, sah ihnen hinterher. Als plötzlich das quietschende

Geheul einer sehr speziellen Sirene ertönte, reckten sie bewundernd die Hälse. Wie die Typen da wohl rangekommen waren?

Schuld und Schuldigkeit

Sylvie Braesi

Auf dem Grabstein standen der Name *Saskia Kunze* und zwei Daten. Das erste Datum stand für den Tag der Geburt und der zweite für den Tag, an dem Saskia starb. Sie war gerade mal 22 Jahre geworden, was an sich schon schlimm genug war. Doch was es noch schlimmer machte, war die Art und Weise ihres Todes.

Saskia war das Opfer eines Mörders geworden. Er hatte sie erwürgt und in seine heimliche Gruft gebracht, wo sie für alle Zeiten die Stelle seiner großen Liebe einnehmen sollte, die man gefunden und fortgebracht hatte.

Lars Ole Pasold saß auf einer Bank und schaute mit Tränen in den Augen zu dem Grab hinüber. Die Bestattung lag schon 10 Wochen zurück, doch der Schmerz wütete in ihm noch immer so stark wie am ersten Tag. Die Blumensträuße waren längst verblüht und die Kränze hatten die Friedhofsgärtner auch schon fortgeräumt. Jetzt sah Saskias letzte Ruhestätte aus, wie viele andere.

Pasold kam, so oft er konnte, hierher und stellte frische Blumen aufs Grab. Manchmal zündete er auch ein Grablicht an. Keiner seiner Kollegen wusste davon. Sie hätten es vielleicht nicht verstanden, denn er und Saskia hatten sich gerade erst kennengelernt. Als er sich zum zweiten Date verspätete, war es passiert.

Es tröstete Pasold nur minimal, dass seine Kollegen

den Täter überführen konnten und sein Leben nun nie wieder ein richtiges Leben sein würde. Er hatte seins noch, egal wie gut oder wie schlecht es auch war. Saskias Leben war vorbei, endgültig.

Ein leises Rascheln riss Pasold aus seinen Gedanken. Neben ihm auf der Bank saß eine junge Frau. Er hatte gar nicht bemerkt, wie sie sich gesetzt hatte, wie merkwürdig. Als er einen unauffälligen Seitenblick riskierte, entschied er, dass das nicht die einzige Merkwürdigkeit war. Sie selber war eine einzige Merkwürdigkeit.

Ihre Frisur war merkwürdig. Pasold konnte es nicht anders ausdrücken, sie war einfach unzeitgemäß. Sie trug das lange, blonde Haar an den Seiten eingerollt und nach hinten zu einem langen Zopf geflochten. In den seitlichen Haarrollen steckten kleine gelbe Blumen und Gräser. Der Zopf wurde von einer großen gelben Schleife zusammengehalten. Ein paar widerspenstige Locken fielen der Frau in die Stirn ihres feenhaften Gesichtes.

Genauso merkwürdig sah ihr Kleid aus. Für den Spätsommer war es zu luftig, doch heute war ein warmer Tag und vielleicht hatte sie ihre Jacke in einem Auto gelassen. Das Kleid war aus Seide oder Chiffon, vermutete Pasold. Er kannte sich damit nicht so gut aus. Nannte man sowas nicht Vintage? Auf jeden Fall war es unmodern. Den Schnitt des Kleides würde er bestenfalls Alice im Wunderland zuordnen. Es hatte Puffärmel und viele Rüschen aus Spitze. Soweit er sehen konnte, ging das Kleid seiner Trägerin weit über die Knie. Nicht, dass sie nicht gut darin aussah, aber zeitgemäß war was Anderes.

Von Schmuck schien sie nicht viel zu halten. Lediglich um den schlanken Hals trug sie eine schlichte silberne Kette mit einem Kreuz aus einem blassgrünen Schmuckstein.

Und die Schuhe? Das war wohl das Merkwürdigste. Sie trug nämlich keine. Nun ja, es sollte ja Leute geben, die gern und überall barfuß gingen. Ihre Füße sahen aber nicht danach aus. Sie waren sauber, gepflegt und ohne eine Spur von Kratzern oder Ähnlichem.

„Wie lautet ihr Urteil?", hörte Pasold eine sehr melodische Stimme fragen.

Sie hatte sich ihm zugewandt und er hatte auch das nicht bemerkt. Es war direkt ein bisschen gruselig, vor allem wenn man bedachte, dass er sich auf einem Friedhof befand. Aber er war ja zum Glück nicht abergläubisch.

„Worüber sollte ich denn urteilen?", fragte er.

„Über mich, natürlich. So eindringlich, wie Sie mich musterten, müssen Sie doch zu einem Urteil gekommen sein. Ich hoffe, es ist kein zu strenges."

Pasold wusste nicht so recht, was er sagen sollte. Auf einem Friedhof und an Saskias Grab einer Frau irgendwelche Komplimente zu machen, das war doch etwas makaber. Er verlegte sich daher nur aufs Lächeln. Die Frau schien seine Not zu verstehen, denn sie lächelte überaus bezaubernd zurück und sagte: „Sie müssen diese Frage nicht beantworten, wenn es ihnen unangenehm ist. Ich habe Sie hier so in Gedanken versunken gesehen und dachte, es wäre nett, mit Ihnen ins Gespräch zu kommen. Was natürlich ungehörig war. Bitte verzeihen Sie mir, dass ich Sie bei Ihrer Zwiesprache gestört habe."

Irgendwas an der Frau machte Pasold nervös. War es

ihr unergründlicher Blick oder die Art, wie sie mit ihm redete? Sie war ausgesprochen hübsch. Eine Frau wie sie, würde sich doch nicht für jemanden wie ihn interessieren, geschweige denn, dass sie ihn ansprach. Sie aber hatte es getan und wartete offensichtlich darauf, dass er etwas sagen würde, so wie sie ihn anschaute.

Alles, was er rausbrachte, war: „Ich heiße Lars Ole Pasold." Als ihm einfiel, dass sie ihren Namen noch nicht genannt hatte, wollte er danach fragen, kam aber nicht dazu. Sie war schneller.

„Sind Sie ihretwegen hier?" Ihr Blick ging zu Saskias Grab.

Pasold nickte und schluckte schwer.

„War sie ihre Frau?"

Zu mehr als einem Kopfschütteln war er nicht fähig.

„Gehe ich recht in der Annahme, dass sie hofften, sie würde es werden?"

Ihre dritte Frage ließ den Damm brechen und ein heftiger Weinkrampf begann, Pasold zu schütteln. Er konnte nichts dagegen tun. Die Frau neben ihm sah ihn an und schwieg. In ihrem Gesicht konnte man so etwas wie Zufriedenheit erkennen, so als hätte sie genau diese Reaktion hervorrufen wollen. Geduldig wartete sie, bis der Tränenstrom versiegte.

Pasold hingegen war sein Ausbruch unsagbar peinlich.

„Entschuldigung", schniefte er verlegen.

„Sie müssen sich doch nicht entschuldigen. Trauer ist etwas, dass man zulassen muss, damit sie vergeht. Und welcher Ort wäre besserer dafür geeignet, als ein Friedhof."

Nach diesen Worten war sich Pasold sicher, dass er

an eine Therapeutin geraten war. Auch das noch. Obwohl, sie war jedenfalls viel netter als der Polizeipsychologe und hübscher sowieso. In ihrem Blick lag Verständnis und Pasold fühlte, wie alle Peinlichkeit verschwand. War es die Nähe dieser Frau, deren eigentümliche Aura ihn alles andere um ihn vergessen ließ? Woran es auch lag, ohne dass sie ihn ermutigen musste, begann er, von sich und Saskia zu erzählen.

Als er endete, stellte er verwundert fest, dass er über die Geschichte zum ersten Mal ganz ruhig und ohne Tränen gesprochen hatte. Seine aufmerksame Zuhörerin hielt ihren Blick weiter gesenkt und er dachte schon, dass er sie gelangweilt haben könnte. Plötzlich begann sie zu sprechen, mit dieser Stimme, die Pasold regelrecht einhüllte.

„Es tut mir sehr leid. Ich wünschte, ich könnte etwas Tröstliches sagen. Etwas, das den Schmerz von Ihnen nimmt. Doch ich fürchte, das kann ich nicht. Lassen sie mich Ihnen stattdessen eine andere traurige Geschichte erzählen. Es heißt doch: *Geteiltes Leid ist halbes Leid.*"

Für einen Moment hielt sie inne, als müsse sie sich sammeln. Dann begann sie.

„Meine Geschichte hat sich schon vor hundert Jahren ereignet, doch deshalb ist sie nicht weniger wahr. Ein Mädchen aus gutem Hause verliebte sich in ihren Hauslehrer und er erwiderte ihre Liebe. Diese Liebe stand unter keinem guten Stern. Niemals würde ihre Familie diese Verbindung gutheißen, dass wussten beide und doch schworen sie sich ewige Treue. Eines Tages erfuhr das Mädchen, dass ihre Eltern einer Heirat mit einem ihr völlig Fremden zugestimmt hatten. Seine Familie war reich, angesehen und die Verbindung sollte die geschäftliche Fusion beider Häuser noch mehr festigen. Damit war das Schicksal der Liebenden besiegelt. Doch sie wollten nicht aufgeben. Das Mädchen bat darum, ihre Großmutter, die nicht in dieser Stadt wohnte, besuchen zu dürfen. Die alte Dame liebte ihre Enkelin sehr. Mit ihrer Hilfe gelang es den beiden Verliebten, heimlich zu heiraten. Nun, so glaubten sie, könne auch die Familie nichts mehr gegen ihre Liebe einwenden. Doch es kam anders.

Der Vater war so erbost, als er seine geschäftlichen Intentionen gefährdet sah, dass er die Tochter verstieß und sie mittellos davonjagte. Das junge Paar durfte fortan nicht mehr von irgendjemandem aus der Familie unterstützt werden, also konnte auch die Großmutter ihrer geliebten Enkelin nicht mehr helfen. Der junge Mann nahm jede Stelle an, die er kriegen konnte, doch der Arm des Schwiegervaters reichte weit und so verlor er jede neue Arbeit schon bald wieder. Trotzdem war es für beide die glücklichste Zeit, weil sie zusammen waren. Doch das Schicksal war ihnen nicht gut gesonnen. Schon bald nach der Hochzeit wurde die junge Frau krank.

Vielleicht hätten ein Arzt und Medizin ihr helfen können, doch dafür war kein Geld da. In ihrer Verzweiflung schrieb sie der Mutter und flehte sie an, zu helfen. Ihrem Mann erzählte sie nichts davon, denn sie wollte ihn nicht noch trauriger machen, als er schon war. Er gab sich doch sowieso schon die Schuld an ihrem Zustand. Die Wochen vergingen und die Krankheit wurde schlimmer. Das kalte, feuchte Zimmer tat ein Übriges und sie schwand mehr und mehr dahin.

Eines Tages, als ihr Mann seine letzten Bücher verpfänden ging, erhielt sie Post von ihrer Mutter. All ihre Briefe kamen ungeöffnet zurück. In ein paar beiliegenden Zeilen bat die Mutter sie, nicht mehr zu schreiben, es sei denn, sie würde dieser unsäglichen Verbindung entsagen wollen. Sie schrieb ihr außerdem noch, dass der Vater geschworen hatte, ihren Ehemann zu vernichten und sie notfalls mit Gewalt in die Familie zurückzuholen. Mit diesen Zeilen wurde alle Hoffnung auf einen Schlag zunichtegemacht. Die junge Frau übergab die Briefe der guten Seele, die sich um sie kümmerte, solange ihr Mann nicht zuhause war. Die Nachbarin sollte sie gut verwahren und dafür sorgen, dass ihr Mann sie nicht zu lesen bekam. Der Inhalt würde ihn zu sehr schmerzen.

Nachdem das Versprechen gegeben war, starb die junge Frau. Man sollte meinen, dass dies das Ende einer traurigen Geschichte war, aber dem ist nicht so. Der Vater des Mädchens begann damit, den Teil seines Schwures zu erfüllen, der noch übrig war.

Er beschuldigte den Mann des heimtückischen Giftmordes an seiner geliebten Tochter und schaffte es, dass man den Witwer verhaftete und anklagte. Vor Gericht machte der Vater aus dem Mann einen Schurken, der die Tochter erst entführt und dann verführt habe. Mit einer erzwungenen Heirat hätte er Geld von der Familie erpressen wollen und als dieses Vorhaben gescheitert war, habe er die nun nutzlose Ehefrau vergiftet. Das war eine schaurige Geschichte und da die Menschen solche Geschichten auch damals schon liebten, wurde sie von vielen geglaubt. Zu seinem Glück genügten dem Richter die Beschuldigungen nicht. Er forderte Beweise, doch weder für die Erpressung noch für die Vergiftung konn-

174

ten welche vorgelegt werden. Und so galt es bald als sicher, dass der Ehemann freigesprochen werden würde.

Am Abend vor der Urteilsverkündung bat der Mann um Papier und Stift. Er schrieb dem Vater des Mädchens einen Brief, in dem er ihm seinen Hass sowie die Anschuldigungen verzieh. Er glaubte wohl, seiner großen Liebe dies schuldig zu sein. Auch schrieb er, er habe seine Frau geliebt und nie etwas anderes gewollt, als mit ihr ein gemeinsames, glückliches Leben führen zu dürfen. Reinen Gewissens übergab er einem Wärter den Brief. In der Gewissheit, am nächsten Morgen als freier Mann zum Grab seiner Frau gehen zu können, verbrachte er die letzten Stunden in der Zelle. Er ahnte nichts von den dunklen Wolken, die sich über seinem Kopf zusammenbrauten.

Sein Schwiegervater hatte inzwischen auch begriffen, dass ein Freispruch mehr als wahrscheinlich war. Das konnte und wollte er nicht akzeptieren und so tat er seinen letzten und abscheulichsten Schachzug. Er bestach die Wärter im Gefängnis und die sorgten dafür, dass man den Ehemann am Tag der Urteilsverkündung erhängt in seiner Zelle fand. An der Wand standen die mit Blut geschriebenen Worte: *Es tut mir leid.*

Der Freispruch wurde nie verkündet. Wozu auch? Der Mann hatte Selbstmord begangen und das war damals so gut wie ein Schuldeingeständnis. Das bereits gefällte Urteil verschwand in den Tiefen des Gerichtsarchivs und tauchte nie wieder auf. Doch das war immer noch nicht das Ende.

Als Mörder und Selbstmörder verwehrte man dem Ehemann natürlich, neben seiner geliebten Frau beigesetzt zu werden. So war ihnen nicht einmal vergönnt, im Tode wieder vereint zu sein. Der Vater hatte auf ganzer Linie gewonnen."

Gebannt hatte Pasold der traurigen Geschichte gelauscht. Er wusste nicht, was ihn mehr beeindruckte. Das bittere Schicksal zweier Liebenden, die gefangen in Konventionen und längst überholten gesellschaftlichen Zwängen versucht hatten, ihre Liebe gegen alle Widrigkeiten zu verteidigen? Oder war es die einfühlsame Art, wie die junge Frau die Geschichte vorgetragen hatte? Er konnte sich nicht entscheiden. Stumm saß er da und lauschte dem Echo der tragischen Liebesgeschichte in seinem Inneren.

Es dauerte aber nicht lange, bis sich etwas in ihm zu regen begann. Sein ausgeprägter Sinn für Gerechtigkeit machte sich bemerkbar. Auch wenn diese Geschichte schon hundert Jahre zurücklag, da gab es einiges, was dem Kriminalisten in ihm gegen den Strich ging.

„Hat denn nie jemand versucht, den Ehemann rehabilitieren zu lassen?"

„Wer hätte dies denn tun sollen? Er hatte keine Familie."

Das war ein Problem, zugegeben, aber Probleme waren für Pasold nur Lösungen in Arbeitskleidung.

„Was wurde denn aus dem Brief, den der Ehemann dem Vater geschrieben hat?"

„Da er nie wiederauftauchte, wurde er wahrscheinlich vernichtet, denken Sie nicht auch?"

„Schon möglich. Ich halte es aber auch für möglich, dass der Wärter ihn aufbewahrte, als eine Art Rückversicherung. Denn er war doch bestimmt einer derjenigen, die an dem Mordkomplott beteiligt waren. Oder er

176

wollte ihn für eine kleine Erpressung nutzen."

„Eine Erpressung? Das wäre grotesk. Wie sollte man damit jemanden erpressen können?"

„Das denke ich nicht. Wenn der Brief das beinhaltete, was Sie gesagt haben, dann würde er zumindest Zweifel am Selbstmord aufwerfen. Und das hätte möglicherweise dazu geführt, dass man einen zweiten Blick auf die Angelegenheit geworfen hätte. Ja, der Brief wäre sicher eine Erpressung wert gewesen. Vielleicht existiert er ja noch, irgendwo?"

In dem Blick, den ihm die Frau zuwarf, lag so viel Traurigkeit, dass Pasold es fast bereute, etwas gesagt zu haben. Selbst wenn er Recht hatte, was würde es jetzt noch ändern.

Sie schlug die Augen nieder und flüsterte kaum hörbar: „Wie auch immer. Es ist solange her. Wer sollte sich heute noch darum scheren, was vor hundert Jahren war?"

Sie stand auf, schaute Pasold mit ihren großen traurigen Augen an und fragte: „Wollen Sie ihr Grab sehen? Ich kann es Ihnen zeigen."

Eigentlich verspürte Pasold keine Lust, sich fremde Gräber anzuschauen, aber er brachte es nicht übers Herz, nein zu sagen.

Sie führte ihn bis zu einer der Friedhofsmauern. Noch heute fand man dort große Grabmäler, verschwenderisch prächtig gestaltet, Zeugen längst vergangener Tage und längst vergessener Leben. Dieser übertriebene Totenkult stieß Pasold ab. Ihm kam es immer so vor, als wären die Gräber nicht zu Ehren der Toten errichtet worden, sondern um Reichtum und Macht zur Schau zu stellen.

Pasold ging auch nicht gern auf Friedhöfe. Er hatte im Job schon genug mit Toten zu tun. In diesem Reich der Verstorbenen fühlte er sich immer irgendwie fehl am Platz.

Das traf auf seine Begleiterin scheinbar nicht zu. Sie bewegte sich zwischen den Gräbern mit andächtiger Zurückhaltung und dennoch großer Selbstverständlichkeit, dass es beinahe so aussah, als würde sie gern hier sein. Trotz der fehlenden Schuhe schritt sie leichtfüßig über den Weg und keiner der spitzen Steine schien sie zu stören. Erneut fragte sich Pasold, wer diese merkwürdige Frau wohl war? Er wusste nicht mal, wie sie hieß.

„Sie haben mir Ihren Namen noch gar nicht verraten", fragte Pasold nun endlich.

Sie warf ihm einen erstaunten Blick zu.

„Wirklich? Ich dachte, ich hätte ihn genannt. Wie unhöflich von mir. Mein Name ist Sophie."

Sie blieb stehen und deutete auf ein Grabmal.

„Hier ist es. Das ist ihr Grab, in dem sie nun schon seit hundert Jahren allein liegt."

Pasold trat näher heran.

„Ist es nicht wunderschön?", hörte er die melodische Stimme fragen.

Soweit man das von einem Grab überhaupt sagen konnte, war es schön. Neben all den großen Grabmalen mit Säulen, Portalen und eisernen Zäunen mutete dieses hier aber vergleichsweise unscheinbar an. Es bestand aus einem rechteckigen Sockel aus grauem Granit von der Größe eines Sarkophags. Er war weder poliert, noch mit Verzierungen versehen. Sein einziger Schmuck bestand aus einer weiblichen Gestalt auf dem Sockel, aus dem gleichen Material. Die Frauengestalt war vom

178

Bildhauer auf der Seite liegend dargestellt. Den Kopf auf die Hände gebettet, lag sie da, als schliefe sie.

„Sie können ruhig näher herangehen und die Inschrift lesen."

Wollte er das denn? Warum nicht, dachte er. Die Frau würde wahrscheinlich sowieso keine Ruhe geben, ehe er es nicht getan hatte. Langsam begann er, sich zu fragen, welch morbide Fantasie sie mit diesem Grab verband. Hielt sie sich für eine Reinkarnation der jungen Frau? Ihr Äußeres deutete jedenfalls darauf hin.

Pasold schalt sich einen Narren. Immer mehr kam er zu der Erkenntnis, dass er wohl einer psychisch labilen Person aufgesessen war. Wenn ja, dann hatte er mit seiner Aufmerksamkeit ihre Wahnvorstellung noch verstärkt. Hoffentlich entwickelte sich das jetzt nicht zu einem Fall von Stalking. Dem musste er sofort einen Riegel vorschieben.

Er drehte sich um, in der Absicht, der Frau zu sagen, dass ihn das hier nicht interessieren würde. Doch er war allein. So leise, wie sie gekommen war, war sie auch wieder gegangen. Doch wohin? Der Weg bis zur nächsten Abzweigung war lang. Sie hätte rennen müssen, um es in der letzten Minute bis dahin zu schaffen. Das wäre nicht ohne die Geräusche von Schritten möglich gewesen und er hatte keine Schritte gehört.

Mit einem tiefen Seufzer warf Pasold einen letzten Blick auf die schlafende Statue. In diesem Augenblick gewahrte er etwas, das er vorher nicht gesehen hatte. Der Bildhauer hatte die Statue mit einem besonderen Detail versehen. Als er sich hinunterbeugte, erkannte er, dass eine Kette um ihren Hals lag. Der Anhänger war ein schlichtes Kreuz und das Einzige, was aus einem anderen Material bestand. Es schimmerte blassgrün.

Pasold holte tief Luft und richtete sich überrascht auf. Das konnte nur ein Zufall sein. Das oder die Frau hatte sich extra eine solche Kette besorgt. Etwas anderes konnte und wollte er sich gar nicht vorstellen. Er sollte einfach gehen und keinen Gedanken mehr an die Frau verschwenden.

Bevor er das tat, wollte er nun auch wissen, wer in diesem Grab wirklich lag. Die Inschrift war schon etwas verwittert und die Dämmerung erschwerte das Entziffern zusätzlich. Pasold machte ein paar Fotos. Darauf würde er bestimmt etwas erkennen können.

Dann verließ er endlich den Friedhof.

Erst am nächsten Tag, im Büro, erinnerte er sich an die Fotos. Er schob sie auf den Rechner, wo sie besser zu erkennen waren. Natürlich bekam sein Kollege, Frieder, das mit. Er bot sich sofort an, die Bilder zu bearbeiten und alles rauszuholen, was machbar war. Pasold genügte aber das, was er sah.

Frieder wurde er trotzdem nicht mehr los. Der gab keine Ruhe, bis Pasold ihm die Geschichte erzählt hatte.

„Eh, Alter!", rief der Nerd begeistert. „Das ist ja krasser Scheiß. Klingt richtig spooky. Vielleicht hast du einen Geist gesehen." Er verzog sein Gesicht nach Zombiemanier und flüsterte: „Ich sehe tote Menschen!"

Das fand Pasold nicht witzig.

„Frieder, lass den Mist. Wenn das einer hört, bin ich erledigt. Das war kein Geist, nur eine verstörte Frau. Die Geschichte hat sie sich doch nur ausgedacht, weil sie mir ein Gespräch aufdrängen wollte."

Frieder wirkte nicht überzeugt, sagte aber nichts mehr.

Als Pasold etwas später auf dem Klo war, griff er sich dessen Handy und zog sich die Fotos runter. Ihm war nicht entgangen, dass die unheimliche Begegnung seinen Freund ziemlich mitgenommen hatte. Da lohnte sich ein genauerer Blick hinter die Geschichte bestimmt.

Nach einer Stunde fuhr Frieder wie von einer Tarantel gestochen mit einem Aufschrei vom Laptop hoch. Pasold fuhr zusammen.

„Mensch Frieder, bist du irre? Was ist denn in dich gefahren?"

„Frag lieber, was in dich gefahren ist, Bro."

„Ach, halt die Klappe. Ich will nicht mehr darüber reden."

Frieder baute sich hinter seinem Freund auf und sagte: „Aber ich und glaub mir, du auch."

Dann zwang er ihn, aufzustehen, und zog ihn zum Fahrstuhl. Auf dem Weg dahin holte noch ein paar Ausdrucke aus dem Drucker. Pasold gab sich genervt.

„Was soll das, Frieder? Ich hab' keine Zeit, in die Kantine zu gehen."

„Keine Kantine! Wir beide machen eine Spazierfahrt."

Bald war klar, wohin die Fahrt ging: zum Friedhof. Pasolds Weigerung, auszusteigen, wurde ignoriert und schließlich gab er nach. Er führte Frieder zu dem Grab, blieb aber, die Arme vor der Brust verschränkt, in einiger Entfernung stehen. Ihm war nicht wohl bei der ganzen Sache. So unauffällig wie möglich schaute er sich um, doch die Frau war zum Glück nirgends zu entdecken.

Frieder trat inzwischen ganz dicht an das Grabmal und begutachtete aufmerksam Skulptur und Inschrift.

„Ich wollte bloß sichergehen, dass die Bilder nicht gefotoshopt sind", lautete sein Fazit.

Pasold antwortete mit gereiztem Unterton.

„Du glaubst, ich habe mir das alles ausgedacht?"

„Eigentlich nicht. So viel Fantasie hast du nicht. Aber ich musste auf Nummer sichergehen."

„Weißt du was? Ich hab' die Nase voll. Das hier bringt doch nichts. Los fahren wir zurück."

Frieders Ruf hielt ihn zurück.

„Warte. Gib mir fünf Minuten. Wenn du dann immer noch glaubst, dass das hier nichts bringt, fahren wir zurück, okay?"

Pasold überlegte kurz und nickte. Frieder seufzte erleichtert auf und begann mit einem kleinen Vortrag.

„Also, ich habe mal ein wenig recherchiert und rausgefunden, dass die Geschichte tatsächlich passiert ist. Es gab vor hundert Jahren einen jungen Mann, der angeklagt wurde, seine Frau vergiftet zu haben. Am Tag der Urteilsverkündung fand man ihn erhängt in seiner Zelle und an der Zellenwand stand: *Es tut mir leid!* Damals galt das als untrügliches Schuldgeständnis. Diese Fakten habe ich aus alten Zeitungen. Ich habe auch eine Traueranzeige gefunden, für eine junge Frau mit dem Namen Sophie. Das will ja noch nichts heißen, dachte ich mir, also habe ich mich mal durch alte Gerichtsprotokolle und Akten gehackt. Nur gut, dass man diese alten Akten schon digitalisiert hat."

Frieder machte eine Pause, um zu sehen, wie seine Worte bisher auf Pasold gewirkt hatten. Der schien sich mehr und mehr für die Ergebnisse von Frieders Recherche zu interessieren. Jedenfalls fragte er nach.

„Du hast wirklich was gefunden?"

„Alter, das kannst du laut sagen. Das wird dich vom Hocker hauen."

„Nun lass dir doch nicht jedes Wort aus der Nase ziehen!"

„Okay. Der Prozess war damals ein echter Hammer. Diese Sophie war aus einer sehr angesehenen Familie und in einem Artikel habe ich gelesen, dass eine Heirat mit einem Spross derer von Bohlen und Halbach geplant war. Klar, dass der Vater im Quadrat sprang, als die Tochter ihn vor vollendete Tatsachen stellte. Es wurde nicht weiter an die große Glocke gehängt, bis die Tochter starb und es zum Prozess kam. Da kochte die Geschichte wieder hoch. In den Gerichtsakten ist als Todesursache Tuberkulose angegeben, der Mann wäre wirklich freigesprochen worden. Durch den angeblichen Selbstmord kamen die Akten unter Verschluss. Die Öffentlichkeit bastelte sich, angestachelt durch die Hetzkampagne des Schwiegervaters, ihre eigene Wahrheit, die da lautete: Der Mann ist schuldig."

Die Frau hatte ihm also kein Märchen aufgetischt. Das musste Pasold erst mal verdauen. Dann fiel ihm auf, was Frieder eben gesagt hatte.

„Wieso sprichst du von einem *angeblichen* Selbstmord? Das ist doch sicher nie untersucht worden."

„Offiziell nicht. Ich habe aber noch was Interessantes in den Gerichtsakten gefunden. Es hat eigentlich nichts mit dem Prozess zu tun, wurde trotzdem wie alles andere digitalisiert."

„Sag bloß, du hast den Brief an den Schwiegervater

gefunden." Pasold blieb fast die Spucke weg, bei dem Gedanken. Frieder präsentierte zwei Ausdrucke.

„Nicht nur den, Alter. Es gibt noch einen zweiten Brief, von einem der Wärter. Darin gesteht er den Mord an dem Mann und dass er den Brief entwendet hat. Er bestätigt auch die Anstiftung durch den Schwiegervater. Der Brief ging an die Mutter des toten Mädchens. Wie er in die Gerichtsakte kam, kann man nur noch vermuten."

„Damit sind die Unschuld des Mannes und die Schuld des Schwiegervaters bewiesen. Wenn das bekannt geworden wäre, wäre der Mann rehabilitiert gewesen."

„Aber der Skandal hätte eine, vielleicht auch zwei, angesehene Familien betroffen. Kein Wunder, dass nichts davon aufgetaucht ist. Deine kleine Friedhofsbekanntschaft hat da einen schönen Justizirrtum ans Licht gebracht."

Wieder sah Pasold sich um, diesmal in der Hoffnung, sie zu entdecken. Leider vergebens. Frieder starrte immer noch auf die einige Blätter, die er noch in der Hand hielt. Er hatte sich noch nicht entschieden, ob er seinem Freund auch den Rest zeigen sollte. Dann gab er sich einen Ruck.

„Sag mal, wie hieß deine neue Bekanntschaft doch gleich?"

„Sophie. Mehr weiß ich nicht."

Frieder nickte bedächtig.

„Dachte ich mir schon. Sieh dir das mal an."

Er reichte Pasold eine Vergrößerung der Grabinschrift.

Erstaunt las der die deutlich erkennbare Inschrift.

Sophie Kunze
*29.02.1896
†06.08.1918

„Sophie", hauchte Pasold.

„Ist bestimmt ein Zufall", erwiderte Frieder mit großem Ernst. Pasold wusste es besser. Er rief auf seinem Handy ein Foto auf und hielt es Frieder vor die Nase. Darauf war ein schwarzer Grabstein mit einer weißen Inschrift zu sehen.

Saskia Kunze
*29.02.1996
†06.08.2018

Das haute dem Nerd fast die Beine weg.

„Hundert Jahre, auf den Tag und dann noch der gleiche Nachname."

„Ich weiß, wie das aussieht, Frieder. Trotzdem werden wir beide nicht an Geister glauben."

„Da bin ich mir nicht so sicher, Pasold. Ich muss jedenfalls noch mal in Ruhe darüber nachdenken."

Mit diesen Worten reichte Frieder seinem Freund den letzten Ausdruck. Es war der Nachruf für Sophie Kunze, erschienen in einer Magdeburger Zeitung vom 9. August 1918. Zu der Anzeige gehörte auch ein Bild der Verstorbenen. Das Bild einer hübschen jungen Frau mit einem langen geflochtenen Zopf, die ein Kleid mit vielen Spitzenrüschen trug.

Pasold brauchte die Kette an ihrem Hals nicht mal mehr genauer anzuschauen, um sich sicher zu sein. Das war die Frau, mit der er gesprochen hatte.

„Das ist sie, Frieder. Hundertpro! Halt mich für verrückt, ist mir pumpe, aber das ist sie."

Pasold bekam vor lauter Aufregung rote Flecken im Gesicht und war kurz davor, zu hyperventilieren. Frieder sah gefasst aus und entgegnete ernst: „Das dachte ich mir schon. Wenn, dann sind wir beide verrückt."

Trotz absoluter Windstille erhob sich plötzlich ein Rascheln, das Pasold noch gut in Erinnerung geblieben war. In das Rascheln hinein hörten sie eine melodische Stimme flüstern: „Danke".

Pasold packte Frieder an der Schulter und keuchte erschrocken.

„Hast du das gehört?"

Natürlich hatte Frieder es gehört, doch das würde er niemals zugeben, schwor er sich. Stattdessen antwortete er fast unhörbar: „Ich will nichts gehört haben. Ich will jetzt gehen."

Mit jedem Schritt wurden sie immer schneller und zu guter Letzt kam das Ganze einer Flucht ziemlich nahe. Beide konzentrierten sich auf das offene Tor zum Parkplatz, als befürchteten sie, es könnte sich langsam schließen, bevor sie es erreichten. Sie hörten das helle Kichern nicht, noch bemerkten sie den gelben nebelartigen Schimmer zwischen den Sträuchern, der sich langsam aufzulösen begann.

186

Das Haus der Raventons

A.W. Benedict

Der Zeitpunkt war gut gewählt. Der Halloweentag zog, wie immer in den vergangenen Jahren, gruselfreudige Besucher in die alte Villa. Das wusste der *Club der lebenden Toten*.

Der Mond stand wie ein bleicher Knochen am Himmel und dunkle Wolken zogen über den sternenlosen Himmel. Dunst kam auf. Am Tag vorher hatte es geregnet und schon hatte die Gruppe gedacht, es würde nichts werden mit ihrem jährlichen Ausflug. Der Weg zur alten Villa führte über einen morastigen unbefestigten Weg. Silly, die alte Miesmacherin, hatte wie immer sofort losgewettert.

„Meine guten neuen Schuhe schleppe ich nicht durch diesen Schlamm. Erinnert euch an den Vorfall vor zwei Jahren", erklärte sie beim letzten Treffen. Alle hatten es noch gut in Erinnerung, wie Silly mit ihrem schönen Elfengewand im Schlamm gelandet war.

„Sei nicht immer so ein Prinzesschen. Es ist Halloween und nicht der Ball der Königin!", rief Van Helsing, der eigentlich ganz einfach Pascal hieß, aber eine unglaubliche Vorliebe für Vampirfilme entwickelt hatte. Jeder aus der Gruppe wusste genau, wie er auch in diesem Jahr wieder erscheinen würde. Natürlich als Vampirjäger.

Pierre lachte leise und biss in seine Möhre.

„Die wirst du nicht mehr ändern, Alter", sagte er

kauend. Er war bekennender Vegetarier und versuchte ständig, seine Freunde von dem Konzept zu überzeugen. Leider hatte er bis jetzt keinen Erfolg gehabt, aber er gab nicht auf. Mit wachsender Begeisterung stellte er zu jedem Grillabend eine Schüssel rohes Gemüse auf den Tisch.

Darüber konnte Qualle nur grinsen. Er war bekennender Fleischosaurier und liebte Horrorfilme mit außergewöhnlich mutierten Tierwesen. Seinen Lieblingsfilm, Formicula aus dem Jahre 1954, hatte er sicher bereits an die hundert Mal gesehen. Silly hasste das abgrundtief. Sie konnte alles, was krabbelte, nicht ausstehen.

Dann war da noch Sissi. Sie war die Kleinste von ihnen. Alle wussten, dass Van Helsing seit der zweiten Klasse in sie verliebt war. Aber nun, nachdem alle aus der Schule raus waren und jeder einen anderen Berufsweg verfolgte, sah man sich nur noch zu den Gruppentreffen. Der Moment, an dem er es hätte sagen können, war für ihn vorbei. Nun traute er sich erst recht nicht mehr.

Und nun dieser furchtbare Regen am gestrigen Tag.

Aber es kam ganz anders. Durch den Regen bildete sich zum Abend hin Nebel und machte die Szenerie noch gruseliger. Qualle rieb sich begeistert die Hände.

Sie trafen sich, wie immer am Halloweenabend, in ihrem Clubraum. Den hatten sie sich vor vielen Jahren zugelegt, als Qualles Opa den Garten nicht mehr pflegen konnte und ihn an Qualles Eltern übergab. Die hatten keine große Lust am Gartenbau und fragten Qualle, ob er Spaß am Gärtnern hätte. Also zog der *Club der lebenden Toten* hier ein. Bedingung war, dass alle mitmachten.

Pierre liebte es, im Boden zu wühlen, und baute ein Möhrenbeet nach dem anderen. Den anderen war es recht. Silly und Qualle bauten die kleine Gartenhütte aus. Van Helsing und Sissi besorgten coole Möbel und vor allem alte Filmplakate mit ihren Lieblingshorror-filmen. Es war ein megastarkes Clubhaus.

Und an jedem Halloweentag, dem heiligen Clubtag des Jahres, besuchte man die alte Villa in der Schöne-becker Straße. Ihr Clubhaus war in Buckau in der Süd-straße, also nicht weit zu laufen. Mit der Straßenbahn wollten sie nicht mehr fahren, seitdem man sie auf dem Weg zur Villa ständig mit Kommentaren zu ihren Kostümen genervt hatte.

Vor allem Qualle war ständig mode und wurde belä-chelt. Van Helsing hoffte, er würde in diesem Jahr nicht wieder als Tarantula gehen. Erstens kam man mit ihm nicht ohne Probleme in die Straßenbahn. Zweitens blieb er ständig mit seinen Spinnenarmen irgendwo an einer schreienden Oma hängen.

Traditionsgemäß traf man sich am Abend im Club-haus. Es wurde etwas gegessen, meistens gegrillt, Pierre legte provokativ eine Möhre auf den Grill und danach ging es gegen 23 Uhr in Richtung der alten Villa davon.

Als sie ihr Clubhaus verließen und auf dem Haupt-weg der Kleingartensparte „*Bunte Ecke*" nach vorn zum Ausgang gingen, kam ihnen Heinrich Zwille entgegen.

„Oh nein", murmelte Qualle. „Der hat uns noch gefehlt. Lasst mich einfach reden", raunte er den ande-ren zu.

„Das ist gut, dass ich euch erwische. Ich muss drin-gend mit deinen Eltern reden, Wolfgang. So geht das

189

nicht. Ihr könnt keine Monokultur im Garten anlegen. Es sollte Vielfalt herrschen und Rasen habt ihr auch zu viel. Was ist eigentlich mit dem kleinen Bungalow passiert? Niemand in der *Bunten Ecke* hat so ein furchtbares Gartenhaus? Sind denn deine Eltern irgendwann mal hier zu sehen?", laberte Herr Zwille drauflos.

„Ach Herr Zwille, das is ja nett, dass ich Sie treffe. Meine Mutter hat nach Ihnen gefragt. Sie bäckt morgen diesen leckeren Pflaumenkuchen, sie wissen schon, den sie mal bei der Gartensparttensitzung mitgebracht hatte. Den wollte sie morgen vorbei bringen", sagte Qualle und sah Herrn Zwille an.

„Was? Achso, Kuchen, ja sicher, ich bin in meinem Garten. Sie ist immer willkommen. Wie schön, ich freue mich auf ihren Besuch, sag ihr das bitte", säuselte Herr Zwille, hatte scheinbar seinen Ärger vergessen und ging pfeifend davon.

„Du bist ein Künstler des Wortes", sagte Van Helsing.

„Ich staune wirklich über dich. Aber mehr staune ich über Herrn Zwille", sagte Sissi.

„Der ist doch in meine Mutter verknallt. Das ist doch offensichtlich. Diese Info muss man einfach nutzen. Ich muss nur meine Mutter erwähnen und er ist still", sagte Qualle und sie machten sich weiter auf den Weg.

„Was hat der olle Kerl überhaupt so spät noch hier zu suchen?", fragte Silly und strich ihr schillerndes Elfenkleid glatt. „Der ist mir unheimlich."

„Wenn dir der Alte unheimlich ist, was suchst du dann in dem alten Gruselhaus?", fragte Pierre, biss in eine Möhre und grinste.

Zum Glück waren nur noch wenige Leute unterwegs

in Buckau. Niemand machte sich über die Truppe lustig. Halloween war in Magdeburg immer noch nicht richtig angekommen.

Nach einer dreiviertel Stunde sahen sie endlich zu der alten Villa auf dem Hügel hinauf. Vorsichtig sahen sie sich um. Niemand war hier und schien sie zu beobachten.

„Los gehen wir rein", flüsterte Van Helsing.

Wie in jedem Jahr war er der Vampirjäger Van Helsing. Daher hatte er ja auch seinen Namen. Er sah schon sehr verwegen aus mit seinem breitkrempigen Schlapphut und dem bodenlangen schwarzen Mantel. Darunter trug er einen grauen Rolli und eine Lederweste. Hohe Stiefel und eine Armbrust aus dem Spielzeugladen vervollständigten sein Outfit.

Sissi trug ein langes fließendes, schwarzes Kleid. Ihr langes schwarzes Haar und ihr blass geschminktes Gesicht machten aus ihr eine süße Morticia Addams.

Pierre trug, wie in jedem Jahr, sein Kürbisoutfit, was sonst. Er sah aus wie ein orangefarbener Pompon.

Qualle schoss mal wieder den Vogel ab. Im wahrsten Sinne des Wortes. Er ging als Rabe. Zwei tiefschwarze Flügel, ein schwarzer Kopf mit langem Schnabel und einen Anzug mit rabenschwarzen Federn besetzt. Nur die Entenfüße hatte er sich geschenkt.

Nachdem er mehrmals schlimm gestürzt war auf dem Weg zum Clubhaus, hatte er sie ausgezogen, in die Ecke geschmissen und seine Sneaker angezogen.

Na und Silly? Was sagte man schon zu diesem Outfit.

Sie wollte sich von den süßlichen Kleidern einfach nicht abwenden. Also kam sie als Elfe. Das einzige

191

Zugeständnis zum Gruseleffekt war ein blutendes Herz auf ihrer Wange.

Nun standen die fünf Freunde vor der alten Villa auf dem Hügel. Bewohnt war sie seit langem nicht mehr. Sie war einmal eine barocke Schönheit gewesen. Das war lange vorbei. Nun hatten sich Mäuse eingenistet und schon oft musste die Polizei anrücken, um Vandalen zu vertreiben, die dem Haus den Rest gaben. Die Stadt würde das Haus genauso wenig wie den Kristallpalast retten.

Die Earls von Raventon hatten hier residiert. Viele Jahrhunderte hindurch war das Haus für ausschweifende Feste und prunkvolle Feiern bekannt. Der Schampus floss in Strömen, jede noch so exotische Köstlichkeit wurde gereicht und die Honoratioren der Stadt gaben sich die Klinke in die Hand. Der vorletzte Earl of Raventon, ein furchtbar streitsüchtiger Vertreter seiner Familie, kam in diesem Haus unter seltsamen Umständen ums Leben. Der Fall wurde niemals aufgeklärt. Und gerade diese Tatsache machte das Haus so interessant für den Club.

Sie waren schon mehrere Jahre hintereinander in der Halloweennacht hier gewesen. Aber ereignet hatte sich nicht viel, wenn man von dem Schlammvorfall mit Silly absah. Einmal war Qualle durch eine morsche Decke gestürzt. Das hatte ihnen zu denken gegeben. Aber von dieser einen Nacht abgehalten, hatte es sie nicht.

Die Vordertür war mit mehreren Schlössern gesichert. Aber Van Helsing kannte einen anderen Weg hinein. Den hatte er einmal tagsüber ausgekundschaftet. Man musste durch den Garten nach hinten gehen, am alten Mausoleum der Raventons vorbei und zum hinteren Dienstboteneingang. Hier gab es nur ein einziges einfaches Vorhängeschloss. Das war schnell geöffnet.

Sie standen in einem engen Flur. Durch die schmutzigen Fenster fiel fahles Mondlicht herein.

Langsam bewegte sich die Gruppe eng aneinandergedrängt vorwärts. Qualle nahm seine Taschenlampe, die er in einem seiner Rabenflügel versteckt hatte. Als das Licht aufflammte, tanzten Staubflocken im Schein der Lampe. In einem der Zimmer rechts knarrte etwas. Dann ein Huschen und ein Knabbern. Silly holte lautstark Luft.

„Wenn mir eine Maus über die Füße läuft, bin ich weg", flüsterte sie.

Die Dielen unter ihren Füßen knarrten leise.

Dann standen sie vor einer Tür.

Sissi öffnete und ging als Erste hindurch.

„Seht euch den Kram an den Wänden an?", sagte sie und wies mit ihrer Hand nach oben.

Überall waren Spinnweben und Wandlampen. Und in der Mitte der einen Wand hing ein riesiges Bild von einem finster dreinblickenden Herrn.

Er hatte lockiges Haar und trug einen geschwungenen Bart. Scheinbar war er bei der Marine gewesen. Seine Uniform sah wie die eines Admirals aus.

„Komisch, dass das hier noch hängt? Ich kann mich an das Bild gar nicht erinnern? Hing das im letzten Jahr auch hier?", fragte Pierre und wischte mit der Hand über die Unterseite des Bildes.

„Was machst du denn? Wenn das olle Ding runterkommt", schimpfte Sissi.

Aus der ersten Etage kamen Klopfgeräusche.

Die Gruppe rückte noch enger zusammen.

EARL OF RAVENTON

„Ich wollte sehen, wie der Knülch hieß", sagte Pierre leise. „Leuchte doch mal hin, Qualle."

„Earl of Raventon, Fregattenkapitän zur See, 1750", las Pierre vor. „Der hängt hier schon lange."

Dann hielt Qualle die Taschenlampe unter sein Kinn. Dadurch sah sein Gesicht gruselig aus.

„Wer von euch ist die Jungfrau, welche die schwarze Kerze, aus dem Fett eines Gehängten gemacht, entzündet", sprach er mit Grabesstimme und schickte noch ein huhu hinterher.

„Seid doch mal still", raunte Silly. „Habt ihr das auch gehört?"

„Was denn? Ich höre nichts", sagte Pierre.

Niemand sagte noch etwas. Alle horchten in die undurchdringliche Dunkelheit. Da war es wieder. Ein

194

Klang, als ob in der ersten Etage jemand herumlief.

Es schepperte.

Pierre griff nach Sillys Hand und zerdrückte sie fast.

Sie quiekte leise.

„Wo ist Van Helsing?", fragte nun Sissi.

Alle sahen sich um. Ihr Freund fehlte.

„Wahrscheinlich ist er das da oben und will uns erschrecken. Na das werden wir ihm versalzen. Los, wir gehen hoch und erschrecken ihn", sagte Qualle und leuchtete auf die Treppenstufen.

„Sollte man dann nicht Spuren von Schuhen auf den Stufen nach oben sehen?", fragte Silly. „Ich sehe nichts."

Qualle hielt kurz inne und überlegte.

„Ach was, wer weiß, wie er es gemacht hat. Los, ihr Angsthasen!"

Die vier Freunde gingen langsam und vorsichtig nach oben. Qualle reichte es, dass er einmal durch eine Decke gebrochen war. Das wollte er auf dieser alten Treppe nicht noch einmal erleben.

Oben angekommen sahen sie sich einer breiten Doppeltür gegenüber. Sie war weit geöffnet und dahinter sah man einen Saal.

Überall lag Schmutz und zerbrochenes Geschirr auf dem Boden.

„Ob das mal ein Tanzsaal gewesen ist?", fragte Sissi.

„Wo ist Van Helsing?"

Als sie alle im Saal waren, schlug mit lautem Knall die Doppeltür zu. Pierre quiekte, Sissi schrie und Qualle konnte Silly grad noch auffangen. Sie war über ihre eigenen Füße gestolpert und wäre fast gefallen.

„Das hast du jetzt von diesen komischen Elfenschuhen. Damit kann man doch nicht laufen", schimpfte er und stellte Silly auf ihre Füße zurück. Dabei verlor sein Rabenkostüm etliche Federn. Silly sammelte sie auf und sah Qualle entschuldigend an.

Dann versuchte Pierre, die Tür zu öffnen.

„Ich kriege sie nicht auf", sagte er und rüttelte wie besessen an der Klinke. Dann gab es ein Geräusch und er hielt die abgebrochene Klinke in der Hand.

Qualle schlug sich die Hand vor das Gesicht.

„Oh Mann."

In diesem Moment öffneten sich wie von Geisterhand die Fensterläden an den Fenstern. Mondlicht fiel in den Raum und beleuchtete eine seltsame Szenerie.

Musik erklang. Erst leise Klänge, dann wurde es lauter, dringlicher. Irgendetwas schien über das Parkett zu schleifen, wie viele Füße, die sich zum Takt der Musik über den Tanzboden bewegten. Schwingende Kleider und leise plaudernde Stimmen. Das Klirren von Gläsern, die aneinandergestoßen wurden und ein leises Kichern klang durch den Raum.

„Was is´n das für ein Song?", flüsterte Qualle mit aufgerissenen Augen.

„Das ist dir jetzt wichtig? Der Song?", flüsterte Sissi zurück.

„Frédéric Chopin, Walzer in a-Moll", hauchte Silly.

„Hab vergessen, dass du mal Klavier geschrubbt hast", flüsterte Qualle.

In diesem Moment rackelte jemand an der Saaltür.

„Jetzt reicht es aber, Van Helsing, du Blödmann. Du hast es geschafft. Sogar mir war´s gruselig!", rief Qualle laut und lief zur Tür.

Die Tür flog auf, ein eisiger Hauch kam herein, Blätter flogen durch den Saal, die Läden an den Fenstern fielen zu und in der Tür stand ein Mann in einer Marineuniform.

„Der Earl of Raventon!", schrien die Freunde durcheinander, rannten an ihm vorbei, die Treppe hinab, durch den dunklen Flur und aus dem Haus.

Vor der Tür stand Van Helsing mit einem anderen Jungen. Erschrocken über den plötzlichen Überfall sahen sich die beiden um.

„Was ist denn mit euch los? Ich habe doch noch gar nichts gemacht?", fragte er seine aufgeregt durcheinander diskutierenden Freunde.

„Nichts gemacht? Aber klar doch, hast du, das war einsame Spitze. Der beste Halloweenscherz, den du jemals gemacht hast!", rief Qualle.

Alle lachten.

„Wer ist das neben dir?", ragte Pierre und biss in eine Möhre, die er aus seinem Kürbiskostüm gezaubert hatte.

„Das wollte ich euch gerade schon sagen. Das ist Kalle. Ihr wisst vielleicht noch. Ich hatte ihn vor einiger Zeit als Clubzuwachs vorgeschlagen und ihr meintet, er müsse sich erst einmal bewähren. Also habe ich ihn heute Nacht herbestellt. Er sollte euch einen Streich spielen", meinte Van Helsing und grinste schief.

Die Freunde sahen sich Kalle genauer an. Er war als Geist verkleidet mit einem grauen Umhang und Spinnweben behangen. Sein Gesicht hatte er sich grau angemalt und eine blutige Spur lief quer über seine Nase.

„Sehr witzig, Van Helsing. Der ist nicht so gruselig wie dein anderer Freund. Den sollten wir aufnehmen. Aber von mir aus kann Kalle mitmachen", sagte Silly.

„Was denn für ein anderer Freund?", fragte Van Helsing. „Ich weiß nicht, was ihr alle habt?"

Qualle sah zu Silly, Sissi sah zu Pierre und dann schrien sie durcheinander und rannten davon. Van Helsing hinter ihnen her und Kalle rannte als letzter. Er war vollauf beschäftigt, nicht über sein Gespensterkostüm zu fallen.

Am alten Mausoleum im Garten stoppten sie kurz, um Van Helsing endlich die Geschichte zu erzählen.

„Und du willst das nicht gewesen sein?", fragte Sissi. Sie glaubte ihm kein Wort.

„Das hört sich wie ein profimäßig inszenierter Horrorfilm an. Sowas habe ich nicht drauf. Kalle sollte einfach hinter einer Tür vorgesprungen kommen, mehr nicht", erklärte er.

In diesem Moment knarrte hinter den Freunden die Tür vom Mausoleum. Sie sprang auf.

Schreiend liefen sie davon.

An der Schönebecker Straße hielt die Gruppe vollkommen außer Atem endlich an.

Zurück im *Clubhaus der lebenden Toten* gab Qualle ein Bier aus, alle saßen eng zusammen und jeder hing seinen Gedanken nach.

„Der olle Kapitän von Raventon wäre mal ein Mitglied für unseren Club gewesen", sinnierte Qualle.

„Die waren damals alle keine Vegetarier", beschwerte sich Pierre.

„Die Musik war so schön, die konnten damals noch tanzen", flüsterte Silly.

„Mich kriegt keiner wieder in dieses Haus", erklärte Sissi und gab dem überraschten Van Helsing tatsächlich einen Kuss auf die Wange.

„Ich werde verrückt", sagte Van Helsing grinsend.

Und Kalle?

Kalle wischte sich die Schminke vom Gesicht und war glücklich. Seit der achten Klasse wollte er in diesen Club kommen. Er griff in seinen Rucksack und stellte eine Flasche Schampus auf den Tisch.

„Wie bei den Raventons, liebe Leute!"

Biss zum Morgenrot

Sylvie Braesi

Es gab viele Leute, die das Ende ihrer Nachtschicht in der Halloweennacht herbeisehnten. Doch auf niemanden traf das mehr zu, als auf Polanski, Coppola und Buffy. Das waren natürlich nur ihre Spitznamen, die sie sich nach ihren großen Vorbildern gegeben hatten.

Polanski, der eigentlich Phillip hieß, war ein Fan von *Tanz der Vampire*, für Coppola oder Gero galt *Bram Stoker's Dracula* als die einzig wahre Verfilmung dieses Stoffs. Beide hatten ihre Lieblingsfilme so oft gesehen, dass sie die Dialoge schon synchron mitsprechen konnten.

Lena nannte sich Buffy und ihr Spitzname leitete sich, wie leicht zu erkennen war, vom Namen ihrer Lieblingsheldin aus der gleichnamigen TV-Serie ab. In ihrem Wohnzimmer standen alle Staffeln auf DVD und Blu-Ray. Wann immer sie Lust hatte, schaute sie sich ein paar Folgen an und stellte sich vor, Seite an Seite mit ihrer Namensvetterin die abenteuerlichsten Geschichten zu durchleben.

Nun sollte man doch meinen, dass sich die drei bei diesem Faible für blutrünstige Horrorgeschichten auf die Nacht der Geister freuten, doch weit gefehlt. Oh, sie hätten sich schon gern, entsprechend kostümiert, unter das nächtliche Geistervolk gemischt, doch das ließen ihre Jobs leider nicht zu.

Polanski arbeitete als Assistenzarzt in der Notaufnahme, Coppola war Streifenpolizist und Buffy saß in der Rettungsleitstelle. Damit erübrigten sich alle Party-Pläne für Halloween von selbst. Sie hatten Dienst und dann auch noch die Nachtschicht.

Die drei Freunde nahmen ihr Schicksal relativ gelassen hin. Bei ihrer Job-Wahl hatten sie schließlich gewusst, worauf sie sich einlassen würden. Der alljährliche *Alarmzustand* war inzwischen schon zur Gewohnheit geworden. Ärgerlich war nur, dass der Aufwand meist in keinem Verhältnis zum Nutzen stand. In ihrem Fall hieß das, dass die Zombie-Apokalypse ausgeblieben war und sich die unliebsamen Zwischenfälle, die bei ihnen landeten, in Grenzen hielten. Zum Ende der Nacht wurde es dann so ruhig, dass sie sich mittels Videochat zu ihrem ganz persönlichen Geister-Battle treffen konnten. Dann erzählten sie sich ihre gruseligsten Fälle aus der letzten Nacht und wer die skurrilste Geschichte aufweisen konnte, gewann das Battle.

Gegen 4:40 Uhr war es soweit. Der größte Ansturm war durch. Die Zoom-Party konnte starten. Nacheinander ploppten die Fenster auf und sofort erschallte ein Lachen. Buffy hatte ihr Gesicht mit viel Schminke in das einer bleichen Untoten verwandelt. Coppola zeigte seine Vampir-Beißerchen und sogar Polanski hatte sich etwas ausgedacht. Er dimmte plötzlich das Licht, bis er kaum noch zu erkennen war und leuchtete sein Gesicht mit einer Taschenlampe von unten an. Mit tiefer Stimme eröffnete er den Chat.

„Willkommen zur Nacht der Nächte. Heute verschwimmen die Grenzen zwischen unserer Welt und der der Geister. Sie kommen zu uns und wenn ihr sie nicht gebührend begrüßt, werden sie euch heimsuchen. Und heute Nacht werden sie es besonders toll treiben, denn es ist auch noch Vollmond."

Polanski hatte eindeutig einen Hang zum Dramatischen. Im Schein der Lampe stieg nun auch noch weißer Nebel auf. Er war also wieder am Trockeneis gewesen. Seine Freunde stöhnten genervt auf und riefen fast unisono:

„Mach das Licht an, Polanski!"

Mit einem hässlichen Lachen wurde die schaurige Vorstellung beendet und Polanski saß ihnen, in normales Licht getaucht, gegenüber. Mit seinem strubbeligen Haar und einem ziemlich blutigen Kittel sah er auch so angemessen grausig kostümiert aus. Allerdings konnte es auch gut möglich sein, dass er viel zu tun und keine Zeit zum Umziehen gehabt hatte.

„Hey Polanski", rief Coppola mit gespielter Entrüstung, „du sollst doch nicht immer so viel Blut verschwenden. Es gibt Leute, die brauchen das." Er bleckte die Zähne.

„Sehr witzig, du Dracula für Arme. Hast du heute wieder Kinder erschreckt und ihre Süßigkeiten beschlagnahmt?"

Coppola winkte ab.

„Ich hatte es heute mit ein paar wirklich schlimmen Fällen zu tun. ET war im Merkurweg von seiner Gruppe getrennt worden und fand sich nicht mehr nachhause."

„Hast du ihn telefonieren lassen?", fragte Buffy dazwischen.

„War zum Glück nicht nötig. Sein großer Bruder, der Hulk, kam vorbei und brachte ihn zurück."

Buffy erwiderte kichernd: „War bestimmt besser für deine Telefonrechnung. Aber das ist noch gar nichts.

Hier gingen in kürzester Zeit so viele Notrufe aus Ottersleben ein, wie sonst im ganzen Jahr nicht. Mein Anrufer war so hysterisch, dass ich ihn nicht verstehen konnte. Ein Kollege hörte etwas heraus, was er mit *Leiche im Knochenpark* übersetzte. Eine andere Anruferin stammelte unter Tränen was von einem Erhängten im Baum. Das hörte sich echt gruselig an. Uns kam das trotzdem komisch vor und wir wiesen die Anrufer darauf hin, dass Notrufmissbrauch strafbar sei. Doch alle schworen Stein und Bein, dass dies kein schlechter Scherz sein sollte."

„Das kann ich aufklären", rief Coppola dazwischen. „Ein paar ganz kreative Freunde des gepflegten Halloween-Scherzes hatten eine Leichenattrappe in einen Baum gehängt. Das Ding sah wirklich echt aus. Als wir näher rankamen, fing sie auch noch an, zu heulen. Die anwesenden Kinder machten gleich noch mit. Ihr könnt euch nicht vorstellen, was das für ein infernalisches Geräusch ergab."

Für einen Moment verfielen alle drei in ernstes Schweigen, bis Polanski fragte: „Du hast hoffentlich Fotos gemacht, oder?"

Coppola sah entrüstet aus.

„Wofür hältst du mich, Alter? Na-tür-lich!"

„Dein Glück. Aber den Vogel habe ich heute abgeschossen." Polanski lächelte siegesgewiss und machte eine sehr wirkungsvolle Kunstpause. Dann beugte er sich zur Kamera vor und begann.

„Habt ihr mal gesehen, was passiert, wenn sich eine Mumie, ein Zombie und ein Werwolf wegen ihrer Süßigkeiten in die Wolle kriegen? Da fliegen die Fetzen mit den Mullbinden und dem Kunstpelz um die Wette.

Die auseinander zu kriegen, ist so, als würde man drei ersaufende Katzen retten wollen. Besonders gefährlich wird es, wenn sich die Eltern dieser Untoten auch noch einmischen. Ein Gemetzel ist dagegen eine Tea-Party."

„Siehst du deshalb wie ein Metzger aus?", fragte Buffy.

„Nee, das ist von einer arteriellen Blutung infolge einer abgetrennten Gliedmaße. Da hat so ein Idiot in den Häcksler gegri …" Weiter kam Polanski nicht.

Mit den Zwischenrufen: „Ähhhhh! Hör auf!" Und „Alter, ich kotz gleich!", wurde sein Redefluss schlagartig unterbrochen.

„Ihr seid aber dünnhäutig heute. Dabei hab' ich euch die Hand noch gar nicht gezeigt."

Er griff zur Seite und trotz des sofort einsetzenden Protestgeschreis, hielt er eine bluttriefende, knapp über dem Handgelenk abgetrennte Hand vor die Linse. Sein schallendes Lachen ging im Geschrei seiner Freunde unter.

Buffy roch den Braten als erste und beschimpfte den Übeltäter. „Du Vollpfosten! Hast du einen an der Klatsche, uns so zu erschrecken?"

Nun begriff auch Coppola, dass sie reingelegt worden waren. „Eh Alter, was'n Scheiß. Verarsch deine Großmutter."

Polanski lachte noch immer und konnte sich gar nicht mehr einkriegen. Mit fast erstickter Stimme rief er: „Die hätte sich davon nicht erschrecken lassen. Hätte höchstens gefragt, wie der Arm dazu aussieht."

Nach ein paar Minuten hatte sich die verschreckten Gemüter wieder beruhigt und Polanski verkündete mit stolzgeschwellter Brust: „Ich würde sagen, in diesem

Jahr habe ich gewonnen."

„Moment!", protestierte Coppola. „Ihr habt mich vorhin unterbrochen, bevor ich meine richtige Geschichte erzählen konnte. ET war nur zum Warmmachen."

Polanski lehnte sich verärgert über den Konkurrenten zurück. Für ihn war der Wettstreit eindeutig beendet. Also musste Buffy die Konversation übernehmen.

„Das muss aber schon was besonders Krasses sein, wenn du Polanskis Story toppen willst."

„Ich habe da noch die Anzeige einer Frau. Sie wurde im ehemaligen Fort neben dem Freibad Süd von einem Mann belästigt."

„Unter etwas Krassem stelle ich mir aber was anderes vor", warf Buffy ein.

„Mann, lasst mich doch endlich mal ausreden. Die Frau gab nämlich an, der Mann sei auf eine unheimliche Art sehr charmant gewesen und hätte sich ihr als Grafen vorgestellt."

„Vielleicht war's der Graf von Unheilig?"

„Du kannst mich mal, Buffy! Entweder nimmst du mich jetzt ernst, sonst war's das für heute."

„Okay", ruderte Buffy glucksend zurück. „Ich werde dich nicht mehr unterbrechen, heiliges Vampirjäger-Ehrenwort."

Nach einer Pause und einem vernichtenden Blick entschloss sich Coppola, den Freunden eine letzte Chance zu geben.

„Der Kerl trug einen schwarzen Umhang und nannte sich Graf Vlad. Der Charmebolzen hat ihr doch tatsächlich die Hand geküsst und seine Begleitung durch den dunklen Park angeboten."

„Graf Vlad, echt jetzt? Hat die Frau denn nicht geschnallt, dass der Typ als Dracula kostümiert war?"

„Anscheinend macht sie sich nicht viel aus Gruselfilmen. Beim Namen Vlad hat's bei ihr jedenfalls nicht geklingelt. Ich wollte es ihr erklären, kam aber nicht zu Wort. Sie erzählte mir, dass der Graf sie galant durch den Park bis zu einem parkenden Auto geführt hätte. Unterwegs erzählte er ihr, dass er auf einer Weltreise sei und seit einem Jahr Deutschland erkunde. Es gäbe hier so viele wundervolle alte Schlösser und Burgen, die würden ihn an seine Heimat Rumänien erinnern. Ihm würde aber noch eine passende Reisebegleitung fehlen und ob sie nicht interessiert sei, mit ihm zu kommen. Diese Reise würde ganz sicher ein unvergessliches Erlebnis werden. Natürlich dachte sie an einen Halloweenscherz, aber als sie lachend ablehnte und weitergehen wollte, wurde sie plötzlich von ihm bedrängt."

An der Stelle meldete sich plötzlich Polanski wieder zu Wort.

„Der Typ verkleidet sich als Dracula, um Frauen aufzureißen? Na, das ist ja eine echt üble Masche."

Buffy konnte dieser Theorie aber nicht ganz zustimmen.

„Was heißt hier aufreißen. Der wollte die Frau vergewaltigen, nicht aufreißen."

Coppola mischte sich wieder ein.

„Hätte ich auch gedacht, aber sie war sich ziemlich sicher, dass der Graf es auf etwas anderes abgesehen hatte. Er hat nämlich versucht, sie in den Hals zu beißen. Die Abdrücke hat sie mir gezeigt, die stammen garantiert nicht von einem Faschingsgebiss."

Zum Beweis schickte er den Freunden ein Foto, auf

dem der schlanke Hals einer Frau mit zwei kleinen blutroten Punktierungen zu sehen war. Das Gesicht der Frau sah man natürlich nicht.

„Und wie hat sie ihn abgewehrt?", wollte Buffy wissen.

„Mit einem Tritt in die gräflichen Kronjuwelen. Daraufhin hat er sofort von ihr abgelassen, sich entschuldigt und ist zum Auto gehumpelt. Sie hat noch gehört, wie er zu seinem Fahrer sagte: *Früher waren die Frauen zugänglicher, aber wenigstens hat mir diese keinen Giftnebel in die Augen gesprüht. Versuchen wir unser Glück lieber in der Bank, Dimitru."*

Buffy konnte das Gehörte kaum fassen.

„Giftnebel, oh Mann. Was für ein schräger Typ war das denn? Na, wenigstens ist er in seiner Rolle geblieben. Bei mir wäre er nicht so glimpflich davongekommen. Ich habe mein Pfefferspray im Dunklen immer in der Hand."

Coppola war noch nicht fertig. Ein Knaller kam noch.

„Hatte ich erwähnt, dass das Auto ein Leichenwagen war?"

Dieses Detail verschlug Buffy die Sprache. Polanski, der seine Felle schon davonschwimmen sah, wollte den Sieg allerdings noch nicht aufgeben.

„Wenn du gesagt hättest, dass er in eine schwarze Kutsche stieg, die von schwarzen Pferden gezogen wurde und dass er seinen Kutscher mit Renfield angesprochen hat, dann würde ich mich geschlagen geben. Aber es war ja nur ein Leichenwagen."

„Ich finde meine Geschichte auch so ziemlich schräg, zumal uns keine Meldung wegen Diebstahls eines Leichenwagens vorliegt."

„Dann war es eben ein Bestatter mit seinem eigenen Wagen."

„Die Frau sagte, dass der Wagen keine Beschriftung hatte und auch kein Magdeburger Kennzeichen. Das konnte sie sich zwar nicht merken, aber ihr ist ein blauer Streifen am linken Rand mit den europäischen Sternen und den Buchstaben RO aufgefallen. Das haben nur rumänische Kennzeichen."

Darauf wusste auch Polanski nichts mehr zu sagen. Nach einer ganzen Weile blieb ihm nichts weiter übrig, als zuzugeben, dass Coppola der heutige Sieger war. Zähneknirschend gratulierte er dem Freund und Buffy schloss sich ihm an.

Die Entscheidung war keine Sekunde zu früh gefallen, denn im nächsten Moment kam für alle drei der nächste Alarm, der sie den Rest ihrer Schicht beschäftigen sollte.

Buffy nahm den Notruf entgegen. Sie leitete ihn weiter und hielt die aufgeregte Anruferin in der Leitung, bis Hilfe vor Ort war.

Coppola wartete zunächst am Ort des Geschehens, bis die zwei Verletzten abtransportiert waren und folgte ihnen kurze Zeit später zur Befragung in die Notaufnahme.

Dort bekam es dann Polanski mit den zwei leichtverletzten Personen zu tun. Es handelte sich um einen Security- Mitarbeiter, der niedergeschlagen worden war. Er konnte sich an nichts anderes erinnern, als an einen dunklen Schatten, der sich von hinten auf ihn gestürzt hatte. Die zweite Person war eine Frau mittleren Alters. Sie war körperlich unversehrt, bis auf ein Schleudertrauma, dass sie sich aber schon vor Tagen zugezogen hatte, weshalb sie eine Halskrause tragen musste. Allerdings war sie so hysterisch, dass sie erst nach Verabreichung eines starken Beruhigungsmittels aufhörte zu schreien. Als Coppola sie endlich unter ärztlicher Aufsicht von Polanski befragen konnte, erzählte sie eine merkwürdige Geschichte.

„Eine vermummte Gestalt kam ins Gebäude, schlug den Nachtwächter nieder. Ihm folgte ein zweiter Mann, der aussah wie ein Operettensänger. Von ihm wurde ich aufgefordert, die Bank zu öffnen. Ich hab' als erstes den Safe aufgeschlossen, aber er wollte gar kein Geld. Dann habe ich den Schrank mit den besonderen Medikamenten aufgeschlossen. Das Zeug wollte er auch nicht. Ich hatte große Angst, weil der mich so komisch ansah. Aber er blieb die ganze Zeit über sehr ruhig und höflich. Dann fragte er nach den Blutkonserven. Ich habe ihm gesagt, dass wir keine Blutkonserven haben. Er wollte wissen, wohin wir all das Blut gebracht hätten und da habe ich kapiert. Der hat uns mit der Blutbank verwechselt. Ich wollte ihn gerade aufklären, dass bei uns andere Körperflüssigkeiten gelagert werden, aber da war er auch schon fort. Hat wohl die Polizeisirenen gehört."

Fassungslos hatten Coppola und Polanski der Frau zugehört. Die dachte daraufhin, man würde ihrer Geschichte keinen Glauben schenken. Also sah sie sich genötigt, ihre Worte zu untermauern. Mit der Hand deutete sie in Richtung Eingangstür und sprach aufgeregt:

„Genau so war es und, wenn sie mir nicht glauben, dann fragen sie doch den Mann, der da gerade in die Notaufnahme kommt. Das war der Einbrecher. Hat gesagt, er würde Graf Vlad heißen."

Was sie sonst noch sagen wollte, interessierte die

beiden Freunde nicht mehr. Sie stürzten der kraftlos hereinwankenden Gestalt entgegen und konnten den Mann gerade noch auffangen, bevor er zusammengeklappt wäre. Vorsichtig legten sie ihn auf eine Trage und schoben ihn in einen Behandlungsraum.

Während Polanski die Vitalwerte überprüfte, schaute Coppola sich die Gestalt genauer an. Groß, schlank, schwarze Haare und eine bleiche Haut. Die tiefliegenden Augen starrten ihn so hypnotisch an, dass er wegsehen musste. Sein Blick wanderte zum Fenster und weiter in die Dunkelheit dahinter. Er sah Polanski und sich neben der Trage stehen, mehr nicht.

Während Coppola erstarrte, hörte Polanski eine Stimme flüstern: „Gib mir Blut, mein Freund."

Er war sich sicher, dass der Patient gesprochen hatte, obwohl sich dessen blutleere Lippen nicht bewegten. Wie in Trance wies er die Schwester an, eine Transfusion vorzubereiten. Als die fragte, welche Blutgruppe denn benötigt werden würde, hörte auch sie die Stimme flüstern: „Das ist egal. Gib, was du hast, schönes Kind. Gern trink ich auch deines. Du musst dich nur entscheiden, mit mir zu kommen."

„Also Blutgruppe Null", meinte die resolute Schwester trocken und ging hinaus.

Als sie kurz danach mit mehreren Beuteln zurückkam, saß der Patient, von Polanski und Coppola gestützt, schon auf der Trage. Ehe die Schwester protestieren konnte, hatte der schwarzgekleidete Mann schon seine strahlend weißen Zähne in den ersten Infusionsbeutel geschlagen und trank ihn gierig bis auf den letzten Tropfen aus. Seine Schwäche verflog augenblicklich, auch wenn die Blässe blieb. Er stand auf und schob sich geschmeidig wie eine Katze an den Männern vorbei.

Coppola stieß Polanski in die Seite und deutete mit einem Blick auf das große dunkle Fenster, in dem sich das, was nun hinter ihrem Rücken geschah, spiegelte. Da waren sie beide und die Schwester, mehr nicht.

Erschrocken drehten sie sich um und konnten gerade noch sehen, wie die Schwester dem Grafen widerstandslos die restlichen Beutel reichte. Sie ließ es auch geschehen, dass der wiederbelebte Patient ihr galant die Hand küsste, bevor er den Behandlungsraum verließ.

„Na, das war doch mal ein höflicher Patient. Und verdammt gut sah der auch noch aus. Wieso bin ich nicht mitgegangen? So ein Angebot krieg ich nie wieder."

Mit diesen Worten verließ auch die Schwester den Raum und rief den nächsten Patienten auf. Coppola und Polanski aber waren sich einig. Sie hatten gerade das Battle gewonnen, es würde ihnen nur niemand glauben.

Auf dem Parkplatz konstatierte Dimitru, beim Anblick des sich nähernden Grafen, dass sein Herr schon viel besser ausschaute. Es war aber auch höchste Zeit für ihn gewesen, etwas zu sich zu nehmen. Und nun sollte er sich besser beeilen, denn am Horizont konnte man schon das erste Morgenrot erahnen. Bald würde die Sonne aufgehen und die tat ihm nicht gut.

Graf Vlad stieg hinten in den Kofferraum zu seiner bereitstehenden Ruhestatt. Er trug drei Blutkonserven bei sich und Dimitru atmete auf. Das würde sicher eine Weile reichen.

„Dann wart Ihr erfolgreich, Herr Graf?"

„Ja, Dimitru und nun lass uns fahren. Dieser Ort mag

mich nicht und die Frauen hier mögen mich auch nicht."

Dimitru konnte den Unmut seines Herren gut verstehen. Hatte er doch gerade auf die besonderen Umstände dieser Nacht der Nächte gehofft, nur um mehrmals enttäuscht zu werden. Erst die wehrhafte Frau im Park und dann die Frau mit der Halsrüstung in der falschen Bank.

Im Krankenhaus war der Graf offensichtlich auch nicht zum Zug gekommen. Er musste sich wieder mit diesen Beuteln voller Blut begnügen und, wie er selber wusste, schmeckte das längst nicht so köstlich, wie frisches, freiwillig gegebenes Blut.

Der Graf hatte Recht. Besser, sie verließen diese ungastliche Gegend.

„Und wohin soll die Frau aus dem Kasten uns nun lenken?", fragte Dimitru und tippte auf dem Navi herum.

Der Graf, der sich inzwischen zur Ruhe gelegt hatte, antwortete: „Ich hörte von einem Ort, der besser zu mir zu passen scheint: Bielefeld."

„Herr!", rief Dimitru verdutzt. „Diesen Ort gibt es doch gar nicht. Es heißt, er sei ein Mythos."

Aus dem geschlossenen Sarg hörte Dimitru die Stimme seines Herren nur noch sagen: „Das bin ich doch auch."

Vampire und wo sie zu finden sind

Sylvie Braesi

Vlad III. Drăculea, wie das historische Vorbild des
berühmtesten Untoten wirklich hieß, war genau wie sein
Double, ein schlimmer Finger. Das Pfählen soll seine
Lieblingshinrichtungsart gewesen sein. Möglicherweise
hat sich der Erfinder von Graf Dracula, Bram Stoker,
davon inspirieren lassen, als es darum ging, einen
Vampir nachhaltig zu töten. Das geht nämlich nur,
indem man ihm mit einer Silberkugel ins Herz schießt
oder ihm einen Holzpfahl hineinstößt.

Aber mal unter uns Pastorentöchtern: Wer hat schon immer eine Silberkugel in der Handtasche? Na gut, einen Holzpfahl auch nicht. Aber wenn Ihr gut ausgerüstet seid, Ladys, dann könnt Ihr mit dem Taschenspiegel wenigstens überprüfen, ob euer Dating-Partner wirklich von der Dating-App oder doch eher aus Rumänien stammt.

Eine Möglichkeit, sich einen Vampir von vornherein vom Leib zu halten, wäre ein ausgiebiger Knoblauchgenuss vor dem Date.

Nachteil: Seriöse Verehrer suchen ebenfalls das Weite. Und es hilft sowieso nur gegen die Untoten. Normale Blutsauger, wie zum Beispiel Mücken oder Finanzbeamte, lassen sich von solchen Nebensächlichkeiten nicht abschrecken.

Ladys, wenn Ihr dennoch dem unwiderstehlichen Charme eines unheiligen, Verzeihung unheimlichen Grafen verfallen wollt, bereitet euch wenigstens gut vor.

Wir empfehlen:

- Das heimische Bett gegen einen gut ausgestatteten Sarg austauschen und zur Probe ein paar Nächte darin schlafen.

- Wenn Ihr feststellt, dass Ihr klaustrophobisch veranlagt seid, Vampire von der Dating-Liste streichen (dann lieber doch Thor oder Loki).

- Vergesst die Diätpläne, ihr braucht zum Üben nur noch Rotwein oder Blutwurst.

- Beim ersten Date nicht über Vampirfilme reden und keine religiösen Schmuckstücke tragen.

- Alle Spiegel zuhause verhängen, die braucht ihr nicht

mehr.

- Ein Vampir will höflich hereingebeten werden, also nicht anfangen mit: Zu dir oder zu mir?

So vorbereitet steht dem Glück auf ein ewiges Leben bei Nacht nichts mehr im Wege. Aber bedenkt vorher, bei einer Beziehung mit einem Vampir trifft das Sprichwort: Drum prüfe, wer sich ewig bindet ... absolut zu. Denn ewig kann ganz schön lange werden.

Die beste Zeit, sich einen Vampir anzulachen, ist übrigens Halloween. In dieser Nacht müsst Ihr Euch nur hübsch altmodisch anziehen und mit freigelegtem Hals durch die Nacht streifen. Irgendeiner wird schon anbeißen, garantiert! Biss dann, Ladys!

Was für eine Bescherung
Sylvie Braesi

Sandro Christwald hatte es sich auf der weißen Leder-couch gemütlich gemacht und ließ seinen Avatar, aus allen Rohren feuernd, über den Großbildschirm rennen. So weit wie heute war er noch nie gekommen. Aber sein Gegner war auch nicht besonders geschickt. Diesen TrippleK96 würde er platt machen. Er gab ihm höchstens noch eine halbe Stunde, bis er ihn vernichtet hatte. Und er würde ihn von seiner Spielerliste streichen. So eine Flachzange!

Leider blieb Christwald keine halbe Stunde mehr. Seine eigene Vernichtung begann mit dem Klingeln des Handys. Als er sah, dass es seine Freundin Schanaya war, stellte er den Ton sofort aus und griff zum Telefon. TrippleK96 würde er auch einhändig platt machen. Er durfte Schanaya nicht warten lassen. Das hatte er einmal getan. Nie wieder. Anschließend brauchte er drei Wochen sowie die gefühlte Hälfte aller in dieser Zeit in ganz Deutschland verkauften Rosen, um das wieder hinzubiegen.

„Hi, Süße", rief er übertrieben fröhlich ins Telefon. „Ich habe gerade an dich gedacht."
Schanayas Stimme flötete zurück.

„Bestimmt, weil du gerade den Weihnachtsbaum schmückst."
Zack! Treffer!

Christwalds Blick ging zum Kalender, sein Avatar in

216

Deckung. Heute war der 23. Dezember, 22:30 Uhr und er hatte natürlich noch keinen Baum besorgt.

„Was? Nein, der wird doch erst am Heiligabend geschmückt, Schatziii."

Rettete ihn das? Nein. Sie riet nämlich weiter.

„Dann packst du also gerade meine Geschenke ein?"

Rums! Volltreffer!

Er sprang erschrocken auf, der Avatar stand ohne Deckung mitten im Getümmel. Was für ein Schlamassel. Er hatte Schanayas Geschenk in der Firma vergessen und die war seit gestern dicht. Da kam er frühestens im Januar wieder rein. Was blöd war, aber noch nicht der Supergau. Er musste eben morgen früh gleich als Erstes zu Douglas und zum Juwelier. Dann den Baum besorgen und die Ente. Scheiße würde das ein Stress werden. Aber er hatte es versprochen. Vergessen allerdings auch.

Christwald fühlte sich schon gerettet. Schanayas nächster Satz zeigte ihm jedoch, wie sehr er sich irrte.

„Du willst doch hoffentlich in diesem Jahr nicht erst auf den letzten Drücker Geschenke besorgen? Die Geschäfte mit den schönsten Sachen haben nämlich seit einer Woche geschlossen. Das hast du doch mitgekriegt, oder?"

Krawum! Lockdown!

Shutdown für den Avatar. Game over für ihn! Kein Zweifel, jetzt war er richtig am Arsch. Er ging nicht gern einkaufen und darum auch viel zu selten. Deshalb war ihm das nicht aufgefallen. Alles, was er neben Lebensmitteln und Kosmetik noch so brauchte, bestellte er schon seit Monaten übers Internet. Damit kam er aber jetzt auch nicht mehr weiter. Selbst seine Prime-Mitgliedschaft bei dem, der alles hat, nützte ihm nichts. Er würde seiner Freundin höchstens noch einen heiligen Filmabend anbieten können. Ob ihr das eine Fahrt von Hamburg nach Magdeburg wert war? Wohl kaum.

„Sandro? Bist du noch dran? Ist alles in Ordnung?", hörte er ihre besorgte Stimme. Er musste antworten.

„Alles Ibo." Sollte heißen, in bester Ordnung.

„Hm, das hoffe ich sehr für dich. Du weißt ja ..."

Sie musste den Satz nicht beenden. Er wusste ganz genau. ...

„Wir sehen uns dann morgen. Du hast dir doch gemerkt, wann mein Zug ankommt?"

Offensichtlich hatte er in den letzten Minuten eine große Portion Vertrauen bei ihr eingebüßt.

„Jetzt hör aber auf! Ich habe es im Handy eingetragen, damit ich es mir nicht merken muss. Soll ich nachsehen, Prinzessin?"

So nannte er sie nur, wenn seine Geduld erschöpft war. Das wusste Schanaya und legte auf.

Als Erstes schaute Christwald nach, ob er die Ankunft des Zuges wirklich eingetragen hatte. Da stand es: 14:51 Uhr, Schanaya abholen.

Trotz besseren Wissens überprüfte er als zweites die Last minute Angebote des großen Internetshops. Es verhielt sich genauso, wie er gedacht hatte. Eine Zustellung bis morgen 16 Uhr wäre nur möglich gewesen, wenn er heute bis spätestens 18 Uhr bestellt hätte. Die einzige Ausnahme bildete ein hochwertiges 12-teiliges Topf-Set. Na schönen Dank! Damit konnte er höchstens seinen Avatar bewerfen oder Schanaya in die Flucht schlagen.

Christwald machte sich erst mal ein Bier auf. Davon

war immer genug im Haus. Er musste über seine Optionen nachdenken.

Nach dem zweiten Bier begann er sich und seine große Klappe zu verfluchen. Nur weil er in diesem Jahr keine Lust auf ein gemütliches Weihnachten in Schanayas Familie gehabt hatte, war er jetzt so in der Bredouille. Dabei hatte er gerade diesem Weihnachtsstress entgehen wollen. Denn Weihnachten in Schanayas Familie, den von Thewes, hieß nämlich: drei volle Tage Großfamilie mit lauter Akademikern, Akademiker-Gattinnen und Akademiker- Kindern. Es war laut, weil jeder jeden übertrumpfen wollte. Es war protzig, weil jeder jeden übertrumpfen wollte, und es war teuer, weil … na was schon. Im letzten Jahr gipfelte dieses Familienfest in einem regelrechten Scharmützel und es hatte nicht viel gefehlt und das Eingreifen der Polizei wäre notwendig gewesen.

Zum Glück fiel Schanaya aus der Art und deshalb hatte sie seinen Vorschlag, Weihnachten mit ihm in Magdeburg zu verbringen, angenommen. Allerdings nur unter der Bedingung, dass es auch hier ein schönes Weihnachtsfest werden würde, also mit Baum, Geschenken und Entenbraten. Da stand er nun, ohne Baum, ohne Geschenk und ohne Ente. Das hatte er nun davon. Beim dritten Bier angelangt, war Christwald so frustriert, dass er anfing, eine To-do-Liste zu machen und das Ergebnis stimmte ihn nicht optimistisch.

Am einfachsten war es noch, die Ente und den Schampus morgen im Supermarkt zu kaufen. Dass er sich dafür anstellen musste und viel Zeit dafür draufging, war ärgerlich, aber nicht zu ändern.

Die Beschaffung des Baumes war schon problematischer. Der Weihnachtsbaumverkauf auf dem Parkplatz des Einkaufscenters hatte heute schon seine Zelte abgebrochen und im Baumarkt gab es morgen bestimmt nur noch Reste. Da er auch noch die Bude aufräumen musste, blieb keine Zeit für eine Beschaffungsfahrt in die Natur, also würde er sich wohl oder übel mit dem Letzten seiner Art begnügen müssen. Doch selbst, wenn er diesen Kompromiss einging, womit sollte er die Krücke schmücken? Er hatte weder Kugeln, Lichterkette noch Lametta. Von einer Spitze mal ganz zu schweigen und die einschlägigen Geschäfte hatten zu. Es gab nur eine Lösung: Er brauchte einen bereits geschmückten Baum. Überall in der Stadt standen doch geschmückte Weihnachtsbäume in und vor den Einkaufscentern. Die wurden doch ab morgen sowieso nicht mehr gebraucht. Da musste doch einer dabei sein, den er heute Nacht unauffällig mitnehmen konnte und der auch Schanaya gefallen würde. Eine andere Möglichkeit gab es nicht. Fertig.

Aber da war immer noch das Problem mit dem Geschenk für Schanaya. Er hatte eins, an das er nicht rankam und ein anderes konnte er nicht mehr besorgen, denn die einschlägigen Geschäfte hatten zu.

„Fucking Corona Lockdown!", platzte es aus ihm heraus. Dabei war er sich sicher, dieses Mal mit den Geschenken absolut ins Schwarze getroffen zu haben. Schanaya stand total auf Esoterik, Yoga und so 'n Kram. Also hatte er ihr ein Klangschalen-Set mit Mandalakissen und Filzschlägeln gekauft, dass in Indien hergestellt worden war. Dazu bekam sie noch ein silbernes Yin-Yang Schmuck-Set, bestehend aus Kette, Ohrstecker und Schlüsselanhänger. Das heißt, sie würde es nicht bekommen, da er es idiotischerweise im Büro liegengelassen hatte. Und was nun?

Vor seinem inneren Auge tauchte ein Bild von Schanayas Gesichtsausdruck auf, wenn er ihr sagen musste, dass sie ihre tollen Geschenke erst im neuen Jahr bekommen würde. Das zweite Bild zeigte sie, nachdem sie ein 12-teiliges Topf-Set ausgepackt hatte. Keines von beiden wollte er wirklich erleben. Wie also sah die Lösung aus? Klare Sache. In dieser Nacht würde er nicht nur einen Weihnachtsbaum klauen müssen, sondern auch zum Einbrecher werden. Da die einschlägigen Geschäfte mit Sicherheit bestens gesichert waren, kam ein Einbruch dort nicht in Frage.

Blieb nur die Firma. Deren Sicherheitsvorkehrungen bestanden, soweit er wusste, nur aus einem Wachdienst, der dreimal pro Nacht nach dem Rechten sah, also, ob die Fenster und die Eingangstüren verschlossen waren. Wenn er deren Auftauchen abwartete, hatte er mindestens drei Stunden Zeit, um rein und wieder rauszukommen. Da er keinen Schlüssel für die Eingangstüren hatte und selbst die unteren Fenster ohne Leiter nicht erreichbar waren, musste er wohl oder übel durch ein Kellerfenster einsteigen. War er erst mal drin, konnte er jede Tür aufschließen.

Langsam beruhigte sich Christwald wieder. Das sah doch gar nicht so übel aus. In der Nacht vor Heiligabend hatte jeder genug mit sich und den Vorbereitungen zu tun, da würde niemand auf den Straßen unterwegs sein. Zur Vorsicht schickte er noch so etwas wie ein Stoßgebet zu allen Weihnachtsgeistern, auf dass sie ihm wohlgesinnt waren. Schließlich tat er das alles nur für dieses verflixte Weihnachtsfest und es würde ja niemand zu Schaden kommen.

Kurz nach Mitternacht machte Christwald sich auf den Weg zu seinem ersten Beschaffungsobjekt, dem Baum. Das Einkaufscenter im Süden der Stadt lag still und verlassen da. Um diese Zeit hatte er freie Wahl bei der Parkplatzsuche, konnte sich aber nur schwer entscheiden. Sollte er nah am Center parken, damit er den Baum nicht so weit tragen musste oder doch lieber dicht an der Zufahrtsstraße, falls er schnell wegmusste? Er entschied sich für den schnelleren Fluchtweg.

Ein letztes Mal checkte er die Vorbereitungen. Das Verdeck des BMW-Cabrios war offen, der Tank voll. Er trug dunkle Kleidung, Handschuhe und eine Skimütze. Mehr Vorbereitung ging nicht.

Nachdem er den Gebäudekomplex zweimal umrundet hatte, war klar, die einzigen geschmückten Bäume standen im Inneren. Da kam er nicht ran, ohne Gefahr zu laufen, entdeckt zu werden. Er musste es woanders versuchen.

Einen Baum entdeckte er vor McDonald´s, die hatten aber durchgehend geöffnet. Ein anderer stand auf einem Platz in Ottersleben, der war zu groß. Vor lauter Verzweiflung fing er an, durch die Siedlung in Reform zu laufen und die Tannenbäume vor den umliegenden Einfamilienhäusern zu begutachten. Die waren wenigstens mit Lichterketten behängt. Doch auf ein fremdes Grundstück zu schleichen und einen Baum abzusägen, dazu fehlten ihm der Mut und eine Säge.

„Du siehst ja völlig verzweifelt aus,", hörte er jemanden sagen. Erschrocken drehte er sich um und gewahrte neben einem geschlossenen Kiosk einen dunklen Schatten. Was kam jetzt? Ein Schlag auf den Kopf? War ja klar. Es ging ihm ja noch nicht beschissen genug. Der Schatten fing erneut an zu sprechen.

„Was haste denn für Probleme, mein Junge? Kann ich dir vielleicht helfen?"

Christwald sah genauer hin. Der Schatten war ein Mann, mittelgroß und sehr stämmig gebaut. Seine rote Jacke spannte etwas über dem Bauch, dafür schienen die riesigen Stiefel zu passen. Er trug eine rote Pudelmütze mit weißer Bommel, unter der eine silbergraue Mähne hervorwallte. Die Haarpracht setzte sich bis ins Gesicht fort, dort als dichter Vollbart. Gefährlich sah der Mann so auf den zweiten Blick nicht aus und seine tiefe Stimme klang auch nicht bedrohlich. Christwald entspannte sich wieder.

Der Mann wiederholte seine Frage und legte beruhigend eine seiner großen Pranken auf Christwalds Schulter. Da sprudelte es aus ihm heraus, und zwar alles. Er endete mit: „Du kannst mir nicht helfen, Alter. Es sei denn, du weißt, wo ich einen geschmückten Weihnachtsbaum herkriege."

Zu seiner Verwunderung fing der Mann an zu lachen und zog ihn an den Straßenrand zu einem großen roten Coca-Cola-Truck und meinte, noch immer lachend: „Das war wohl Schicksal, dass ich hier zum Pinkeln angehalten habe."

Christwald konnte darin noch keine glückliche Fügung erkennen. Wollte der Kerl ihm eine Kiste Coca-Cola als Ersatz anbieten?

Als der Mann die Ladeluke öffnete, verschlug es Christwald endgültig die Sprache. Der Frachtraum war leer, bis auf einen Weihnachtsbaum und geschmückt

223

war der auch.

Er warf dem Mann einen ungläubigen Blick zu. Der schien die unausgesprochene Frage zu ahnen, denn er erklärte: „Keine Sorge, Junge, der ist nicht geklaut. Das ist ein Deko-Weihnachtsbaum, den ich überall aufgestellt habe, wo meine Tour mich hinführte. Jetzt ist die Tour zu Ende und ich brauche ihn nicht mehr. Wenn ich dir damit helfen kann, dann gehört er dir. Sollte wohl so sein, dass wir uns hier begegnet sind." Damit reichte er ihm den inzwischen in Folie eingepackten Baum vom Truck.

Christwald konnte sein Glück kaum fassen. Er stammelte ein „Dankeschön" und bekam zum Abschied noch einen deftigen Klaps auf die Schulter. Dann stieg der Mann in den Truck und fuhr davon. Christwald hätte es nicht beschwören können, aber ihm war so, als ob ihm der Mann noch ein fröhliches Ho-ho-ho zugerufen hatte.

Na egal, wenn der sich für den Weihnachtsmann halten wollte, dann war es ihm Recht. Er hatte seinen Baum und nur das war wichtig. Jetzt schnell ab nachhause und auf den Balkon damit. Die Nacht war noch nicht zu Ende.

Eine gute Stunde später startete Christwald seine nächste Aktion, den nächtlichen Besuch in der Firma. Der Wachdienst war gerade wieder abgefahren und damit war seine Chance gekommen. Christwald suchte sich ein angekipptes Kellerfenster auf der Hofseite. Es dauerte länger, als er gedacht hatte, bis er den Riegel im Inneren zurückschieben konnte. Doch schließlich klappte das Fenster nach unten und der Weg war frei. Er war allerdings ziemlich schmal.

Vorsichtig zwängte Christwald sich Stück für Stück

durch das Fenster. Ungefähr die Hälfte von ihm war schon durch, als Schluss war. Es ging keinen Millimeter mehr vorwärts. Er konnte es nicht fassen, aber er steckte fest. Seine Arme waren schon im Keller und so tastete er blind mit den Händen durch das Dunkel, um irgendwo Halt zu finden, damit er sich wieder nach draußen schieben konnte. Fehlanzeige. Er bekam nur Luft zu fassen.

Als Nächstes machte sich sein fehlendes Fitnesstraining schmerzlich bemerkbar. Seine Bauchmuskeln waren nicht in der Lage, den Oberkörper lange in der Schwebe zu halten, und er klappte zusammen wie ein Taschenmesser. Jetzt konnte er sich zwar an der Wand abstützen, doch das brachte ihn auch nicht wieder hinaus. Er war sowas von am Arsch. Denn nun hing er kopfüber halb im Keller, was sein Blut nur noch in eine Richtung fließen ließ. Er konnte nicht mal Hilfe herbeirufen, denn sein Handy lag im BMW.

Irgendwann wurde das Dröhnen in seinem Kopf so groß, dass ihm alles egal war. Er fing an, so laut er konnte, um Hilfe zu schreien. Besonders laut war, so laut er konnte, nicht. Vor seinem geistigen Auge sah er schon die Kollegen im Januar staunend auf dem Hof stehen und sich fragen, wer denn dieser Idiot war, der in ihre Firma einsteigen wollte und nun bis zum Skelett abgemagert im Kellerfenster hing. Schon bald danach, würden sie wissen, dass er der Idiot gewesen war. Nein, das wollte er sich gar nicht weiter ausmalen. Er holte tief Luft, um sein Schreien zu verstärken, als ihn etwas am Bein berührte. Kein Grund, sich zu freuen. Bei seinem Glück konnte das nur ein streunender Hund sein.

Es war kein Hund, es war eine Hand, die ihn packte und mit einem kräftigen Ruck nach draußen zerrte. Wieder an der frischen Luft, wurde er sofort gefragt: „Warum steckst du denn in diesem Kellerfenster? Sowas kann böse ausgehen?"

Irgendwas kam Christwald an seinem Retter merkwürdig vor. Ihm war, als würde er die Stimme kennen. Weil ein grelles Licht ihn blendete, konnte er die Person aber nicht erkennen. Das war sicher der Wachdienst, der früher zurückgekommen sein musste. Dafür würde er dem Typen ewig dankbar sein.

Christwald wollte gerade seiner Dankbarkeit Ausdruck verleihen, als das Licht erlosch und er sich auf die Zunge biss. Die Stimme gehörte zu einem Mann, der ein Zwilling des Coca-Cola-Truckfahrers hätte sein können. Die Haare, der Bart, sogar die Kleidung stimmten überein und das würde auch erklären, wieso ihm die Stimme bekannt vorgekommen war. Aber das konnte ja nicht sein. Er war wohl noch benommen von der Hängepartie.

„Es war wohl Schicksal, dass ich hier vorbeigekommen bin und dich gefunden habe, mein Junge." Jetzt redete der auch noch wie der Truckfahrer. Christwald wurde schwindlig und alles um ihn herum verschwamm. Die Benommenheit wich im nächsten Moment einem Schock, denn zwei Männer kamen um die Ecke und ihr Erscheinungsbild sprach eine deutliche Sprache. Es waren Polizisten und sie fanden die Sachlage nicht komisch.

Während Christwald noch nach seinem Ausweis suchte, hörte er, wie der Mann den Polizisten die Angelegenheit aus seiner Sicht erklärte.

„Ich habe in der Einfahrt einen BMW gesehen und

226

dachte, um diese Zeit wird doch bestimmt nicht mehr gearbeitet. Also wollte ich mal nachsehen, ob alles in Ordnung ist. Ich hörte ein Gewimmer, wie von einem verletzten Tier oder so. Dann habe ich den Burschen kopfüber im Kellerfenster hängen sehen. Er kam nicht mehr allein da raus. Noch ein paar Minuten länger und er wäre ohnmächtig geworden."

Christwald fluchte innerlich. In was für eine Scheiße hatte er sich da nur reingeritten? Und alles wegen Weihnachten. Natürlich versuchte er, den Polizisten die Sache zu erklären, doch die glaubte ihm die Geschichte mit dem vergessenen Geschenk und dass er in der Firma arbeitete natürlich nicht. Als sie ihn und seinen Retter zum Einsatzwagen führten, traf Christwald der nächste Hammer. Auf der Straße, vor dem Polizeifahrzeug stand ein Coca-Cola-Truck. Er fuhr herum, sah den Fahrer an und rief: „Sie sind das? Wieso Sie schon wieder? Verfolgen Sie mich?"

„Was meint Herr Christwald? Kennen Sie sich?", fragte einer der Polizisten.

Der Coca-Cola-Fahrer sah Christwald mit einem mitleidigen Blick an und schüttelte dann den Kopf.

„Ich habe den jungen Mann noch nie gesehen." Christwald glaubte, sich verhört zu haben. Warum log der Fahrer?

„Natürlich haben Sie mich schon mal gesehen. Vorhin in der Siedlung in Reform. Sie haben mir den Weihnachtsbaum geschenkt."

Ein fragender Blick der Polizisten traf den Fahrer. Der zuckte nur mit den Schultern und machte eine unmissverständliche Bewegung mit dem Zeigefinger neben seiner Schläfe.

„Der junge Mann hing wohl doch schon länger mit dem Kopf nach unten. Vielleicht wäre es besser, sie bringen ihn ins Krankenhaus."

Einem der Polizisten kam die ganze Sache komisch vor. Wieso beharrte Christwald darauf, den Fahrer zu kennen? Er fragte nach.

„Von was für einem Weihnachtsbaum reden Sie, Herr Christwald?"

„Von dem, den er auf dem Truck hatte. Ein echter, geschmückter Weihnachtsbaum."

Die Miene des Fahrers hellte sich auf. Er öffnete die Tür zum Frachtraum, deutete hinein und rief: „Meinen Sie den hier?"

Die Polizisten warfen einen kurzen Blick hinein und grinsten. Da stand ein Weihnachtsbaum, eine Attrappe aus Pappkarton, ein Werbeaufsteller, bunt bemalt und mit einem Coca-Cola-Logo.

Christwald riss die Augen auf. Er fühlte sich auf den Arm genommen.

„Nein, meiner war ein echter Baum, mit echten Kugeln und Lametta."

Die Polizisten hatten genug. Die Bemerkung: „Dann war das wohl der Truck vom echten Weihnachtsmann", beendete die Befragung auf der Straße. Christwald wurde ins Einsatzfahrzeug verfrachtet, der Truckfahrer durfte fahren.

„Ich denke, wir fahren auf die Wache und klären dort erst mal, ob Sie wirklich bei der Firma beschäftigt sind."

Christwald war am Boden zerstört. Sein Chef würde also von seiner nächtlichen Unternehmung erfahren. Das waren keine rosigen Aussichten für ihn. Zerknirscht saß er im Polizeiauto. Er war wütend auf den Coca-Cola-Fahrer, auf Schanaya und das ganze beschissene Weihnachtsdesaster. Aber um ehrlich zu sein, eigentlich war er am meisten auf sich selber wütend. Er hatte es versaut. Schlimmer konnte es nicht mehr werden.

Es wurde schlimmer. Er bekam das volle Programm beim Check in. Fingerabdrücke, Atemalkoholtest und zu guter Letzt hörte er noch die wenig spaßige Bemerkung: „Bitte recht freundlich, dann habe ich heute ein Foto für dich."

Anschließend musste er die ganze Nacht in einer Zelle warten, bis man ihn endlich zur Befragung holte. Zu diesem Zeitpunkt war seine Identität schon überprüft und sein Chef auch schon angerufen worden. Der hatte auf ein Gespräch mit ihm bestanden und dies war die unangenehmste halbe Stunde, an die Christwald sich erinnern konnte. Als er schließlich die Wache verlassen durfte, war es schon Mittag. Doch die Peinlichkeiten waren noch nicht ausgestanden. Er musste zur Firma, sein Auto holen und dort wartete sein Chef auf ihn.

„Sein Sie froh, dass Weihnachten ist, Christwald und dass meiner Frau dieses Fest so viel bedeutet. Sie war von Ihrer Geschichte so amüsiert, dass ich Ihr versprechen musste, Sie nicht zu feuern. Und jetzt holen Sie Ihre verdammten Geschenke raus, damit ich wieder nachhause kann. Ich bin nämlich für den Baum verantwortlich."

Glücklich darüber, mit einem blauen Auge und seinen Geschenken davonzukommen, stürmte er zu seinem Schreibtisch, wo Schanayas Geschenke in der unteren Schublade lagen. Das sollten sie wenigstens.

Die Schublade war leer, bis auf ein paar Büroutensilien.

Christwald fiel schwer in den Bürostuhl und konnte es nicht fassen. Wo waren das Klangschalenset aus Indien mit Mandalakissen und Filzschlägel und wo das Kästchen mit dem Yin-Yang-Schmuckset? Er riss die Schublade ganz weit auf und verteilte den Inhalt auf dem Schreibtisch. Es nützte nichts. So oft er auch in die Schublade reinschaute, die Geschenke waren weg.

„Was ist denn nun, Christwald? Werden sie langsam mal fertig?", hörte er seinen Chef ungeduldig rufen.

„Es ist nicht hier", war alles, was er sagen konnte. Das brachte den Geduldsfaden seines Chefs endgültig zum Zerreißen.

„Jetzt sagen Sie nicht, dass das Zeug gar nicht mehr hier ist. Das ist ja die Höhe! Ich komme extra aus Irxleben hierhergefahren und dann haben Sie ihren Krempel schon längst mitgenommen? Wenn ich das meiner Frau erzähle, wird sie ihre Meinung, bezüglich einer Kündigung, sicher noch mal überdenken."

Christwald war erledigt und ließ sich widerstandslos aus dem Gebäude schieben. Das knurrige „Frohe Weihnachten" des Chefs ging im Quietschen der Reifen unter, als er vom Hof donnerte. Wie ein begossener Pudel sah Christwald ihm nach.

Wenn er gedacht hatte, das Schlimmste endlich überstanden zu haben, wurde er beim Blick auf die Uhr eines Besseren belehrt. Die Supermärkte hatten vor 5 Minuten zugemacht und Schanaya würde in weniger als einer Stunde mit dem Zug ankommen.

Ein Schnelleinkauf an der Tanke wurde zum letzten Rettungsanker. Für den Empfang am Bahnhof mussten ein trauriger Weihnachtsstern und eine Schachtel Pralinen den Blumenstrauß ersetzen. Sekt war alle, dafür gab's Prosecco in Dosen. Eine Tiefkühlpizza, ein Glas Halberstädter Würstchen und eine Packung Kartoffelsalat, daraus würde ihr Weihnachtsmenü bestehen. Dann eben traditionell. Im Preis stand sein Einkauf jedenfalls einem Drei-Gänge-Menü im Restaurant in nichts nach.

Als Christwald auf dem Bahnsteig ankam, fuhr der Zug gerade ein. Die Türen öffneten sich und ein Strom an Menschen hastete den Treppen entgegen. Alle wollten so schnell wie möglich heim. Angestrengt hielt Christwald Ausschau nach Schanaya. Er freute sich auf sie, obgleich er dem Wiedersehen mit sehr gemischten Gefühlen entgegensah. Nichts war vorbereitet und er sah aus, als hätte er auf dem Bahnhofsklo die Nacht durchgefeiert. Das wäre allerdings die bessere Alternative gewesen. Der einzige Lichtblick war der Weihnachtsbaum, der immerhin schon zuhause auf dem Balkon stand. Aber würde ihr das reichen?

Der Menschenstrom nahm mehr und mehr ab, doch Schanaya war nicht zu sehen. Die Letzten, die den Zug verließen, waren zwei Zugbegleiterinnen, dann war Schluss.

Christwald wartete noch fünf Minuten, bis ihm dämmerte, dass seine Süße nicht im Zug gewesen war. Er schaute aufs Handy, kein verpasster Anruf und keine Nachricht. Was hatte das denn zu bedeuten? Vielleicht hatte Schanaya den Zug verpasst? Nein, dann hätte sie ihm geschrieben. Er drückte ihre Nummer, keine Verbindung. Noch länger zu warten war zwecklos, beschloss Christwald.

Auf dem Weg nachhause ging er alle möglichen und

unmöglichen Szenarien durch, kam aber zu keinem Ergebnis. Aus seiner anfänglichen Unruhe wurde Traurigkeit.

Okay, er war kein Fan von Weihnachten, aber die Aussicht, die Feiertage allein bei Pizza, Bockwurst mit Kartoffelsalat und Prosecco verbringen zu müssen, war düster. Schanaya fehlte ihm jetzt schon. Für sie hätte er sogar den kitschigen Baum schön gefunden und ihre Freude über die Geschenke wäre das Sahnehäubchen gewesen.

Auf dem Weg zur Haustür sah er die weihnachtlich geschmückten Fenster und Balkone. Nur Parterre, bei ihm, brannten keine Lichterketten. Sein Balkon war dunkel und leer. Und leer?

Beinahe wären ihm die Einkaufstüten aus den Händen gerutscht, so erschüttert war er. Sein Weihnachtsbaum war weg. Er war weg, geklaut, genau wie die Geschenke aus dem Schreibtisch. Wer machte denn sowas? Was für eine Welt war das, wo Weihnachtsbäume von Balkonen und Geschenke aus Schreibtischen geklaut wurden? Die Antwort lautete: Menschen, die vergessen hatten, was zu besorgen. Im Grunde hatte er etwas Ähnliches vorgehabt. Nur dem glücklichen Umstand, dass er den Coca-Cola-Fahrer begegnet war, hatte er es zu verdanken, dass er den Baum nicht stehlen musste.

Christwald hatte genug. Genug von Weihnachten, genug von Weihnachtsbäumen und Geschenken und genug von überhaupt allem. Er wollte nur noch die Tür hinter sich zu machen und seine Ruhe haben. Dazu sollte es aber nicht kommen.

Kaum hatte er den Schlüssel ins Schloss gesteckt, als

die Tür aufgerissen wurde und Schanaya vor ihm stand.

„Na endlich, Sandro. Warst du solange am Bahnhof? Ich bin einen Zug eher gekommen, wollte dich überraschen. Aber da warst du schon weg."

Sie riss ihm förmlich die Tüten aus den Händen und flötete weiter vor sich hin, während sie die Einkäufe auspackte.

„Was hast du denn noch eingekauft? Oh, Kartoffelsalat und Würstchen! Toll, dann essen wir die Ente eben morgen Mittag. Es wäre jetzt ohnehin zu spät, sie ins Rohr zu schieben. Sandro, diesen Prosecco trinke ich am liebsten. Das hast du dir gemerkt? Kannst du schon mal die Lichter am Baum anmachen? Oder, ich mache das und du gehst erstmal duschen und ziehst dir was anderes an. Du riechst etwas streng."

Sprachlos hatte Christwald ihr zugehört, verstanden hatte er jedoch nichts.

„Was für eine Ente? Was für ein Baum?", fragte er verdattert. Schanaya lachte und sah ihn groß an.

„Die Ente, die du gekauft hast. Du solltest den Einkauf aber nicht vor der Tür stehen lassen. Nur gut, dass es kalt draußen ist. Dass du den Baum schon auf dem Balkon geschmückt hast, war sehr pfiffig. So hatte ich weniger Arbeit und Dreck hier drin. Jetzt beeile dich, ich will mit dir anstoßen und bald ist Bescherung."

Und was für eine Bescherung! Die fehlenden Geschenke fielen ihm wieder ein.

Auf dem Weg ins Bad entdeckte er in der Küche eine Ente im Bräter und alles, was dazugehörte, stand daneben. Eine Flasche Champagner wartete schon im Kühler darauf, geöffnet zu werden. Er sah es, verstand es aber nicht. Auch unter der Dusche kam ihm keine Erleuchtung.

Als er wieder ins Wohnzimmer kam, war alles vorbereitet. Der Tisch war gedeckt, leise sang Bing Crosby sein *White Christmas* und der Weihnachtsbaum strahlte, genau wie Schanaya. Er musste es ihr jetzt sagen. Oder doch besser nach dem Anstoßen?

Gerade als er mit der Beichte anfangen wollte, klingelte es an der Tür. Wenn das wieder die Frau aus dem Nachbarhaus war, weil er sein Auto zu dicht an ihr Küchenfenster geparkt hatte, dann war das einmal zu viel, ganz egal ob Weihnachten war oder nicht. Christwald lief zur Tür und öffnete. Was immer er sagen wollte, es blieb ihm im Halse stecken.

Draußen stand der Weihnachtsmann. Christwalds Bemerkung: „Du hast dich in der Tür geirrt, Alter", ging in Schanayas freudigem Jauchzen unter. Sie kam wie eine Fünfjährige angesprungen, schob ihn beiseite und jubelte.

„Sandro, du hast einen Weihnachtsmann bestellt, wie süß ist das denn!"

Ehe er Einspruch erheben konnte, zog Schanaya den dicken, rotgekleideten, weißbärtigen Mann am Rockaufschlag in die Wohnung. Erst im Wohnzimmer gab sie ihn wieder frei. Was blieb Christwald übrig? Er trottete hinterher.

„Ho, ho, ho!", rief der Weihnachtsmann, hielt die Rute in seine Richtung ausgestreckt und fragte: „Warst du denn auch immer artig, Junge?"

Christwald war gar nicht fähig, zu antworten, so perplex war er. Das konnte doch nicht wahr sein. Der Typ hörte sich schon wieder so an, wie die Coca-Cola-Fahrer und abgesehen davon, dass er jetzt ein richtiges

Weihnachtsmann-Outfit trug, sah er den Männern auch noch unheimlich ähnlich. Waren das Coca-Cola-Drillinge?

Schanaya nahm ihm das Antworten zum Glück ab.

„Also manchmal war er ja ein richtiger Lauch, aber heute hat er das alles wieder wettgemacht. Das heißt, falls er es nicht auf den letzten Metern versaut."
Sie warf einen erwartungsvollen Blick auf den Jutesack.

Christwald dämmerte langsam, dass damit das Ende der Fahnenstange erreicht war. Von nun an ging es nur noch bergab. Der Bärtige griff in seinen Sack und holte ein Geschenk heraus. Es war wunderschön verpackt in Papier mit niedlichen Einhorn-Motiven und einer großen roten Schleife. Das ließ nur eine Deutung zu: es war ein Geschenk für die sechsjährige Michelle aus der zweiten Etage. Der Typ hatte wirklich auf die falsche Klingel gedrückt.

Schanaya war hin und weg über die Einhörner, trotzdem hatte die Verpackung keine Chance auf Wiederverwendung. Sie wurde aufgerissen und zu Boden geworfen. Gleich würde die Enttäuschung groß sein, spätestens wenn sie eine Barbie, ein Plüscheinhorn oder eine Wonder Woman in den Händen hielt. Christwald wappnete sich gegen das, was unweigerlich kommen musste.

Mit einem Aufschrei stürzte Schanaya sich auf ihn. Aber es war ein Schrei der Begeisterung und nun sah er auch wieso. Da stand sein Klangschalen-Set mit Mandalakissen und Filzschlägeln. Kurz danach hielt sie auch noch das Yin-Yang-Schmuckset in der Hand und nun kullerten sogar Tränen der Rührung über ihr Gesicht.

Christwald stand langsam auf, näherte sich dem

Weihnachtsmann und sah ihm tief in die Augen.

„Wieso haben Sie die Geschenke?", fragte er leise.

„Die standen auf dem Wunschzettel", kam es ebenso leise zurück. Wenn der Witzbold dachte, dass er damit durchkam, dann hatte er sich geirrt.

„Ich meine, wie sind Sie an die Sachen rangekommen?"

„Junge, ich habe Helfer, viele Helfer und die kümmern sich darum."

„Sie meinen ihre Brüder mit den Coca-Cola Trucks?"

„Nein, ich meine die Elfen."

Alles klar, der Typ wollte es so. Christwald beschloss, mitzuspielen. Mal sehen, wie weit der Weihnachtsmann das durchhielt.

„Also, wenn Sie der echte Weihnachtsmann sind, dann müssen in dem Sack auch meine Geschenke sein, also das, was ich mir gewünscht habe. Das glaube ich aber nicht."

Er hatte nicht mal Schanaya erzählt, was er sich wünschte, weil es viel zu teuer war. Und einen Wunschzettel hatte er das letzte Mal mit sechs Jahren geschrieben. Woher sollte also der Weihnachtsmann wissen, was er sich wünschte?

Oh Mann, jetzt nannte er ihn schon selber so. Das war nicht der Weihnachtsmann, weil es den Weihnachtsmann nicht gab. Für alles, was in den letzten 24 Stunden passiert war, gab es eine vernünftige Erklärung. Er kannte sie nur noch nicht.

Schanaya schien das alles egal zu sein. Sie war mit ihren Geschenken beschäftigt. Ein wunderschöner, aber sehr lauter Ton schwang plötzlich durch den Raum. Das würde ein klangvolles Weihnachtsfest werden.

Plötzlich hielt ihm der Weihnachtsmann, oder wer er auch war, ein in schwarzes Lackpapier und Goldschleife eingewickeltes Päckchen entgegen. Er nahm es und dachte: *Nein, das kann nicht wahr sein.*

Dann, ganz plötzlich, schoss ihm der irrwitzige Gedanke durch den Kopf: *Was, wenn es doch wahr ist?* Es gab nur einen Weg, es herauszufinden.

Dreißig Sekunden später lag die Wahrheit vor ihm auf dem Tisch. Es war eine nigelnagelneue Xbox Series X, inclusive Konsole, Controller, Ultrahochgeschwindigkeits-HDMI-Kabel, Seagate-Speichererweiterungskarte sowie ein Xbox Game Pass.

„Die Dinger sind schon drei Tage nach Erscheinen ausverkauft gewesen!", schrie er es heraus. „Schanaya, Süße, ich weiß nicht, was ich sagen soll. Woher hast du das gewusst?"

Sie zuckte nur mit den Schultern und entgegnete: „Du hast oft genug davon rumgelabert, Schatzi."

„Aber die sind schweineteuer, das kannst du doch nicht machen."

„Mach dir mal keine Sorgen. Ich habe ein Wahnsinnsweihnachtsgeld gekriegt und meine Familie hat noch was dazu gelegt. Ich habe sogar noch genug für ein schönes Wellness-Wochenende übrig."

Das war zwar so gar nicht seins, aber wenn eine Xbox dranhing, dann nahm er sogar Yoga in Kauf. Nur noch eine Sache war zu klären. Wer war der Weihnachtsmann wirklich und wieso war er hier mit den Geschenken aufgetaucht? Es wurde Zeit für Antworten, richtige Antworten. Den Quatsch mit den Elfen konnte er sich für die Kinder aufheben. Er hatte den Kerl nicht bestellt und Schanaya sicher auch nicht.

Also …?

Wo war er? Bei all der Aufregung hatte keiner von ihnen bemerkt, dass er gegangen war. Schanaya klang ehrlich enttäuscht, als sie sagte: „Jetzt haben wir ihm nicht mal Kekse und Milch angeboten."

Es reichte Christwald.

„Schanaya, das war nicht der Weihnachtsmann, das war ein Truckfahrer von Coca-Cola, den ich letzte Nacht schon zweimal getroffen habe. Weihnachtsmann ist nur sein Nebenjob, klar."

Das wollte sie natürlich nicht einsehen. Er sah es an ihrem Blick. Außerdem fragte sie sofort, was er denn die letzte Nacht mit einem Truckfahrer gemacht hätte?

„Das ist nicht so wichtig, Schatz. Viel wichtiger ist, wie er an die Geschenke gekommen ist? Ich habe sie ihm nicht gegeben."

„Na bitte, dann war's doch der echte Weihnachtsmann und Coca-Cola-Truckfahrer ist sein Nebenjob."

Wenn Sandro eins wusste, dann, dass gegen Schanayas weibliche Logik nicht mal ein Mr. Spock ankommen würde. Also winkte er ab, ging in die Küche, die Würstchen heiß machen.

Schanaya ließ ein ums andere Mal ihre neuen Klangschalen ertönen. Während sie sich den Schwingungen hingab, fragte sie sich allerdings doch eines.

Wie hatte es der Mann im Weihnachtsmannkostüm geschafft, unbemerkt an Sandros Geschenk in ihrem verschlossenen Koffer im Schlafzimmer zu kommen? Nach kurzer Überlegung lachte sie leise und murmelte vor sich hin: „Ho, ho, ho!"

Daniel und der Schüler des Schreckens

Sylvie Braesi

Daniel Schecklich konnte es nicht fassen. Den ganzen Sommer über hatte er auf die Bestätigung gewartet, an der Schule für begabte Kinder aufgenommen zu sein. Doch die war ausgeblieben und nun, am ersten Schultag, stand er wieder auf dem Schulhof der Telemann-Gesamtschule. Wie viel Pech konnte man eigentlich haben? War das letzte Schuljahr nicht schlimm genug gewesen? Daniel erinnerte sich.

Ein neuer Schüler war in die Klasse gekommen und damit hatte der Ärger angefangen. Torben-Maria de Witt, so hieß Daniels Schreckgespenst, war in den vergangenen Schuljahren bereits von mehreren Schulen geflogen und nun würde er also an der Telemann-Gesamtschule sein Unwesen treiben. Mit schlafwandlerischer Sicherheit hatte er sich sofort den schüchternen Daniel mit der Zahnspange zum Ziel seiner Mobbing-Attacken auserkoren.

Torben-Maria war zwei Köpfe größer als Daniel und enorm stark für sein Alter. Doch selbst, wenn es umgekehrt gewesen wäre, Daniel hätte sich dennoch nicht gegen die Bosheiten des Mitschülers zur Wehr gesetzt. Dazu war er viel zu ängstlich. Plan A und B hießen: unsichtbar bleiben oder schneller laufen. Das Eine beherrschte er so wenig, wie das Andere. Also blieb nur Plan C: ducken.

Zum Glück gab es gute Tage und schlechte. Die guten Tage hießen Sonnabend, Sonntag und Ferien. Alle übrigen Tage waren schlecht. Doch auch da gab es Abstufungen.

An weniger schlechten Tagen passte Torben-Maria ihn nur in der Pause auf dem Flur ab, gab ihm eine Kopfnuss und übernahm Daniels Hausaufgaben und das Geld für die Cafeteria. Dann ließ er den gebeutelten Jungen mit den Worten: „Eh Schrecklich, wehe, es sind Fehler in den Matheaufgaben. Ich brauche dringend eine Eins", wieder laufen. Dafür, so leicht davongekommen zu sein, nahm Daniel sogar die Verballhornung seines Nachnamens in Kauf. Aus Schecklich ließ sich nun mal ohne große Anstrengung Schrecklich machen.

Die richtig schlechten Tage sahen ganz anders aus. Da wurde er von Torben-Maria und dessen Anhängerschar ins Jungs-Klo gezerrt und in den Schwitzkasten genommen. Torben-Marias Gefolgschaft durfte dann den Rest der Pause die Umstyling-Ideen vom selbsternannten Erben Lagerfelds ausführen. Sie flochten aus seinen halblangen, schwarzen Haaren viele Zöpfe, schminkten seine Lippen und Wangen mit auffallend knalligem Lippenstift und sprühten ihn mit den übelsten Parfüms ein.

Nach einer abschließenden Qualitätskontrolle entschied der Erbe Lagerfelds, bis zu welcher Stunde Daniel die Verwandlung beibehalten musste. Erst dann durfte er gehen. Während er in den Klassenraum hastete, hörte er ihr Gelächter und Torben-Marias Ruf: „An deinem Gang musst du aber noch arbeiten, Daniela."

Natürlich blieben diese Attacken weder den Lehrern noch seinen Eltern verborgen. Er erfand harmlose Erklärungen, wie eine verlorene Wette oder ein Theaterprojekt, doch damit überzeugte er niemanden. Das Ende vom Lied war, dass Torben-Marias Eltern und seine eigenen zu einem Gespräch in die Schule gebeten wurden. Daniel bat seine Mutter inständig, nicht hinzugehen. Vergebens.

So nahm das Unheil seinen Lauf. Torben-Marias Eltern waren entsetzt von ihres Sohnes Untaten und gelobten, ihn mit drakonischen Maßnahmen zu strafen. Die bestanden darin, dass er sein Handy für vier Wochen abgeben musste und ihm wurde die Nutzung des heimischen Computers untersagt.

Und was hatte Daniel davon? Er bekam das, was man eben bekam, wenn man einen gefährlichen und gemeinen dreiköpfigen Hund reizte: einen noch gefährlicheren, und noch gemeineren, dreiköpfigen Hund. Und der wollte nicht nur spielen. Er kombinierte die weniger und die richtig schlechten Tage und machte daraus wirklich üble.

Für Daniel bedeutete das: Verlust des Handys, noch mehr Hausaufgaben und noch mehr Cafeteria-Geld für Torben-Maria. Obendrauf bekam er nun ein komplettes Umstyling, inclusive Haare, Make-up, Pediküre, Push-up-BH und ein Catwalk-Training mittels zusammengebundener Schnürsenkel. Er landete nur deshalb nicht mit dem Kopf in der Kloschüssel, weil sonst die Kriegsbemalung verlaufen wäre. Natürlich wurde Torben-Marias Kommentar auch noch ein bisschen gemeiner.

„Hey Daniela, du bist das hässlichste Mädchen, das ich je gesehen habe. Aber keine Sorge, du kriegst heute trotzdem ein Foto von mir." Und genau so war's. Diverse Fotos landeten auf Snapchat, machten die

Runde und ihn zum Gespött der ganzen Schule. Da war es auch kein Trost, dass die Fotos nach kurzer Zeit wieder automatisch verschwanden. Torben-Maria, das wusste Daniel, hatte sie immer noch irgendwo gespeichert.

Wenigstens bekamen seine Eltern die Fotos nicht zu sehen. Aber die Reste Make-up und Nagellack reichten aus, um seiner Mutter das Scheitern der erzieherischen Maßnahmen von Torben-Marias Eltern zu offenbaren. Am selben Abend führten Daniels Eltern ein langes Gespräch, erst untereinander dann mit ihm. Wie Daniel das hasste.

Sein Vater war ein anerkannter Kinder- und Jugendpsychologe, seine Mutter Erzieherin und er ein Einzelkind. Mehr muss man an dieser Stelle nicht sagen.

„Daniel", eröffnete seine Mutter die Familientherapie mit sanfter, einfühlsamer Stimme. Das ging ja noch, aber ihr Blick. In ihren Augen lag eine Mischung aus mütterlicher Zuneigung, Mitgefühl, Vertrauen gepaart mit Sorge, Unverständnis und Kampfeswillen. Ja, diesen Blick beherrschte sie und damit zwang sie auch den größten Rabauken aus ihrer Kita-Gruppe von 3- bis 6-jährigen in die Knie. Beim 10-jährigen Daniel klappte das nur noch ab und zu.

„Daniel, dein Vater und ich machen uns große Sorgen."

Klar, so ging es ihm jeden Morgen, bevor er zur Schule ging.

Da seine Mutter keine Frage formuliert hatte, schwieg Daniel. Er war noch nicht dran. Jetzt kam sein Vater und der war noch einen Zacken schlimmer. Das erkannte Daniel daran, dass er seinen Therapeutenblick aufgesetzt hatte. Prost Mahlzeit! Und schon ging´s los.

„Wieso fürchtest du dich vor diesem Jungen?"

Das war eine Frage, aber Daniel blieb stumm.

Mach bloß nicht den Fehler und verrate einem Therapeuten, wovor du Angst hast. Er wird dann genau daran mit dir arbeiten wollen. Diese Weisheit hatte Daniel eine nette Kollegin seines Vaters mal verraten. Sie hatte das damals mehr scherzhaft gesagt. Inzwischen wusste Daniel aber, wie viel Wahrheit darin steckte. Also schwieg er.

Als guter Therapeut versuchte sein Vater natürlich nicht, ihn zum Reden zu zwingen. Dafür bekam er aber nun einen Vortrag über die Ursachen für Mobbing, Ängste von Mobbern und derer Opfer sowie dem kausalen Zusammenhang zwischen diesen Komponenten. Es fiel ein Satz, den Daniel schon oft gehört hatte.

„Es gehören immer zwei dazu, Daniel: Einer, der es macht und einer, der es mit sich machen lässt."

Super, jetzt war er auch noch selber Schuld an Torben-Marias Übergriffen. Daniels Laune sank ins Bodenlose, doch noch war der Tiefpunkt nicht erreicht. Der kam erst, als sein Vater den Vortrag mit den Worten beendete: „Deine Mutter und ich sind zu dem Entschluss gekommen, dass wir dringend an der Stärkung deines Selbstbewusstseins arbeiten müssen. Unser bisheriger Weg war nicht der Richtige. Dir die nötige Eigenverantwortung zu überlassen und dich zu selbständigen Entscheidungen zu ermutigen, war ein guter Ansatz, doch wir haben unterschätzt, wie sehr du noch auf elterliche Unterstützung angewiesen bist."

Daniel ahnte Schlimmes, doch es kam noch schlimmer. Seine Mutter stellte einen als Geschenk verpackten Karton vor Daniel auf den Tisch.

„Ich habe erst in drei Monaten Geburtstag", war alles, was ihm dazu einfiel.

Die Mutter lächelte milde und schob den Karton näher zu ihm hin. Nach dieser ermunternden Geste konnte Daniel sich nicht länger dagegen sperren.

Mit einer gewissen Besorgnis entfernte er Schleife und Papier. Was sich darunter verbarg, entpuppte sich als Zauberkasten der Ehrlich Brothers. Schon das verschlug ihm die Sprache, was seine Mutter dazu sagte, noch mehr.

„Damit kannst du mal ein ganz großer Zauberer werden, Daniel. Die Ehrlich Brothers haben auch nicht anders angefangen."

Ein Schatten legte sich über Daniels Gesicht. Was sollte er denn mit diesem Spielzeug? Seine Mutter reagierte auf die sehr verhaltene Freude mit Unverständnis.

„Aber du hast dich doch so für Zaubertricks interessiert, Junge."

Ja, das hatte er, aber für die, der berühmten Magier-Brüder. Und was er sich gewünscht hatte, war ein Besuch ihrer Show gewesen. Er hatte nie davon gesprochen, selber mit dem Zaubern anfangen zu wollen. Das sagte er natürlich nicht. Er wollte seine Mutter nicht noch mehr enttäuschen. Doch dafür war es wohl zu spät, denn sein Vater schaltete sich nun ein.

„Daniel, dieses Spielzeug haben wir dir nicht gekauft, damit du es in die Ecke legst, so wie die Geige oder das Skateboard. Es soll dir helfen, selbstbewusster zu werden und gegenüber deinen Mitschülern aufzu-

244

treten.“

Daniel konnte nicht anders, er musste fragen.

„Und wie?“ Ach, hätte er sich die Frage doch nur verkniffen.

„Eine Lehrerin aus deiner Schule hat uns auf einen Talentwettbewerb aufmerksam gemacht, der kurz vor den Ferien stattfindet. Wir haben dich schon dafür angemeldet. Bis dahin sind es noch drei Monate, also Zeit genug, um ein kleines Zauberprogramm einzustudieren.“

Das war der Supergau. Er in der Aula, auf der Bühne, als Zauberlehrling, vor allen Schülern, Lehrern und gewiss auch einigen Eltern. Er hatte schon Schwierigkeiten, vor der Klasse einen Vortrag zu halten und nun sollte er auch noch Kunststückchen vorführen. In diesem Moment stellte er sich ernsthaft die Frage, ob man sich selber zur Adoption freigeben konnte. Sein Vater schien seine Bedenken zu ahnen und fügte schnell hinzu: „Du wirst sehen, dieser Auftritt wird dein Ansehen bei deinen Mitschülern gewaltig steigern. Und keine Sorge, mein Sohn, wir erwarten nicht, dass du den Wettbewerb gewinnst.“

Na, das war ja tröstlich. Er durfte sich also ruhig blamieren, Hauptsache er machte mit und der Zauberkasten landete nicht sofort neben der Geige und dem Skateboard.

Die nächsten Wochen verbrachte er meist in seinem Zimmer und, was er selber nicht geglaubt hatte, er übte Zaubertricks. Der Grund dafür hieß Frau Hyazinth. Sie war Lehrerin an der Telemann-Gesamtschule, jung, hübsch, immer gutgelaunt und Daniels Lieblingslehrerin. Ehrlich gesagt, war er ein bisschen verknallt in Frau Hyazinth und das, obwohl sie ausgerechnet die Fächer unterrichtete, in denen er eine ausgewachsene Niete war, Sport und Kunst. Daniel war ein sehr guter Schüler, stand in allen Fächern auf eins, nur eben nicht in diesen beiden Fächern.

Egal, wie sehr er sich anstrengte, seine Kunstprojekte missglückten immer. Frau Hyazinth nannte sie zwar netterweise, nicht so ganz gelungen, aber nur weil er ihr leidtat. Mehr als eine Vier konnte sie ihm nie geben.

Doch das war noch gar nichts gegen seine Leistungen im Sport. Die waren wirklich unterirdisch. Es lag nicht daran, dass er zu dick oder unbeweglich war, im Gegenteil. Aber er war leider total ungeschickt, kraftlos und besaß keinerlei Ausdauer. Beim Sprint kam er nie, ohne zu stolpern, aus dem Startblock, beim Bockspringen kippte eher das Gerät um, als dass er es drüber wegschaffte und beim Stangenklettern wurde er sogar vom dicken Kevin übertrumpft. Der schaffte es immerhin bis zur Hälfte. Er rutschte nur in die verkehrte Richtung. Das Gelächter der Mitschüler wollte gar nicht mehr aufhören. Eine Note bekam er nicht und Frau Hyazinth sagte voller Mitleid zu ihm: „Ach Daniel, was soll aus dir nur mal werden."

Trotzdem war Frau Hyazinth seine Lieblingslehrerin, denn in ihrer Gegenwart traute sich nicht mal Torben-Maria, ihn zu ärgern. Ein Blick von ihr genügte, um ihn von jeglichem bösen Treiben abzubringen. Frau Hyazinth hatte sogar noch mehr für Daniel getan. Sie war es gewesen, die seine Eltern gebeten hatte, ihn an der Schule für begabte Kinder anmelden zu dürfen. Dort, so erzählte sie ihm, wären die Leistungen in Sport und Kunst nicht so wichtig. Daniel war sofort begeistert gewesen und hatte seine Eltern solange genervt, bis sie einverstanden waren. Frau Hyazinth hatte dann die Bewerbung in die Wege geleitet. Das rechnete er ihr hoch an. Allerdings war sie es auch gewesen, die seinen Eltern vom Talentwettbewerb erzählt hatte. Na ja, sie war eben auch nicht perfekt.

Aber nun übte er ihr zuliebe diese kleinen Tricks ein, denn sie hatte ihm gesagt, dass sie sich am meisten auf seine Vorführung freuen würde. Sich zu blamieren, war nun keine Option mehr. Er wurde tatsächlich von Tag zu Tag besser, was seine Fingerfertigkeit betraf. Die Tricks klappten immer öfter, nur seine Fähigkeiten als Showmaster ließen noch zu wünschen übrig.

Wenigstens hatte er vor Torben-Maria Ruhe, der war nämlich überraschend krank geworden. An einem Tag hatte er sich noch auf dem Pausenhof lustig über ihn und seinen bevorstehenden Auftritt gemacht und Daniel hatte ihm, still leidend, die Krätze an den Hals gewünscht. Am nächsten Tag war die Krankmeldung gekommen. Die Krätze war es nicht geworden, aber ein ausgewachsener Ziegenpeter. Daniel war zufrieden und fühlte sich nicht im Geringsten schlecht dabei.

Dann kam der große Tag. Als er sich für den Wettbewerb fertig machte, überkam Daniel der Gedanke, dass so ein kleiner Ziegenpeter jetzt gar nicht so übel wäre. Doch die Aussicht, Frau Hyazinth endlich mal mit einer überzeugenden Leistung erfreuen zu können, gewann die Oberhand. Die Generalprobe ging sogar fehlerfrei über die Bühne und als Frau Hyazinth ihm den Vorschlag machte, sich für den Kartentrick jemanden aus dem Publikum auf die Bühne zu holen, sagte er todesmutig ja.

Die Aula füllte sich. Hinter der Bühne feilten alle angehenden Künstler und Künstlerinnen an ihren Beiträgen herum und der Direktor rannte, aufgeregt mit dem Ablaufplan wedelnd, hin und her. Daniel saß in seinem schwarzen Umhang gehüllt auf der Hinterbühne und achtete nicht auf das Gewusel. Seine Aufmerksamkeit war ganz und gar auf sich gerichtet, denn ihm war schlecht. Solche Bauchschmerzen hatte er noch nie gehabt. So musste sich der böse Wolf mit den Wackersteinen im Bauch gefühlt haben.

Plötzlich wurde es still. Zuerst im Saal und dann auch hinter der Bühne. Frau Hyazinth trat mit dem Mikrofon vor das Publikum. Sie führte durch das bunte Programm und schon ging's los. Nacheinander betraten die Kandidaten die Bühne, sangen, musizierten, tanzten oder taten das, worin sie glaubten, ein Talent zu haben. Daniel bekam nichts von all dem mit. Er versuchte nur, sein Lampenfieber und seinen Bauch unter Kontrolle zu bekommen. Gerade trällerte ein Mädchen aus der Oberstufe einen Musicalsong, als Frau Hyazinth zu ihm trat und flüsterte: „Daniel, du bist als nächster dran. Toi, toi, toi!"

Wie in Trance ließ er es geschehen, dass sie ihn mit einem Schubs auf die Bühne beförderte. Da stand er nun im grellen Scheinwerferlicht und starrte in den dunklen Zuschauerraum. Von seinem Punkt sah es so aus, als ob niemand dort unten sitzen würde. Das lag an den Scheinwerfern und Daniel war dankbar dafür. Ihm reichte es, zu wissen, dass seine Eltern, die Klassenkameraden und vor allem Torben-Maria dort unten saßen.

Sein Einstieg verlief holprig, weil ihm der Text für den ersten Trick nicht einfiel. Also fing er einfach an. Zuerst wollte er bunte Tücher aus dem Ärmel hervorzaubern. So war es geplant. Doch welcher Ärmel war es gleich noch mal? Es fiel ihm einfach nicht ein und nachsehen ging nicht. Da er wusste, wie sehr es beim Zaubern auf die Ablenkung ankam, begann er, ungeschickt mit dem Zauberstab zu wedeln. Aus dem Saal ertönte Torben-Marias Stimme.

„Ridiculous, Harry!"

Sofort fingen die Schüler an, zu lachen. Das lief ja bestens. Wenn jetzt noch die Ringe zu Boden fielen …

Sie fielen zu Boden. Ein Trick nach dem anderen misslang. Es war wie verhext. Kaum dachte Daniel daran, was alles schief gehen konnte, passierte genau das. Er wusste sogar, wie das hieß: selbsterfüllende Prophezeiung. So nannte es jedenfalls sein Vater. Warum er nicht einfach von der Bühne ging, konnte Daniel sich selber nicht erklären.

Jetzt kam der letzte Trick, der mit den Karten. Leise sagte er ins Publikum, dass er für seinen letzten Zaubertrick einen Assistenten benötigen würde und bat um Meldungen. Im selben Augenblick schoss ihm durch den Kopf: *Nicht Torben-Maria! Bloß nicht Torben-Maria!*

Sein Wunsch wurde erhört, doch es meldete sich auch sonst niemand. Was nun? Daniel stand da, unfähig, sich zu rühren. Sein Blick ging zur Seite. Er suchte die Bühnengasse nach seiner Lehrerin ab. Warum machte sie dem Spuk kein Ende und holte ihn endlich von der

Bühne?

Frau Hyazinth! Bitte helfen Sie mir.

Als hätte der Wunsch sie herbeigerufen, erschien Frau Hyazinth mit einem strahlenden Lächeln auf der Bühne und sagte: „Darf ich deine Assistentin sein, Daniel?"

Nein, das hatte er bestimmt nicht gewollt. Aber zum Weglaufen war es zu spät. Jetzt musste er da durch.

„Die Karten, Daniel!", flüsterte Frau Hyazinth ihm zu.

Seine Hand, vor Aufregung schweißnass, griff in die tiefe Tasche seines Umhangs. Da waren die Karten. Während er einen schönen Fächer daraus formte, hörte er die leise Stimme von Frau Hyazinth wieder.

„Konzentrier´ dich nur auf den Trick."

Er tat es, so sehr er konnte. Wenigstens dieser Trick musste klappen. Es wäre eine Katastrophe, würden sie ihm aus der Hand rutschen. Als er den Fächer seiner Assistentin entgegenhielt, um sie zu bitten, eine Karte zu ziehen, machte er den Fehler, statt der Karten, Frau Hyazinth anzusehen. Ihre Lippen formten den Satz: „Nicht fallen lassen." Er formte den Gedanken: *Eher fangen sie an zu fliegen.*

Genau das taten sie. Bevor Frau Hyazinth eine Karte ziehen konnte, flogen sie ihm regelrecht aus der Hand und verteilten sich über die ganze Bühne. Mit großen Augen sah die Lehrerin ihn an und hauchte erschrocken: „Was hast du gemacht, Daniel?"

Das wusste er selber nicht. Er hatte sie fest in der Hand gehalten, bis zu dem Moment, als er das mit dem Fliegen gedacht hatte. Ein neuer beängstigender Gedanke tauchte in seinem Kopf auf. Alles, woran er gedacht hatte, war eingetroffen. Konnte das sein? War er dafür verantwortlich? Fürs Erste blieben die Fragen unbeantwortet, denn nun hielt ihn nichts mehr auf der Bühne. Sein Abgang ähnelte mehr einer Flucht und jeder, der sich ihm in den Weg stellte, wurde mit ungeahnter Kraft beiseite gestoßen. Erst vor der Haustür stoppte er.

Seine Eltern, die kurz nach ihm ankamen, fanden die Tür zu seinem Zimmer verschlossen vor. Für den Rest des Tages ließen sie ihn in Ruhe. Nur einmal fragte seine Mutter, ob er nicht wenigstens zum Abendbrot herauskommen wolle. Sie bekam keine Antwort und das Essen, das sie ihm vor die Tür stellte, bleib unberührt.

Der nächste Tag war der Tag der Zeugnisausgabe und zum ersten Mal im Leben schwänzte Daniel. Mit verstellter Stimme rief er in der Schule an, tat, als wäre er sein Vater und meldete sich krank. Dann wartete er, bis die Schule aus war, und holte sich sein Zeugnis aus dem Sekretariat. Dort bekam er den letzten Tiefschlag. Die Sekretärin erzählte ihm, dass Frau Hyazinth im nächsten Schuljahr wieder an ihre alte Schule zurückgehen würde. Jetzt hatte er sich nicht mal von ihr verabschieden können.

Toll! Mit dem Gedanken, dass ihm damit nun auch noch die Ferien verdorben waren, verließ er die Schule. Ihm bleib nur noch die Hoffnung, auch nicht mehr wiederkommen zu müssen. Und so hatte er also sehnsüchtig auf die Bestätigung der Schule für Begabte gewartet, die aber ausblieb.

Das alles ging Daniel durch den Kopf, als er auf dem Schulhof auf das Klingeln zur ersten Stunde wartete.

Erst dann durften die Schüler das Schulgebäude betreten. Leider ließ das Läuten auf sich warten, dafür kam Torben-Maria um die Ecke. Daniel erschrak. War der noch größer geworden? Ganz sicher würde er ihn gleich entdecken.

Als Torben-Marias Blick in seine Richtung wanderte, wünschte Daniel sich inständig, sich unsichtbar machen zu können. Kurz bevor der Rüpel ihn schließlich entdeckte, erhob sich ein Windstoß. Er riss dem Mathe-Lehrer, Herrn Lemke, die Zeitung aus der Hand und wehte sie quer über den Hof, wo sie klatschend mitten im Gesicht von Torben-Maria landete. Der versuchte verzweifelt, sich von dem Papier zu befreien, aber der Wind war stärker. Daniel staunte. Er war zwar nicht unsichtbar geworden, aber das war auch nicht schlecht. Die Klingel ertönte und rettete Daniel fürs Erste.

Den Rest des Tages gelang es ihm tatsächlich, Torben-Maria aus dem Weg zu gehen, und auch der Heimweg verlief problemlos.

Als er zuhause ankam, glaubte er seinen Augen nicht zu trauen. Auf der Straße vor dem Haus stand ein Auto, und zwar eines, das er gut kannte. Es war ein uralter Mercedes-Benz, ein Oldtimer und er hatte im letzten Schuljahr täglich vor der Schule gestanden. Das Auto gehörte Frau Hyazinth und wenn es vor Daniels Elternhaus parkte, konnte das nur eins bedeuten: Frau Hyazinth war drin.

Daniels Herz machte einen Hüpfer. War sie gekommen, um sich persönlich von ihm zu verabschieden? Das konnte er sich kaum vorstellen. Eine andere

Erklärung fand er aber nicht.

Es war so, wie er vermutet hatte, zumindest teilweise. Frau Hyazinth saß mit den Eltern im Wohnzimmer und wartete auf ihn.

„Hallo Daniel", sagte sie lächelnd, als er ins Zimmer gestürmt kam. „Setz dich doch zu uns. Wir haben dich schon erwartet."

Seine Eltern schienen irgendwie unruhig zu sein. Wieso nur? Heute war ausnahmsweise mal nichts passiert.

Eine gefühlte Ewigkeit verging, in der niemand etwas sagte und Daniel begann, ungeduldig auf dem Stuhl herumzurutschen. Sein Vater ergriff schließlich das Wort.

„Daniel, Frau Hyazinth möchte dir eine Frage stellen."

Daniel sah erwartungsvoll zu seiner Lieblingslehrerin.

„Zunächst möchte ich dir sagen, dass ich überrascht war, dich heute nicht in der Schule zu sehen."

Das überraschte Daniel.

„Ich war aber in der Schule, aber Sie waren nicht da. Die haben gesagt, dass Sie nicht mehr an der Telemann unterrichten. Stimmt das?"

Milde lächelnd, schnitt ihm Frau Hyazinth das Wort ab.

„Ich werde alle deine Fragen gern beantworten, aber nicht jetzt. Was ich eigentlich damit meinte, war: Wieso warst du heute nicht in deiner neuen Schule?"

Als Daniel zu einer Erwiderung ansetzte, winkte Frau Hyazinth ab und sprach weiter.

„Ist schon gut. Deine Eltern haben mir die Sache schon erklärt. Nach dem Talentwettbewerb dachten sie, dass die Schule für begabte Kinder vielleicht doch nicht das Richtige für dich sei. Als deine Aufnahmebestätigung kam, haben sie es für sich behalten und dich in dem Glauben gelassen, du seist nicht angenommen worden. Nun, inzwischen konnte ich ihre Zweifel beseitigen."

Daniel sprang auf und rief: „Ich bin angenommen? Ich darf auf die neue Schule?"

Seine Mutter reicht ihm einen Briefumschlag mit den Worten: „Hier ist der Brief, er kam kurz nach Ferienbeginn. Es tut uns sehr leid, dass wir an dir gezweifelt haben. Natürlich sollst du selber entscheiden, ob du künftig dort zur Schule gehen willst. Du müsstest dort in einem Internat wohnen, aber Frau Hyazinth hat versprochen, dir bei der Eingewöhnung zu helfen."

„Sie sind auch an der Schule? Sind Sie dort auch meine Lehrerin?"

„Ich werde dich in einigen Fächern unterrichten, zum Beispiel Wolkenkunde und Regentanz."

Daniel blickte seine Lehrerin verwundert an. Hatte sie das ernst gemeint? Nichts an ihrem Gesichtsausdruck deutete auf einen Scherz hin. Ihm war's egal. Dann würde er eben im Regen tanzen.

„Ich komme mit. Wann geht's los?"

„Da du schon einen Tag versäumt hast, müssen wir sofort aufbrechen. Deine Mutter hat deinen Koffer schon gepackt. Was du sonst noch brauchst, besorgen wir unterwegs."

Dass es so schnell gehen würde, damit hatte Daniel nicht gerechnet und die Aussicht auf den Abschied versetzte ihm einen kleinen Stich ins Herz. Doch die Freude und die Neugier überwogen. Ins Auto sprang er schon wieder mit leichtem Herz. Ein kurzes Winken noch, dann konnte es losgehen.

„Alles erledigt, Daniel?", fragte Frau Hyazinth.

Für einen Moment fiel Daniel ein, dass er Torben-Maria gern noch gesagt hätte, was der ihn mal konnte. Ging leider nicht mehr.

„Wir können losfahren, Frau Hyazinth."

„Sicher?", fragte sie erneut.

Gerade wollte Daniel ja sagen, als er den Rüpel die Straße entlangkommen sah. Er lief ihnen entgegen, seine Aufmerksamkeit ganz auf eine Eiswaffel in seiner Hand gerichtet. Als Frau Hyazinth den Motor startete, schaute er auf die Straße und entdeckte Daniel in diesem schicken Oldtimer an der Seite der hübschen Lehrerin.

Aus dem anfänglichen Erstaunen wurde erst Verwirrung und dann blanker Neid. Er konnte den Blick nicht abwenden, auch nicht, als der Wagen langsam an ihm vorbeirollte. So blieben ihm das Grinsen und die herausgesteckte Zunge von Daniel natürlich nicht verborgen. Das war zu viel für Torben-Maria. Wütend schaute er Daniel und dem Wagen hinterher. Während er weiterging, zeigte er ihnen den ausgestreckten Mittelfinger. Den Blick immer noch auf den davonfahrenden Daniel gerichtet, bemerkte er nicht, dass er einer Straßenlaterne gefährlich nah kam. Urplötzlich entstand in Daniels Kopf ein Bild, auf dem Torben-Maria und die Laterne eine direkte Verbindung eingingen und er dachte:

Küss die Laterne, du Blödmann!

Dass es tatsächlich geschah, überraschte ihn nicht einmal mehr, wohl aber das Resultat. Nicht nur, dass Torben-Maria mit dem Kopf gegen den Laternenpfahl knallte, er prallte zurück, fiel auf den Hintern und, weil er mit den Armen wild durch die Luft ruderte, klatschte er sich die Eiswaffel volle Kanne gegen die Stirn. Jetzt sah er aus, wie ein Einhorn, aber ein sehr hässliches Einhorn.

Mit Mühe und Not gelang es Daniel, sich das Kichern zu verkneifen. Frau Hyazinth hatte die ganze Zeit über aufmerksam nach vorn gesehen. Daniel hoffte, dass ihr der kleine Zwischenfall entgangen war.

Den Blick immer noch geradeaus auf die Straße gerichtet, sagte sie plötzlich: „Das war für den Anfang gar nicht so schlecht, Daniel. Es hätte aber gereicht, wenn er gestolpert wäre."

Erschrocken riss er die Augen auf und druckste herum: „Was meinen Sie denn, Frau Hyazinth?"

Um ihre Mundwinkel zuckte es verräterisch.

„Das weißt du doch ganz genau. Woran hast du denn gerade gedacht? Oder auf der Bühne, bevor du mich herbeigewünscht hast oder bevor dir die Karten aus der Hand flogen. Oder auf dem Schulhof, bevor die Zeitung in Torben-Marias Gesicht landete. Langsam hast du den Bogen raus, nun musst du nur noch lernen, es zu kontrollieren."

Das war also seine Begabung? Interessant.

„Werde ich das auf der neuen Schule lernen?"

„Das und noch einiges mehr."

„Kriege ich jetzt auch einen Zauberstab?"

„Die wurden alle aus dem Verkehr gezogen, seit *du weißt schon, was* passiert ist. Jetzt besorgen wir dir erst mal einen vernünftigen Umhang."

Als Frau Hyazinth in Richtung Autobahn fuhr, sah Daniel unter sich die Stadt immer kleiner werden.

Zombie-Apokalypse

Sylvie Braesi

Als wir uns in diesem Buch mit der Thematik *Vampire* auseinandergesetzt haben, versprachen wir Ihnen, auch die *Zombie-Apokalypse* zu behandeln. Wir wissen natürlich um die Brisanz dieses Themas und werden uns dem nun stellen.

Eine Geschichte dazu finden Sie in unserem Buch allerdings nicht. Ganz einfach deshalb, weil in Magdeburg nachweislich noch keine *Zombie-Apokalypse* stattgefunden hat. Könnte aber noch passieren. Möglicherweise standen wir schon kurz davor und wissen es nur nicht.

Wir baten Ulli Prochaska, den bekannten Magdeburger Ufologen, um eine Stellungnahme, doch die lag uns leider bis Redaktionsschluss noch nicht vor. Also müssen wir uns auf Informationen weniger kundiger Stellen verlassen.

Das *Center for Disease Control and Prevention (CDC)* bereitet besorgte Menschen auf Ausnahmesituationen und Naturkatastrophen vor. Wieso also nicht auch darauf.

In einem Blog des CDC ist zu lesen: *Es gibt alle möglichen Notfälle, auf die wir uns vorbereiten können. Nehmen Sie zum Beispiel die Zombie-Apokalypse. Sie werden jetzt lachen, aber wenn es geschieht, sind Sie froh, das gelesen zu haben.*

Mal ehrlich, wenn die das schon so offen ansprechen, dann sollten wir das auch ernst nehmen.

Okay, die machen natürlich nur Spaß, aber wer kann schon mit absoluter Sicherheit sagen, dass es nie zu einer Zombie-Apokalypse kommt. Dass ein Typ mit Donald-Duck-Frisur mal Präsident der USA wird, hat auch keiner geglaubt, bis es zu spät war.

Wir wollen Sie jedenfalls nicht hilf- und informationslos den Untoten überlassen. Deshalb hier ein paar Tipps vom CDC für ihre Notfallausrüstung, die wir um einige zusätzliche Dinge ergänzt haben.

Halten Sie vorrätig:

- 3,8 Liter Wasser pro Person und Tag
Wir sagen: Sie können auch einen Teil des Wassers durch Alkohol ersetzen, 40:60 Prozent, außerdem empfehlen wir 3,8 Liter Tonic - wieso klärt sich weiter unten.

- Essen, bestehend aus nichtverderblichen Waren
Wir sagen: Schokolade, Erdnussflips, Chips und wegen der Vitamine: in Alkohol eingelegte Früchte. Ich würde jetzt zu gerne noch Hefe in die Liste aufnehmen, aber den Witz verstehen nur Fans von Onkel Puffi.

- Persönliche Medikamente und ein Erste-Hilfe-Kasten
Wir sagen: Klosterfrau-Melissengeist, Doppelherz, Franzbranntwein und Gin – damit das Tonic Sinn macht.

- Werkzeug und Ähnliches wie: Taschenmesser, Klebeband und ein batteriebetriebenes Radio mit Batterien

- *Wir sagen: Kaugummipapier, Büroklammern, Eisenrohr und Destillierapparat.*

- Hygieneprodukte: Seifen und Hygienetücher
Wir sagen: FFP2-Masken, Fleckenwasser, Klopapier, Klopapier und Klopapier.

- Kleidung und Decken
Wir sagen: Wechselwäsche, Bettwäsche, Unterwäsche, große Wäsche, Kochwäsche (hier bekamen wir den Alkohol leider nicht unter).

- Wichtige Dokumente: Pass, Führerschein und Co
Wir sagen: Internationaler Impfpass, Bescheinigung über Negativtest, Familienstammbaum, Lebenslauf, Arbeitgeber-Beurteilung, letzte Steuererklärung).

So ausgerüstet sollten Sie die bevorstehende *Zombie-Apokalypse* erfolgreich überstehen, aber nur in Ihrem unterirdischen Familienbunker, den Sie bestimmt schon heimlich im Garten gebaut haben.

Einen Tipp hätten wir noch: Für den Fall, dass Sie nach drei Wochen den Bunker-Koller kriegen und unbedingt nachsehen wollen, ob noch wer von den Untoten am Leben ist, nehmen Sie ausreichend weiße Faschingsschminke und schwarzen Kajalstift mit. Schauen Sie sich dann noch das Thriller-Video von MJ an und schon wissen Sie, wie man als Zombie eine gute Figur macht.

Alles wird gut.

Bevor wir es vergessen ...

... wir möchten freundlich darauf hinweisen, dass alle Ähnlichkeiten mit lebenden, verstorbenen und umhergeisternden Personen absolut zufällig sind. Die meisten Orte werden Sie irgendwo in unserer Stadt finden, ohne Verbrechen und Spukgestalten.

Wir übernehmen keine Garantie dafür, dass Sie in Magdeburg jemals einem Vampir, Zombie oder dem fast kopflosen Nick begegnen werden. Aber wie sagte schon Ulli Prochaska immer: *Nichts ist unmöglich!*

Die meisten Untoten, die Ihnen auf dem Weg nachhause begegnen, werden sich bei genauer Betrachtung als harmlos und sturzbetrunken entpuppen. Trotzdem raten wir zur Vorsicht.

Wenn Sie nun denken, dass das alles war, dann warten Sie mal unser drittes Buch ab. Da wird es überirdisch. Bis dahin müssen Sie sich noch etwas gedulden oder eins unserer anderen Bücher lesen.

Bis dahin!

Beam me up, Scotty!

Ihr

Magdeburger Mörder Club

Bisher erschienen in der Magdeburg-Krimi-Reihe
der Autorin Sylvie Braesi

Alle Bücher auch als E-Book erhältlich
Taschenbücher auf Amazon und Thalia sowie im
lokalen Buchhandel bestellbar

Bisher erschienen in der Mörder-Club-Reihe der Autoren Sylvie Braesi und A.W.Benedict

Alle Bücher auch als E-Book erhältlich
Taschenbücher auf Amazon und Thalia sowie im
lokalen Buchhandel bestellbar

Alle Taschenbücher und vieles mehr gibt es in meinem Online Shop unter awbenedict.de/shop

Arthur Reginald Beanstock, Butler auf Parsley Manor, hat ein gefährliches Hobby: Er löst Kriminalfälle. Nicht immer zur Freude der ansässigen Polizei.

Bisher erschienen sind:

Beanstock – Mord auf Parsley Manor (1. Band)

Beanstock – Das Gänseblümchenkomplott (2. Band)

Beanstock – Die Barke des Teremun (3. Band)

Beanstock – Mörder an Bord (4. Band)

Beanstock – Ein Whisky zu viel (5. Band)

Beanstock – Das Haus der Lady Sherry (6. Band)

Beanstock – Das Geheimnis von Waterhill (7. Band)

Weitere Infos unter: awbenedict.de/beanstock